UNE FOLLE ENVIE DE LIBERTÉ

De la même autrice :

Saga Grands boulevards :

Grands boulevards, Jean-Claude Lattès, 2013
Si tu m'oublies, Charleston, 2019
La Chanson du Rayon de lune, Charleston, 2021
On n'empêche pas une étoile de briller, Charleston, 2022

Romans indépendants :

En scène, les audacieuses !, Michel Lafon, 2011
Coups bas et talons hauts, Jean-Claude Lattès, 2008
La Sieste (c'est ce qu'elle fait de mieux), Atelier de presse, 2007
et Jean-Claude Lattès, 2015 (ebook)

Nouvelles, avec la #TeamRomCom :

Si maman si, Charleston, 2022
Petits réveillons entre amis, Charleston, 2021
Noël Actually, Charleston, 2020
Noël et préjugés, Charleston, 2019
Y aura-t-il trop de neige à Noël ?, Charleston, 2017

Document :

Le rap est la musique préférée des Français,
avec Laurent Bouneau et Fif Tobossi, DonQuichotte, 2014

76, boulevard Pasteur
75015 Paris – France
www.editionscharleston.fr

Maquette : Patrick Leleux PAO

ISBN : 978-2-38529-015-3

Charleston s'engage pour une fabrication écoresponsable ! Amoureux des livres, nous sommes soucieux de l'impact de notre passion et choisissons nos imprimeurs avec la plus grande attention pour que nos ouvrages soient imprimés sur du papier issu de forêts gérées durablement.

Pour suivre notre actualité, rejoignez-nous sur Facebook (Éditions.Charleston), sur Twitter (@LillyCharleston) et sur Instagram (@editionscharleston) !

Tonie Behar

UNE FOLLE ENVIE DE LIBERTÉ

Roman

CHARLESTON

À la mémoire de Valérie Leroux,
si incroyablement forte, lumineuse et inspirante.

« Notre vie n'est que mouvement. »
Michel de Montaigne

« Comment se fait-il, fit observer Jonathan, rêveur,
que la chose la plus difficile au monde
soit de convaincre un oiseau qu'il est libre ? »
Richard Bach

1

Tout le monde sauf elle, sa fille

Avril 2022

ALICE REDRESSA LES ÉPAULES et sonna à la porte. Son père l'avait invitée à prendre le thé à 17 heures. Il ouvrit et la serra contre lui. Elle respira une bouffée de vétiver qui la ramena automatiquement en enfer. C'était plus fort qu'elle, cette colère, cette blessure jamais cicatrisée, qui lui donnaient à la fois envie de se réfugier dans ses bras et de le repousser. Elle se dirigea vers le grand salon dont les hautes fenêtres donnaient sur le boulevard Montmartre.

Un feu brûlait dans la cheminée en marbre, typique des vieux appartements parisiens, et sur la platine tournait un album de David Bowie. Alice se colla près de l'âtre, savourant la chaleur qui se répandait sur ses jambes et le bas de son dos. Ce mois d'avril débutait de manière épouvantable, avec des températures encore glaciales. Chez elle, sous les toits, il faisait si froid qu'elle restait blottie dans son lit, un mug de thé brûlant entre les mains en attendant le printemps.

Max sortit de la cuisine, avec un plateau qu'il déposa sur la table basse.

— Assieds-toi…

Il s'empara de la théière ancienne pour verser le breuvage dans les tasses assorties, puis servit deux parts de gâteau au chocolat. Alice s'installa au fond du canapé Art déco, face aux flammes, avec un discret soupir de bien-être, et porta la tasse à ses lèvres. C'était un Earl Grey délicieusement parfumé de chez Mariage Frères. Max était bourré de défauts, mais il savait mettre la vie en scène, la faire pétiller comme du champagne. Ceux qui l'approchaient tombaient sous le charme de son regard de velours et de son sourire ensoleillé. Il pouvait parler d'un nombre incalculable de sujets, jouait au poker comme personne, avait une connaissance encyclopédique du rock and roll et vivait avec une star de cinéma. Tout le monde s'accordait à le trouver irrésistible. Tout le monde sauf elle, sa fille.

— Comment ça se passe dans ton petit studio ? demanda-t-il.

Alice fronça les sourcils, détectant dans l'adjectif *petit* un soupçon de condescendance.

— Très bien, répondit-elle sèchement, omettant d'évoquer le vent glacial qui s'infiltrait par la fenêtre mal isolée et le manque d'espace déprimant.

— Si tu as besoin de quoi que ce soit, surtout, n'hésite pas. Je suis à côté, ça n'est pas un souci.

— Tu me l'as déjà dit. Merci, mais ça va.

Elle mordit dans le gâteau au chocolat qu'elle s'était pourtant juré de ne pas toucher et reconnut la recette de sa grand-mère, le goût de son enfance. Surprise, elle ferma les yeux pour cacher son émotion.

— À vrai dire… reprit Max.

Il posa sa tasse et se leva pour ranimer le feu.

— J'ai un service à te demander.

Les flammes imprimèrent un instant sur son visage un masque rougeoyant qui faisait ressortir les marques de l'âge. En septembre dernier, il avait fêté ses soixante-quinze ans. Il rangea le soufflet dans le panier à bois et s'assit en face d'elle, sur le fauteuil Eames qui avait traversé les décennies.

— Avec Sacha, nous avons décidé de vivre six mois de l'année à Paris et les mois d'été à Malibu.

— Mais ton boulot ?

Bien qu'ayant allègrement dépassé l'âge de la retraite, Max pratiquait toujours son activité de marchand d'art. L'hôtel des ventes de Drouot était sa deuxième maison.

— J'ai déjà pas mal levé le pied. Et comme tu sais, ce n'est pas un métier qui exige d'être chaque jour au bureau. Je continuerai à suivre un peu les ventes en ligne.

— En tout cas, c'est une bonne idée ! Vous partez quand ?

Il toussota et elle sentit que ce départ le rendait nerveux.

— Vers la mi-mai. Dans un peu plus d'un mois. Et donc… je me demandais si tu ne pourrais pas venir t'installer ici pendant notre absence. Je m'inquiète un peu pour les plantes, les tableaux, le courrier, la poussière… Si tu es là, je serai tranquille.

Alice plissa les yeux, méfiante.

— Mais Doria habite juste en dessous, elle peut monter facilement chaque jour, dit-elle en évoquant sa demi-sœur.

— Elle est suffisamment occupée entre son job et sa famille, je ne veux pas l'embêter.

— Moi aussi j'ai un boulot et une famille, je te signale !

Il la regarda, surpris.

— Oui, enfin, ton fils a vingt-sept ans et ton job n'est pas à plein temps. Quant à ton mari...

En le voyant hésiter, Alice lâcha un rire :

— Tu n'as jamais pu le saquer !

Max piqua un morceau de gâteau au chocolat et mastiqua longuement comme pour s'empêcher de dire tout le mal qu'il pensait d'Éric.

— C'est faux. Et ce n'est pas le sujet qui nous occupe, répondit-il sur un ton où perçait une pointe d'impatience.

— De toute façon, c'est de ta faute si je l'ai épousé.

— Allons bon, je suis responsable de ton mariage maintenant ?

— Je voulais être avec un homme aussi différent de toi que possible.

— Je te rassure, tu as parfaitement réussi !

Alice se servit une seconde part de gâteau et en prit une énorme bouchée. Voilà, c'était toujours comme ça avec Max, elle lui en voulait tellement qu'elle ne pouvait s'empêcher de l'agresser. Elle but une gorgée de thé pour faire passer le cake et inspira profondément. David Bowie chantait les aventures planantes de Major Tom. Le vieux disque émettait des craquements légers, le feu lui répondait en crépitant. Cela aurait pu être un moment délicieux. Elle essaya de retrouver son calme.

— Je ne peux pas m'installer ici pour six mois. Cela reviendrait à résilier mon bail.

— Ce ne serait pas une grosse perte, tu ne peux pas rester éternellement dans ce studio pourri !

— Ce studio pourri, c'est chez moi ! Je paye mon loyer, je ne dois rien à personne et personne ne m'emmerde ! De quel droit tu portes un jugement sur le lieu où je vis ?

— J'ai juste pensé que tu serais mieux ici, en attendant d'y voir plus clair avec le divorce. Ce n'est pas une vie d'habiter dans une chambre de bonne à cinquante ans.

— Quarante-neuf ans ! s'insurgea-t-elle.

— La différence est effectivement énorme…

Son ton sarcastique la fit à nouveau sortir de ses gonds.

— Qu'est ce qui te prend de vouloir m'aider alors que tu ne t'es jamais inquiété pour moi ? Tu n'en as jamais rien eu à faire de ma scolarité, mes études, mon mariage…

Max poussa un profond soupir.

— Tu exagères ! Je sais que tu me juges responsable de tous tes malheurs…

— Tu l'es ! Si tu avais été un père potable, je n'en serais pas là !

— Justement, laisse-moi me rattraper !

— C'est trop tard ! cria-t-elle, les larmes aux yeux.

Elle se leva d'un bond et enfila sa grosse doudoune, les mains tremblantes de rage.

— De toute façon j'étais mal partie dès la naissance.

Max eut un élan vers elle.

— Alice, attends ! Prends le temps de réfléchir !

Elle avait déjà claqué la porte.

Naissance

Samedi 2 septembre 1972

DORIA DAHAN REGARDE PARIS DÉFILER par la fenêtre du taxi. L'été s'attarde dans les feuilles vert vif des platanes du boulevard du Montparnasse. Encore un feu rouge. Elle n'arrivera jamais. Son cœur bat, ses lèvres tremblent d'émotion, ses yeux piquent et menacent de déborder. Tout à l'heure, son fils l'a appelée. Aujourd'hui, elle est devenue grand-mère. Elle voudrait voler jusqu'à la chambre où sa petite-fille l'attend dans un berceau de la maternité Port-Royal. Le bébé pèse deux kilos neuf cent et mesure cinquante centimètres. Elle s'appelle Alice, elle se porte bien et la jeune maman aussi.

— Tu l'as prise dans tes bras ? a demandé Doria, pleine d'espoir, à son fils.

— Oui, elle est magnifique, a répondu Max sans rien ajouter d'autre.

Son cœur s'est serré de pitié mais elle n'a rien dit. Ils en ont déjà discuté des dizaines de fois. Elle avait secrètement espéré que la vue de l'enfant le ferait changer d'avis, mais apparemment, il n'en est rien.

— Félicitations mon fils, tu es papa, a-t-elle murmuré, la gorge serrée.

— Merci, maman… C'est un grand jour. Tu peux aller la voir. Ils t'attendent. Chambre 111.

Elle a abandonné le client prêt à commander plusieurs modèles de blousons en cuir, attrapé le cadeau de naissance commandé au Nain Bleu, le plus beau magasin de jouets de Paris, et quitté l'atelier comme une folle. Aussitôt son frère, sa belle-sœur et ses nièces se sont « émotionnés » et l'ont suivie précipitamment sur le pas de la porte du magasin de peaux et fourrures que la famille possède rue d'Hauteville. Elle a hélé un taxi et s'est engouffrée dans la voiture. Par la fenêtre, elle les a vus lui faire de grands gestes et lui envoyer des baisers.

Elle donne en tremblant un billet de vingt francs au chauffeur qui vient de la déposer devant l'hôpital, lisse d'une main ses cheveux laqués, remet son porte-monnaie dans son sac à main. Le hall d'entrée, l'ascenseur, le couloir, une porte qu'elle pousse doucement. Doria entre dans la chambre d'un pas lent. Annick, la nouvelle maman, est à demi assise sur le lit aux draps bleus. Elle paraît si jeune ! Vingt et un ans ! Doria se demande si elle avait aussi ce visage de bébé quand elle a accouché de Max. Un vertige la saisit, ça paraît si loin… et si proche. Vingt-six ans ont filé en un claquement de doigts. Aujourd'hui, elle est grand-mère.

À côté du lit d'Annick, un berceau à barreaux dans lequel sa petite-fille est couchée, les draps tirés au carré. Seule dépasse sa minuscule tête coiffée d'un petit bonnet de coton blanc. Déjà Doria défaille d'amour, elle s'avance vers le berceau, bras tendus, comme hypnotisée.

— N'approchez pas, elle vient de s'endormir.

L'ordre est parti, sec comme un coup de fusil, de la bouche de l'autre grand-mère. Anita Martini se tient très droite près de sa fille. Une femme brune, aux traits tirés et aux yeux noirs qui, s'ils pouvaient tuer, l'auraient abattue sans pitié. À côté d'elle son mari, le crâne chauve et le ventre tendu de graisse, la fixe également sans aménité. Toute leur attitude lui montre que l'indignité présumée de son fils rejaillit sur elle. S'ils pouvaient, ils l'empêcheraient de prendre sa petite-fille dans ses bras. Aussitôt, l'instinct de combattante de Doria se réveille. Elle ne se laissera pas entraîner dans une spirale de culpabilité. Elle redresse les épaules, lisse la jupe de son élégant tailleur camel et sourit.

— Bien sûr, je la laisse dormir ! Je ne comptais pas la réveiller. Elle a pris son biberon ?

— Ma fille la nourrit au sein.

Elle s'avance vers la jeune accouchée et pose un baiser sur son front.

— Comment te sens-tu, mon enfant ? Max m'a dit que l'accouchement s'était bien passé.

— C'était horrible ! Mais maintenant qu'elle est là, j'ai tout oublié.

Doria sourit et pose délicatement le paquet-cadeau sur ses genoux.

— J'ai apporté ça pour Alice. Vous avez choisi un très joli prénom.

Annick défait le ruban et soulève le couvercle de la boîte en carton pour découvrir un merveilleux ours en peluche blanc, à la fourrure aussi douce que du velours. À sa vue, la grand-mère maternelle laisse échapper un claquement de langue désapprobateur.

— Tsss ! Ce n'est pas d'un nounours que cette enfant a besoin ! C'est d'une famille ! *Porca miseria* ! Une fille-mère, un bébé sans père, pas de mariage, la honte sur la famille Martini... Cette pauvre petite est déjà mal partie dans la vie ! Très mal partie.

Comme si elle comprenait qu'on parle d'elle, le bébé se met à pleurer. Aussitôt Doria se précipite, et avant que quiconque ne trouve à redire, la sort doucement de son berceau. En serrant contre elle le corps minuscule, encore recroquevillé, elle se sent submergée par une vague d'amour absolu. Elle se noie. Son cœur, ses tripes, ses bras, ses yeux, tout est inondé d'amour. Posant sa main contre la nuque fragile, elle embrasse son crâne duveteux avec dévotion, respire son odeur enivrante de nouveau-né. Les gestes d'autrefois reviennent avec un naturel déconcertant, elle berce doucement Alice pour la calmer. Son regard croise celui profond et paisible de l'enfant qui vient juste d'arriver sur Terre et qu'on accable déjà. Elle lui jure silencieusement de la protéger de tout et de tous jusqu'à son dernier souffle, et même au-delà. La petite bouche se crispe un court instant puis s'arrondit dans un cœur adorable. Les yeux bleu marine la fixent comme s'ils avaient compris le pacte qui vient d'être scellé, puis se referment. Un souffle paisible indique que le sommeil l'a reprise. Doria la glisse tendrement entre ses draps.

— Je ne laisserai personne parler de ma petite-fille de cette manière ! dit-elle en se redressant. Comment ça, elle n'a pas de famille ? Mon fils l'a reconnue, elle a un père, une mère, des grands-parents, elle ne sera jamais seule.

Amadeo Martini, qui est resté silencieux, secoue la tête avec désolation.

— Quel genre d'homme n'épouse pas la fille qu'il a mise enceinte ?

Dans le fond de son cœur, Doria est d'accord avec lui. En public, elle ne critiquera jamais son fils, mais en privé, elle a tempêté, l'a supplié de prendre ses responsabilités. Il n'a rien voulu entendre. Max n'épousera pas une femme dont il n'est pas amoureux. Pour lui, Annick est une fille rencontrée en boîte de nuit, une jolie aventure d'un mois ou deux destinée dans son esprit à rester sans lendemain. Il ignorait qu'elle n'avait pas encore vingt et un ans et qu'elle n'avait pas osé demander à ses parents, italiens catholiques, l'autorisation de prendre la pilule. En les voyant, Doria comprend sa crainte. Deux grenouilles de bénitier au visage refermé sur leurs préjugés. C'est sûr, la révolution sexuelle n'est pas encore passée chez eux. En revanche, son fils Max en est tout imprégné, il veut « jouir sans entrave », « faire l'amour pas la guerre » et tout un tas de slogans soi-disant révolutionnaires qui les ont menés à cette situation. La chambre de bonne qu'il occupe au sixième étage, au-dessus de leur appartement, lui sert de garçonnière, et Doria ne veut surtout pas savoir ce qui s'y passe. Mais voilà. Une jeune fille de vingt ans est tombée amoureuse du sourire charmeur et des yeux noirs de Max, puis elle est tombée enceinte, et enfin elle est tombée de haut quand il lui a suggéré de se faire avorter. Max a même promis de payer le voyage en Angleterre où la procédure est autorisée, mais Annick n'a pas voulu en entendre parler. Celles qui en sont revenues affirment qu'il s'agit d'une boucherie. Quant aux faiseuses d'anges françaises, qui exercent dans la clandestinité, il en était encore moins question. Ce que voulait Annick, c'était garder l'enfant et se marier pour ne pas affronter les foudres de ses parents. Elle a beaucoup pleuré, maudit le sort et maudit Max, mais il n'a pas cédé. Neuf mois plus tard, le bébé est là et les Martini sont très en colère. Contre leur fille qui s'est déshonorée, et surtout contre Max qui ne veut pas arranger la situation. Doria comprend qu'il faut apaiser leurs craintes.

— Je vous promets qu'Alice ne manquera jamais de rien, les rassure-t-elle. Nous avons déjà parlé de la pension, mon fils s'occupera de sa fille et participera à son éducation. Il prendra un appartement pour la recevoir décemment tous les week-ends. Je veillerai sur elle comme la prunelle de mes yeux. Vous avez ma parole.

Le père Martini fronce les sourcils.

— Toujours d'accord pour la pension, mais c'est non pour les week-ends. Annick et Alice vivront chez nous, à Viry-Châtillon. L'enfant serait perturbée par les déplacements.

— Elle le sera encore plus si elle ne connaît pas son père.

— Il sera libre de venir la voir.

Annick secoue violemment la tête et chuchote pour ne pas réveiller l'enfant.

— Non ! Je ne veux pas le voir, je ne veux pas qu'il vienne, je le déteste !

Doria sent l'inquiétude la gagner. Il a été entendu que l'enfant vivrait avec sa mère, mais rien n'a été discuté concernant le rôle de Max auprès de sa fille. Elle comprend que ces gens ont tout simplement l'intention de les bannir de leur vie. Impensable pour Doria ! Elle veut voir grandir sa petite-fille, la câliner, jouer avec elle, lui raconter des histoires, l'emmener au parc, la gâter… bref, être une vraie grand-mère. Il est hors de question qu'on la prive de ce rôle auprès de cette enfant qu'elle aime déjà à la folie. Elle se tourne vers Annick.

— Cela te fera du bien de sortir le week-end, voir tes amis, aller au cinéma ou simplement te reposer. C'est épuisant de s'occuper d'un enfant.

La jeune maman boude, elle veut faire souffrir celui qui l'a blessée, mais son cœur de mère sait qu'elle ne peut priver Alice de son père. Déjà le bonheur de sa fille passe avant son orgueil. Et puis, l'argument de Doria a fait mouche. Elle aura besoin de temps pour elle, pour se construire une vie.

— C'est vrai que Max est amoureux d'une autre femme ? demande-t-elle. Il m'a dit que c'est pour ça qu'il ne veut pas vivre avec moi.

Le cœur de Doria se glace dans sa poitrine. L'idée que son fils continue à souffrir pour cette vieille histoire lui est insupportable. Ça fait presque cinq ans que Sacha est partie. Il est allé la chercher à San Francisco et en est revenu brisé. Pourquoi ne veut-il pas oublier ? Passer à autre chose ?

— Oui, c'est vrai, malheureusement, murmure-t-elle.

Annick la dévisage en silence, comme pour jauger si elle dit la vérité. Elle soupire tristement.

— Il verra Alice tous les quinze jours, déclare-t-elle.

— Très bien.

Les parents d'Annick ont suivi leur échange sans faire de commentaire. Ils sont clairement sous le choc de tous les bouleversements que cette naissance va générer dans leur vie. Et que diront les voisins ?

— On ne pourra même pas la baptiser ! se lamente la grand-mère.

Doria sursaute.

— Comment ça, la baptiser ? Mon fils est juif !

— Juif ? hurle l'autre en décochant une taloche à sa fille. Tu ne pouvais pas faire tes saletés avec un catholique, au moins ? *Porca miseria* ! Amadeo, je te l'avais dit ! On n'aurait jamais dû quitter Marseille ! Cette petite est vraiment très mal partie !

Le soir venu, quand Max comme chaque jour passe voir sa mère, Doria le fait asseoir en face d'elle. Elle contemple avec passion ce fils si beau, si aimant, trop charmant que la vie lui a donné. Dans quelques jours, il aura vingt-six ans, c'est un homme désormais ; pourtant, elle doit encore le protéger de lui-même.

— Elle ne reviendra jamais. J'espère que tu en as conscience.

Il tressaille comme s'il s'était brûlé. Et c'est exactement ça. Sacha l'a marqué au fer rouge et la cicatrice est toujours douloureuse.

— Ne te mêle pas de ça.

— Je ne veux pas que cela t'empêche de vivre, d'avancer. Tu as une famille maintenant, Max. Tu pourrais être heureux.

— Ne dis pas de bêtises, maman, je ne serai jamais heureux avec Annick.

— Et pourquoi pas ? Elle est jolie comme un cœur, intelligente, et surtout c'est la mère de ta fille !

Max gémit.

— On ne va pas avoir cinquante fois la même conversation !

Elle se lève et leur sert un verre de whisky. La journée a été chargée en émotions. Max remplit un bol de pistaches qu'il pose entre eux, sur cette table où ils ont partagé tant de repas en tête à tête. Une page se tourne ce soir. Alice est née et sa jeune vie les pousse vers le changement. Il lève son verre vers celui de sa mère.

— À Alice, et à la vie.

— *Le'haïm.*

Ils boivent en silence. Doria laisse avec délice ses nerfs se détendre sous l'effet de l'alcool au goût de miel brûlé.

— Je pense qu'il est temps de te trouver un appartement digne de ce nom, où tu pourras correctement recevoir ta fille.

Le visage de Max s'illumine de ce sourire irrésistible qui lui réchauffe le cœur.

— Imagine-toi que j'ai eu exactement la même idée. Et j'ai déjà trouvé ! J'aurai les clés dans un mois, le temps qu'ils fassent les travaux.

Plus qu'un mois, et il partira loin d'elle. Mais il est temps. Elle le sait.

— C'est sensas', Pacha ! Où ça ?

— Tout près. 19 bis, boulevard Montmartre.

2

Le ciel était bleu comme une promesse non tenue

Mai 2022

ALICE CLAQUA DÉFINITIVEMENT et sans regret la porte du triste studio meublé de la rue de la Grange-Batelière. Elle traîna sa lourde valise à roulettes dans l'ascenseur et posa la cage des mésanges bleues dessus. Elle qui autrefois ne se déplaçait pas sans une collection de bagages assortis pouvait désormais faire tenir toute sa vie dans une seule valise et une cage dorée. Les oiseaux faisaient entendre leur chant amical en la fixant de leurs yeux mobiles et brillants comme des perles de jais.

Elle ajusta son serre-tête de velours noir dans le miroir, lissa du bout des doigts ses cheveux blonds coupés au carré, observa sans complaisance son visage fatigué et détourna le regard.

Après avoir remis le trousseau de clefs à la gardienne, elle se dirigea vers le boulevard Montmartre. La vue des grands platanes la réconforta, même s'ils lui paraissaient bien mal en point dans la pollution parisienne. La présence apaisante des arbres était ce qui lui manquait le plus cruellement de son ancienne vie. Le trafic incessant des Grands boulevards l'agressa une fois encore. La valise buta sur le trottoir et faillit se retourner. Elle sentit une de ces terribles bouffées de chaleur s'emparer de son corps. Ses joues se mirent à cuire. Elle appelait ces attaques brûlantes « le lance-flammes ». Ignorant la suée assassine, elle se força à avancer et traversa bravement, sa valise rouge au bout du bras droit, les oiseaux au bout du gauche et son sac lui cisaillant l'épaule, en priant pour qu'un scooter pressé ne vienne pas la percuter. Au bout de sa vie, elle passa le porche du 19 bis boulevard Montmartre.

Son père vivait dans cet immeuble depuis cinquante ans. Alice y avait des souvenirs d'enfance merveilleux, des souvenirs d'adolescence douloureux, des souvenirs d'adulte qu'elle préférait oublier. L'ascenseur la mena au quatrième étage. Elle appuya résolument sur la sonnette. L'appartement crépitait de l'effervescence des grands départs. Dans l'entrée était entreposée une montagne de malles monogrammées. Max lui ouvrit les bras, souriant comme si elle ne l'avait pas abreuvé d'injures un mois auparavant.

Elle avait finalement accepté la proposition de son père, et cet accord avait le goût amer de la défaite. Mais elle avait dû se rendre à l'évidence, le séjour boulevard Montmartre arrivait à point nommé. Ce mois-ci, elle aurait à peine eu de quoi payer son loyer. Elle préférait encore squatter chez Max que rentrer chez elle.

Et voilà, le grand jour était arrivé. Ils partaient ! Enfin presque...

Sacha Volcan, la compagne de son père, débarqua dans l'entrée et l'espace parut soudain trop petit pour trois personnes dont une légende hollywoodienne.

— Bonjour Alice ! Bienvenue chez toi, dit-elle en l'embrassant légèrement.

C'était comme pénétrer dans un nuage de paillettes. Sacha Volcan se la jouait simple et naturelle, mais tout son être irradiait de charisme cinématographique. Elle avait beau avoir soixante-quatorze ans et des cheveux d'un blanc de neige, à côté d'elle Alice se sentait la prestance d'une souris grise.

— Max ! Tu as bien pris ton passeport et ton visa ?

— Oh non ! Je ne sais plus où je les ai mis !

Même Alice connaissait assez son père pour savoir que ce n'était pas la crainte d'avoir perdu son passeport qui faisait dérailler sa voix. Il y avait dans son ton la peur panique de quitter son appartement, son immeuble, son quartier, ses amis de toujours, et toutes ses habitudes de vieux Parisien sédentaire. Sacha prit le visage de Max entre ses mains et l'embrassa très tendrement sur les lèvres.

— Tu as regardé dans les poches de ta veste ?

Il palpa son blouson de toile et sourit.

— Tout est là.

— Je vais chercher mon sac, dit Sacha.

Max se tourna vers sa fille.

— J'ai préparé ta chambre. Si tu as besoin de quoi que ce soit, demande à Mira, la gardienne. Et puis ta sœur est juste en dessous, au troisième.

— Je sais...

— Et tu as le numéro de téléphone à Malibu.

— Je ne te t'embêterai pas là-bas.

— Tu ne m'embêtes pas. Donne-moi de tes nouvelles de temps en temps. Je suis content que tu aies accepté...

Déjà Sacha réapparaissait, plus resplendissante encore que cinq minutes auparavant. Alice se demanda quel était son secret.

— Le chauffeur monte chercher les bagages.

— OK ! On y va.

Son père la serra contre lui. Alice lui tapota maladroitement le dos avant de se dégager aussi discrètement que possible.

— Le frigo est plein, les placards aussi... dit-il.

Sacha sourit.

— Merci de prendre soin de l'appartement. On compte sur toi.

— Euh... Bien sûr.

Un homme en costume et cravate sombres sortit de l'ascenseur pour s'emparer des bagages et repartit aussi vite qu'il était arrivé.

— On descend juste saluer Doria, dit Max. Au revoir, Alice.

— Bon voyage !

Elle était seule. Son premier geste fut d'aller vers la porte-fenêtre du salon pour étouffer le vacarme des voitures. Depuis le temps, son père ne les entendait plus, mais elle avait toujours trouvé ce boucan insupportable. Elle se pencha un instant par-dessus le balcon pour observer Max et Sacha monter dans un gros van noir. Le chauffeur termina de charger les bagages et démarra sans bruit. Elle le regarda se faufiler dans le trafic et leva le nez vers la cime des arbres en respirant à pleins poumons. Le ciel était bleu comme une promesse non tenue. Elle ferma la porte-fenêtre et soupira de soulagement en savourant le silence, puis installa le couple de mésanges dans la cuisine. Glissant la main à l'intérieur de la cage, elle caressa tendrement leurs petits corps jaune et bleu pour les rassurer et leur donna quelques graines à picorer.

Alice se servit un verre de whisky et se laissa tomber sur le canapé Art déco. L'alcool fort lui tordit les boyaux. C'était un ami dangereux qu'elle avait beaucoup fréquenté dans sa jeunesse. Son regard parcourut le grand salon chaleureux décoré d'objets d'art, puis glissa vers la salle à manger et sa table perpétuellement recouverte d'un tapis de poker. Elle songea aux trois chambres spacieuses, à la salle de bains refaite à neuf durant l'hiver, à la grande cuisine conviviale, et soupira d'aise. Après seize mois passés dans une chambre de bonne, glaciale en hiver et suffocante en été, elle avait désespérément besoin de confort.

Elle se dirigea vers son ancienne chambre. Un nouveau lit couvert d'une grosse couette blanche trônait contre le mur. Lentement, elle s'allongea sur le coton doux et, les yeux fixés vers le plafond, médita pour la millième fois sur sa vie désintégrée. Qu'avait-elle fait de travers ? Était-elle vraiment mal partie depuis le départ ? Des larmes tièdes s'échappèrent sur ses tempes. Ces derniers temps, elle perdait pied. En quittant son mari, elle pensait pouvoir se débrouiller seule, être libre et forte. Rien ne s'était passé comme prévu. L'année écoulée avait été affreusement triste et solitaire, loin de sa grande maison, d'Éric, de leurs amis. Elle se retrouvait à l'orée de ses cinquante ans, la vie en vrac, célibataire en instance de divorce, avec un job précaire et un toit provisoire sur la tête. Elle devait tout recommencer à zéro… mais comment ? Et pour faire quoi ?

Sept ans

Dimanche 2 septembre 1979

ENCORE EN PYJAMA, Alice colle le téléphone contre son oreille pour écouter la voix de sa maman qui lui souhaite un joyeux anniversaire. Elle envoie des baisers dans le combiné, pressée de raccrocher pour profiter de son dimanche avec sa grand-mère et son père dans ce grand appartement où elle a une chambre pour elle toute seule.

— À ce soir mon chaton, murmure Annick.

Alice remarque bien qu'elle a l'air un peu triste, et ça lui fait de la peine de la laisser encore une journée toute seule avec Nonna et Papy. Mais son sens aigu de la justice lui souffle qu'elle voit sa mère tous les jours, alors qu'elle ne va chez son papa que deux week-ends par mois. Alice est devenue très forte pour compter les jours et les semaines.

Pour fêter ses sept ans, elle ne rêvait que d'une chose : fuir la petite chambre qu'elle partage avec sa mère chez ses grands-parents à Viry-Châtillon, et aller se faire chouchouter comme une princesse par sa Mamika, la mère de son papa. Sa maman lui a pourtant proposé d'organiser une jolie fête à la maison avec ses copines de l'école, mais elle a préféré les inviter mercredi. Son anniversaire avec Mamika dure tout le week-end. Juste elles deux, libres de faire tout ce qu'elles veulent. Tout à l'heure, elle aura des cadeaux et son papa sera là pour souffler ses bougies d'anniversaire.

Quand elle raccroche, Mamika lui tend la main.

— Alors *ijika*, qu'allons-nous faire aujourd'hui ?

— On va voir un Oualdiznai au cinéma !

Sa grand-mère sourit et la serre contre elle à l'étouffer.

— J'en connais une qui a de la chance. J'ai regardé dans le Pariscope et on donne *Le Livre de la jungle* au Rex !

— Il y a une princesse dedans ?

— Je ne sais pas. Mais quel besoin d'une princesse ? C'est toi, la princesse de Mamika.

Alice colle sa joue contre celle de Doria, sa grand-mère à l'accent chantant, toujours élégante dans de jolies robes à la taille fine, poudrée, parfumée, brushinguée, manucurée, embijoutée. Mamika pour qui elle est une princesse, une *Luzia*, une *ijika*, une *preciada*. Elle ne comprend pas tous ces mots qui roulent comme des bonbons dans sa bouche maquillée de rouge à lèvres, mais auprès d'elle, elle se sent la plus précieuse des enfants.

— Et si on préparait ton gâteau d'anniversaire ?
— Ouais ! s'écrie Alice.
— Chuuuut ! Ne réveille pas ton papa. Il dort toujours.
— Il a encore travaillé tard ?

Dans la cuisine, Mamika, un tablier fleuri autour de la taille, prépare d'abord les ingrédients : de la farine, des œufs, du chocolat, du beurre, du sucre... Alice la regarde faire avec application. Son moment préféré, c'est quand sa grand-mère casse une grosse tablette de chocolat en tout petits morceaux pour les faire fondre dans une casserole avec un peu de lait. Toute la cuisine embaume, et ensuite elle a le droit de lécher la cuillère.
— Tu crois que papa va aimer mon gâteau d'anniversaire ?
— Bien sûr, *preciada*. Tous les hommes aiment les gâteaux.
Dans un grand saladier, Doria verse le beurre tout mou comme de la « pommade », ajoute le sucre, la farine, un sachet de levure, le lait. Alice ne perd pas une miette des opérations et meurt d'envie d'y tremper son doigt.
— Les hommes sont de grands enfants, explique Mamika tout en touillant avec une grande cuillère en bois. Ils adorent qu'on leur fasse des bonnes choses à manger et des câlins, qu'on leur prépare une jolie maison, qu'on les écoute, qu'on leur dise qu'ils sont des champions du monde... Quand tu seras grande, tu rencontreras ton prince charmant, comme la princesse Aurore, tu te marieras et tu feras comme je t'ai dit. Alors ton mari ne voudra jamais te quitter. Tu as

l'âge de raison, maintenant, tu es assez grande pour comprendre cela.

Doria incorpore le chocolat fondu à la préparation. Alice ne perd pas une miette des paroles de sa grand-mère qui lui parle toujours comme à une grande personne et non comme à un bébé. Elles abordent souvent « les choses de la vie », des sujets qui fascinent totalement la petite fille. Mamika explique toujours pourquoi il faut faire certaines choses et pourquoi d'autres sont interdites. Elle ne crie jamais, ne dit pas « c'est comme ça, tu n'as pas besoin de comprendre » comme font Nonna et Papy. Auprès d'elle, Alice a l'impression d'être intelligente, elle a le droit de poser toutes les questions qui lui passent par la tête.

— Tu crois qu'un jour il y en aura une qui fera ça avec papa ?

— Ton père est tombé sur une de ces féministes qui ne pense qu'à elle. Résultat, il est tout seul, et elle aussi.

— Comme maman... murmure Alice si bas que sa grand-mère ne peut l'entendre.

C'est ainsi que le mot « féministe » s'est accolé au mot « solitude » dans son petit cerveau tout frais. Sa mère aussi est toute seule... C'est sûr ! Elle doit être féministe.

— Maintenant, passe-moi les œufs. On va séparer les blancs des jaunes et monter les blancs en neige. Tu te souviens comment on fait ?

— Avec le batteur qui tourne !

Alice est tellement enthousiaste à l'idée de manipuler le batteur qu'elle attrape la boîte d'œufs avec un peu trop de précipitation et la fait tomber par terre.

Voyant les coquilles brisées et les jaunes répandus sur le carrelage, elle se met à pleurer. Doria se penche et essuie prestement les dégâts.

— Ce n'est pas grave, ça arrive... Pourquoi tu pleures, *ijika* ?

— C'est à cause de la malparthie ! Nonna dit toujours : « Cette enfant a la malparthie. » C'est une maladie. C'est pour ça que j'ai toussé la semaine dernière, et aussi que Sophie n'a pas voulu jouer avec moi dans la cour... et maintenant, j'ai cassé les œufs.

— Ah Dio ! Mais qu'est-ce que tu racontes ? Nonna dit des bêtises. Quelle maladie ? Ma petite fille n'est pas mal partie ! Au contraire : tu es une princesse, comme dans les Walt Disney ! Et tu auras une vie merveilleuse. Tu m'entends, Alice ? Qu'est-ce que j'ai dit ?

— J'aurai une vie merveilleuse.

— C'est ça ! Et la malparthie n'existe pas. Ce n'est pas dans le dictionnaire, d'accord ? Maintenant, on finit ton gâteau d'anniversaire.

Rassérénée, Alice attrape la cuillère recouverte de chocolat fondu et se met à la lécher avec application. Elle a même le droit de monter les blancs en neige en tenant le batteur électrique de ses deux mains, la paume douce de sa grand-mère par-dessus pour ne pas dérailler.

— Regarde ! Ça fait comme un nuage ! Et le gâteau c'est un nuage au chocolat !

— Tu as raison. On va l'appeler comme ça maintenant, dit Doria avant d'enfourner.

La fin de matinée se passe entre coloriages et préparation du déjeuner. Une délicieuse odeur de chocolat flotte dans l'appartement. Pour Alice, c'est le parfum du bonheur. Elle est en train de placer les verres devant les assiettes sur la table quand elle entend son père sortir de la salle de bains.

— Papa ! s'écrie-t-elle en se jetant à son cou.

Quand il se réveille, Max se dirige toujours vers la douche comme un somnambule, sans faire de bruit. Il laisse longtemps couler l'eau sur lui pour se tenir droit. Son père est comme les plantes, il a besoin d'être arrosé. Le week-end, il dort comme un loir, car il travaille beaucoup, même la nuit ! Il va dans des boîtes où on danse, pour trouver des clients pour ses tableaux et ses meubles. Alice se demande bien comment on peut danser dans une boîte, mais elle n'ose pas demander à son père. Max l'attrape et la soulève dans les airs.

— Joyeux anniversaire, Alice jolie !

Son papa sent toujours bon. Il se met du parfum et s'habille avec des habits à la dernière mode. Alice pense qu'il se fait beau pour trouver la femme qui s'occupera bien de lui. Parfois il y en a qui une qui dort dans son lit, mais elle part vite et ne revient jamais. Alice aimerait bien que sa maman prenne soin de Max. Elle pourrait lui faire de bons gâteaux, mais malheureusement, elle ne lui dirait jamais qu'il est un champion du monde, parce qu'elle le trouve « complètement con ».

— À table ! dit Mamika.

Sa grand-mère a préparé son repas préféré : des boulettes de viande grillées et des frites. Avec Max, le repas est toujours très joyeux. Il raconte tout un tas d'histoires incroyables qui lui sont arrivées au travail.

Alice ne comprend pas tout, mais il la fait rire. Pour lui, la vie est un jeu. D'ailleurs, il lui demande toujours si elle s'amuse bien à l'école, mais jamais si elle a des bonnes notes. Enfin vient le moment du gâteau. Mamika a planté sept bougies roses qui forment un cœur. Alice prend une grande inspiration pendant que son père et sa grand-mère chantent *Happy birthday to you*... Elle souffle et réussit à éteindre toutes les flammes d'un coup. Puis Max lui offre une Barbie cavalière, et Mamika le cheval qui va avec. Elle serre les cadeaux contre son cœur.

— Papa, tu viens avec nous au cinéma voir le Oualdiznai ?

— Désolé, je ne peux pas, j'ai rendez-vous avec Maurice cet après-midi.

Alice sent les larmes lui monter aux yeux. Il adore s'amuser, mais jamais avec elle.

— Allez, juste pour mon anniversaire...

Max a l'air bien embêté. Il plie sa serviette, se passe la main sans les cheveux, regarde sa mère...

— Bon d'accord, pour ton anniversaire.

— Ouais !

Cette après-midi-là, bien calée dans un fauteuil moelleux du Grand Rex, entre son père le prince charmant et sa grand-mère la bonne fée, Alice s'est sentie comme une vraie princesse Walt Disney ! Quand l'ouvreuse est passée dans son uniforme rouge, avec son panier de friandises autour du cou, Max lui a acheté un Eskimo. Il en faut peu pour rendre heureuse une petite fille de sept ans.

3

Le sentiment de perte l'aspira comme un gouffre

Voilà plusieurs jours qu'Alice retardait le moment de rapatrier son matériel boulevard Montmartre. Quand elle vivait encore dans le studio, elle n'avait pas d'autre choix que le laisser dans sa grande maison de Vineuil-Saint-Firmin, mais aujourd'hui, tout l'appartement était à sa disposition. Elle devait y aller, ne serait-ce que pour les mésanges… même si ses cheveux se dressaient sur sa tête rien que d'y penser.

La matinée passa, informe et déprimante. Alice traînait en peignoir sur le canapé du salon en essayant de lire un vieux roman de Sagan pioché dans la bibliothèque. À midi, elle n'avait pas bougé. Tout en se détestant pour son inertie, elle se sentait incapable de se lever.

Sur le buffet aux portes laquées de noir était posée une photo de Max adolescent et sa Mamika adorée, encore toute jeune. Pour la mémoire de ce visage tant aimé, elle résista très fort à l'envie de se siffler un shot. Son père était de cette époque où l'alcool s'affichait sans contrainte. Sur une table roulante des années 1970 étaient exposées différentes bouteilles de whisky, de cognac et de bourbon aux cinquante nuances d'ambre, ainsi que des eaux-de-vie, du gin et du rhum. La vodka, elle, était rangée dans le congélateur pour être bue frappée. Autrefois trônait dans cette même pièce un véritable bar, une superbe pièce Art déco, élément phare de nombreuses soirées, dont celle où elle avait connu sa première cuite.

Alice se consola en s'offrant un bol de glace vanille surmontée de chocolat fondu et de framboises. Quand il ne resta plus une trace de ce délice, elle prit son courage à deux mains et se dirigea lentement sous la douche. Elle enfila ensuite un pantalon de toile beige, un polo Lacoste et de confortables mocassins marine, avant d'ajuster son serre-tête de velours. Le miroir lui renvoya ce visage défait qui semblait être devenu le sien au naturel. Elle sourit pour faire remonter ses joues, posa un peu d'anticernes dans le creux de ses yeux. Fin prête, elle s'empara de la cage en murmurant des mots doux aux oiseaux.

Autrefois, le mois de mai avait pour Alice des charmes bouleversants. Le printemps était passé par là et après les premiers bourgeons, un foisonnement de feuilles toutes neuves et vernissées s'épanouissait autour d'elle comme au commencement du monde. Les oiseaux fêtaient la fin des frimas en chantant à gorge déployée. C'était le temps de la percée fulgurante des muguets, du lilas délicat, des fleurs de tilleul au parfum enivrant, des jeunes feuilles de peupliers frémissant sous le vent, des noisetiers fraîchement touffus où couraient les écureuils, des grands sapins élançant vers le ciel leurs nouvelles pousses vert pâle. Ses arbres lui manquaient, surtout le vieux lilas mauve qu'elle avait sauvé l'hiver dernier par ses soins incessants. Le sentiment de perte l'aspira comme un gouffre. Elle appuya sur l'accélérateur. Sa Lexus électrique fonça sur l'autoroute A1, avalant des kilomètres d'asphalte lisse.

Tout en roulant, Alice prévoyait déjà de ne pas s'attarder. Entrer dans la remise, faire ses cartons, s'occuper des mésanges, partir, tel était le programme. Pour éviter les pensées déprimantes elle alluma la radio. La voix de David Bowie chantant *Absolute Beginners* l'aida à tenir jusqu'à Vineuil-Saint-Firmin, petite commune limitrophe à la ville de Chantilly où elle avait vécu pendant près de vingt ans.

Le portail était ouvert, ce qui eut le don de l'agacer. Elle gara sa voiture juste devant l'ancienne dépendance qu'elle avait transformée en bureau. La clé glissa dans la serrure de la vieille porte en bois. Elle posa la cage sur le sol. Alice appelait cet endroit sa cabane de Peau d'âne, tant elle avait le charme du passé. Elle avait gratté les vieilles pierres qui avaient retrouvé leur blondeur originelle et comblé les espaces avec des joints de ciment clair, remplacé à l'identique la fenêtre à croisillons vermoulue, installé l'électricité et aménagé un beau bureau sur une table de ferme chinée dans une brocante alentour. Un rayon de soleil entra par la porte grande ouverte, révélant quelques grains de pollen flottant dans l'air comme de la poussière de fée. Elle avait aimé les heures passées ici au calme, à faire ses comptes, préparer ses commandes, répéter son argumentaire.

Alice ouvrit la fenêtre qui donnait sur son cher lilas guéri, ployant sous ses grappes mauves, et inspira profondément le parfum champêtre qui lui caressait les narines. Dans leur cage, les mésanges chantaient de petits trilles festifs en agitant leurs minuscules têtes jaune et bleu. Elle se pencha, ouvrit la cage et prit un oiseau dans chaque main, en leur murmurant des mots doux, puis les déposa avec délicatesse sur le rebord de la fenêtre. Le couple de passereaux sautilla gracieusement quelques secondes sur la traverse, puis leurs ailes s'ouvrirent et, en trois battements, ils furent dans les airs. Alice les aperçut quelques secondes plus tard, posées sur la basse branche d'un chêne. Elle regarda, émue, leur plumage coloré se fondre dans le décor. Comme à chaque fois, elle avait le sentiment du devoir accompli. Rendre la liberté à des petits êtres enlevés à leur habitat naturel pour être enfermés en cage lui procurait une joie intense, la sensation de leur rendre justice. Aussi souvent qu'elle le pouvait, Alice se rendait dans une de ces sinistres animaleries du quai de la Mégisserie[1] et achetait un couple d'oiseaux susceptibles de s'acclimater au climat de l'Oise : elle avait constaté que mésanges, pinsons, rossignols et même perruches survivaient parfaitement en liberté. Au fil du temps, elle avait libéré une sacrée colonie de petits prisonniers. Entendre des chants dans son jardin et se dire que peut-être c'était celui de ses protégés inondait toujours son cœur de joie. Son jardin était truffé d'abris.

Elle déposa quelques graines dans une coupelle à l'intérieur de la cage dorée où aucun oiseau n'était jamais

1. Depuis plus de vingt ans, une procédure judiciaire vise les animaleries et oiselleries du quai de la Mégisserie pour mauvais traitements envers les animaux : des centaines d'oiseaux ont été retrouvés dans des sous-sols humides et sombres, privés d'eau, enfermés dans des cages vétustes et surpeuplées, avec des traces de blessures. Le marché aux oiseaux, lui, a été définitivement fermé le 31 décembre 2022.

revenu et se mit au travail. Une heure plus tard, la petite pièce était vide de tout ce qui pouvait rappeler sa présence, les cartons Scotchés et calés dans le coffre.

Alice s'apprêtait à remonter en voiture, le cœur apaisé, quand elle remarqua que le lierre vorace, régulièrement ratiboisé par ses soins, s'élançait désormais très haut sur le tronc du cèdre du Liban, menaçant de l'étouffer sous peu. Elle se pencha pour arracher les tiges tentaculaires, avec une envie de pleurer qui lui bloqua la gorge. Des mauvaises herbes avaient envahi l'allée de gravier. Ses rosiers n'avaient pas été taillés. Son jardin, son bijou, objet de tant de soins et d'amour, était laissé à l'abandon.

Elle s'approcha de la maison pour examiner les plants de roses trémières qui faisait sa fierté. Elles s'épanouissaient le long de la façade, apportant une note pastel aux pierres trois fois centenaires. Par la porte-fenêtre de la cuisine, elle aperçut son mari attablé devant une montagne de paperasse et ébaucha un mouvement de recul. Mais déjà, il s'était levé pour lui ouvrir.

— Alice ! Que fais-tu ici ? Quelle bonne surprise !

Elle réajusta son serre-tête d'une main nerveuse

— Je suis passée chercher mon matériel.

— Tu veux prendre un café ?

— Ça fait vingt ans que je ne prends pas de café l'après-midi !

La réponse était partie, cinglante comme une gifle. Il cligna des yeux, l'air perdu. En quelque mois, son visage était devenu mou, ses joues pendantes. Le cœur d'Alice se serra en constatant à quel point Éric Lambert avait perdu de sa superbe. Elle avait tellement aimé cet homme, son prince charmant. Peut-être même l'aimait-elle encore ?

— Je veux bien un thé… dit-elle en s'adoucissant.

— Entre donc.

Elle s'était pourtant promis de ne pas pénétrer dans la maison. Aussitôt le seuil de la cuisine franchi, une douleur atroce lui empoigna le cœur. Autrefois, elle avait récuré une à une les tomettes d'époque couvertes de mousse, chiné et porté l'évier de pierre à bout de bras, choisi la robinetterie, la couleur des placards, le plan de travail et le moindre torchon de cette pièce avec goût et amour. *C'est chez moi ! Tout ce qui est ici est le fruit de mon travail !* eut-elle envie de hurler. À la place de quoi, elle le regarda choisir la théière ébréchée qu'elle n'utilisait jamais, y glisser un sachet de thé Lipton alors qu'elle n'aimait que le thé en vrac. Elle se retint de lui arracher les objets des mains pour se préparer un breuvage correct, se posa sur un coin de chaise et passa tendrement la main sur le bois poli par les ans. Ils avaient acheté cette table chez un ébéniste de Chantilly qui fabriquait des meubles avec des bois de récupération. Elle se souvint de leur joie ce jour-là, de leur premier dîner assis côte à côte face à leur fils Simon, alors âgé de douze ans. Entre ces quatre murs, ils avaient été heureux. Elle se demanda si tout avait commencé le jour où elle avait découvert ce qu'Éric avait fait… ou bien était-ce avant ? Étaient-ils condamnés à l'échec dès le départ ?

— Comment vas-tu ? demanda-t-elle doucement.

— Je fais aller…

Elle posa sa tasse et se leva pour passer une main apaisante sur son front pâle. Il retint ses doigts entre les siens.

— Tu ne veux pas rester ?

— Éric…

— Je voudrais tellement que tu reviennes. Sans toi, la vie n'a aucun sens. Tu me détestes donc tant ?

Alice retira doucement sa main, engloba une dernière fois du regard la grande pièce chaleureuse et murmura :

— On n'est pas obligé de détester quelqu'un pour le quitter.

Il se détourna avec humeur.

— Je te rappelle que tu n'as plus vingt ans, Alice. Les hommes sont attirés par des femmes beaucoup plus jeunes, ça sera difficile de refaire ta vie…

— Je ne veux pas refaire ma vie, juste la continuer sans toi.

Quinze ans et sept mois

Samedi 23 avril 1988

CELA FAIT UN AN, deux mois et cinq jours que sa grand-mère est morte et depuis, le monde d'Alice ne tourne plus rond. Le malheur s'est abattu sur elle. Celle qui l'aimait plus que tout n'est plus là pour la chérir, la protéger et lui dire que la vie sera merveilleuse. En un an, Alice est passée de petite fille sage à ado rebelle. Elle balance entre l'envie de tout détruire et celle de vivre à cent à l'heure, entre colère et nihilisme, comme une boussole qui aurait perdu le nord.

Dans sa famille maternelle, personne ne pleure Doria, personne ne la connaissait comme elle. Qui pouvait deviner quel trésor de tendresse se cachait derrière ses yeux de velours noir ? Qui pouvait connaître sa générosité, sa fantaisie, son rire en cascade ? Qui pouvait comprendre les mots doux susurrés en ladino qui faisaient ronronner sa petite-fille de bien-être ? Tout cela a disparu le 18 février 1987, quand Max a téléphoné pour annoncer qu'elle était morte. Une crise cardiaque fulgurante l'avait terrassée en quelques secondes. Il l'avait trouvée allongée sur son canapé en velours bleu ciel, une tasse de thé renversée près de sa main ouverte. Et puis il y avait eu l'enterrement, très vite, le lendemain de l'horrible nouvelle. Alice avait assisté à la mise en terre, totalement hébétée, sans comprendre ce qui lui arrivait. Le rabbin avait déchiré la chemise de Max et celle de Salomon, le frère de Mamika. Il y avait eu des prières en hébreu et en judéo-espagnol, une chanson de Georges Moustaki. Max l'avait embrassée en pleurant. Elle était rentrée chez elle. Quelques jours plus tard, il avait passé un coup de fil pour annoncer qu'il n'était pas en état de la voir. Puis plus rien. Pas de nouvelles.

Dans les mois qui ont suivi, Alice s'est mise à vriller. L'élève appliquée est devenue une cancre qui sèche souvent les cours et traîne avec les mecs les plus infréquentables du lycée Marcel-Pagnol d'Athis-Mons. Elle est passée du Coca-Cola à la George Killian's, du chocolat aux cigarettes, du paquet de bonbons à la colle Scotch sniffée au fond d'un sachet de plastique. Elle prend le RER C pour aller à Châtelet-Les Halles, écoute The Cure et New Order entre deux tubes du Top 50 à fond dans son Walkman. Alice a décoloré ses cheveux bruns en blond platine et se fait l'œil charbonneux comme Madonna, son idole, porte des Dr. Martens et des jeans déchirés.

Sa mère, qui travaille désormais à la Banque générale, a choisi pile le moment pour tomber amoureuse d'un certain Gérard. Elle vit là-haut sur son nuage, sans voir combien sa fille est perdue. Alice pourrait être heureuse pour sa mère si l'amoureux en question, un collègue de la Banque, arrêtait de squatter chez elles. En 1981, elles ont quitté Viry-Châtillon pour un trois-pièces dans la ville voisine, à Juvisy-sur-Orge, où elles ont enfin chacune leur chambre ! Alors la présence de ce type, c'en est trop pour Alice qui étouffe et voudrait fuir, mais où ? Et soudain, la semaine dernière, son père a appelé. Il va mieux. Il lui a proposé de passer le week-end avec lui.

Pour la première fois, Alice s'est sentie vraiment heureuse de le voir. Enfin quelqu'un avec qui parler de Mamika, quelqu'un qui comprenne et partage sa peine. Quand elle était petite, Max était un peu l'homme invisible. Il prenait ses repas avec elles, puis disparaissait, toujours occupé à mille projets. Alice s'imagine déjà se jeter dans les bras de son père et enfin laisser couler librement ses larmes, blottie contre lui.

Pour éviter le souvenir trop douloureux des déjeuners du samedi, elle décide de débarquer boulevard Montmartre en fin de journée. Elle s'est soigneusement maquillée, a mis son tee-shirt des Guns N'Roses et son 501 déchiré, certaine qu'il la trouvera super classe. Elle sonne longtemps avant qu'il ne vienne lui ouvrir.

En découvrant Max sur le palier, les yeux d'Alice manquent de sortir de leurs orbites. Son père, très brun jusqu'à l'an dernier, a désormais les cheveux tout gris et a terriblement maigri. Sa chemise est trempée. Mais surtout, il tient une petite fille minuscule qui hurle à pleins poumons, entortillée dans un drap de bain. Elle doit avoir trois ou quatre ans. Ses cheveux noirs forment un casque soyeux sur sa peau pâle. Ses grands yeux pleins de larmes lui mangent le visage.

— Qui c'est, celle-là ?

— Je te présente ta petite sœur, Doria.

Alice tique sur le prénom. Un nuage de coton autour des oreilles la persuade qu'elle a mal compris.

— Je n'ai pas de sœur.

— Elle est ma fille, et toi aussi. C'est donc ta sœur.

— N'importe quoi, c'est même pas ta fille, hurle-t-elle d'une voix bien trop aiguë.

— Ta grande sœur est un peu énervée, Doria, murmure Max à l'enfant qui pleure toujours. Ça va lui passer.

Alice les bouscule d'un coup d'épaule pour rentrer dans l'appartement, se précipite dans sa chambre, claque violemment la porte et se jette sur son lit. Elle a eu le temps d'apercevoir des peluches dans la chambre de sa grand-mère, et la salle de bains sens dessus dessous. Son père a donné le bain à l'intruse, chose qu'il n'a jamais faite pour elle. C'est confirmé, Alice est dans un film d'horreur. Les larmes qu'elle voulait verser dans les bras de Max coulent sur l'oreiller. D'où sort cette affreuse mioche ? Pourquoi est-elle là ? Et surtout, pourquoi s'appelle-t-elle comme Mamika ? Alice sent une haine violente naître dans son cœur. Jamais cette Doria-là n'entrera dans sa vie. Plutôt crever.

Un peu plus tard, Max les appelle à table. Il a préparé des frites et une omelette aux fines herbes. Alice a faim, elle mange sans prononcer un mot pendant qu'il se débat avec « les trucs verts » que la naine refuse d'avaler.

— J'ai des amis qui viennent jouer au poker tout à l'heure, tu pourras t'occuper d'elle ? Tu lui mets un Walt Disney dans le magnétoscope. Elle est très gentille, tu verras.

— Compte pas sur moi ! lâche-t-elle en se levant sans débarrasser, manquerait plus que ça !

Elle file dans le salon avec le projet d'appeler Cathy pour aller la rejoindre. Il faut qu'elle se tire d'ici. Peut-être que sa copine est avec la bande des frères Da Mota. Ils sont un peu voyous, mais Cathy traîne souvent avec eux, et Alice aimerait bien faire de même. Elle attrape le nouveau téléphone à touches super branché, mais la sonnerie retentit dans le vide.

— Alors, quel film allez-vous choisir ? demande Max en entrant, la mioche toujours dans les bras.

Elle doit pourtant être capable de marcher. Il la pose sur le canapé et farfouille dans les cassettes VHS.

— Tiens ! *Alice au pays des merveilles* ! C'est de circonstance.

Il glisse la cassette dans le magnétoscope et court préparer ses tables de poker. La gamine se tourne vers Alice.

— C'est vrai que t'es ma sœur ?

— Non. Toi, on t'a trouvée dans une poubelle.

— C'est même pas vrai !

— Tais-toi et regarde le film.

Dans le grand salon de Max, les murs, autrefois noirs, ont été repeints en saumon et des spots ultra modernes ont remplacé les grosses lampes champignon. Les yeux d'Alice tombent sur le bar, un meuble spécial où les bouteilles sont alignées comme les livres dans la bibliothèque de sa mère. Il y a même des hauts tabourets comme dans un vrai café. Elle tend la main vers les liquides précieux, fascinée comme la princesse Aurore par le rouet dans la *Belle au bois dormant*. Quel choix ! Elle ouvre un flacon plein d'une liqueur sombre, le renifle puis boit directement au goulot. C'est doux, lourd et sucré comme du sirop. Ça s'appelle du cherry.

— C'est pas vrai qu'on m'a trouvée dans une poubelle ! hurle la petite, les yeux débordant de larmes.

Alice a peur que ses cris alertent Max. Pour la faire taire, elle verse un peu de liqueur de cherry dans un verre et le lui tend.

— Tiens, goûte, c'est bon.

Effectivement, la mioche apprécie et en redemande. Alice lui verse un second fond de verre et s'en envoie une nouvelle grosse lampée, puis encore une autre. C'est absolument délicieux. Elle décide d'aller laver le verre de la petite dans la salle de bains, son père risque de ne pas trouver ça drôle. Quand elle revient dans le salon, l'usurpatrice s'est endormie par terre, la tête sur le tapis. Elle l'enjambe, s'installe sur le canapé, la bouteille de cherry à portée de main, et se laisse entraîner dans le monde de Walt Disney, au pays de la reine de cœur qui demande qu'on lui coupe la tête. Alice divague. Le jeu de cartes se confond dans sa tête avec les cartes à jouer de son père. Elle sait jouer au poker ! Elle n'a rien à faire devant un dessin animé comme un bébé. Sa place est à la table de jeu, avec les grands. Le film est terminé depuis longtemps et la bouteille de cherry est bien entamée quand Alice se dresse sur ses longues jambes qui ont grandi trop vite. Tout son corps a changé d'un coup. Elle a des seins, une taille fine, un nouveau visage qu'elle maquille pour effacer toutes traces de l'enfance. Un peu titubante, elle se dirige vers la salle à manger dont elle ouvre grand la porte pour découvrir une douzaine d'hommes installés autour de deux tables de jeu recouvertes de tapis verts. Devant eux s'étalent des montagnes de jetons, des verres de whisky, des cigares fumants et une boîte de bois précieux pleine de billets de banque que Max appelle la taille.

— Moi aussi je veux jouer, annonce-t-elle.

Une armée de têtes masculines se tourne vers elle. D'un bond, Max est près d'elle avec ses cheveux gris de vieux. Il chuchote :

— Tu ne peux pas rester là, c'est une partie pour les adultes, avec de l'argent.

— Je sais jouer, c'est même toi qui m'as appris !

— Oui mais là, ce soir, ce n'est pas possible. On jouera ensemble demain.

Il esquisse un geste vers elle, elle le repousse violemment, ivre de cherry, de rage et de chagrin.

— Je te déteste ! Je te hais !

— Alice, s'il te plaît...

Des larmes coulent sur son visage, entraînant avec elles des rigoles de khôl et de mascara. Max tente de la prendre dans ses bras, elle bondit loin de lui.

— Ne me touche pas, sale connard !

— Veuillez m'excuser, je passe, lance-t-il aux joueurs qui les contemplent, atterrés. Viens, on va discuter tranquillement dans ta chambre.

Folle de colère, Alice lui balance un coup de pied.

— Lâche-moi ! crie-t-elle.

— Chut, tu vas réveiller ta sœur !

— C'est pas ma sœur ! Pourquoi elle est là ? Pourquoi elle s'appelle Doria comme Mamika ? Ça fait un an qu'elle est morte et un an que tu m'as pas vue. Tu ne m'as même pas appelée pour me demander comment j'allais.

— J'ai téléphoné… tente Max.

— Il n'y a pas que toi qui comptes ! Moi aussi, je l'ai perdue ! Moi aussi, je suis triste. Et maintenant il y a cette sale mioche qui débarque et qui prend toute la place.

Elle ne peut plus retenir ses sanglots, bouleversée par tant d'injustice. Ils éclatent dans la nuit. Son père la regarde, complètement défait. Elle voudrait qu'il crève, là juste sous ses yeux.

— Je suis désolé, Alice, viens, on va s'expliquer ailleurs…

— Va mourir !

Et alors que la situation ne semble pas pouvoir être pire, quelqu'un sonne à la porte. Elle voit le visage de son père se remplir de terreur.

— Les RG ! Vite ! Planquez le cash !

— Je vais ouvrir, ils vont m'entendre… dit Gégé Giacobbi.

C'est l'ami mafieux de son père. Tout le monde fait semblant de ne rien savoir, mais tout le monde le sait. En tout cas, Alice a vu *Le Parrain*, elle est sûre de son fait.

— Bonsoir madame l'assistante sociale ! hurle Gégé, entrez donc !

Max, paniqué, regarde Alice avec des yeux suppliants.

— Va te démaquiller et fous-toi au lit, chuchote-t-il. Où est Doria ?

— Dans le salon ! répond-elle avant de filer comme une flèche.

Jamais elle n'a fait aussi vite. Alice est pleine de terreur. On pourrait l'emmener, la mettre en prison pour mineurs pour ivresse sur la voie publique. C'est ce qui est arrivé à la sœur de sa copine Cathy. Elle fonce dans la salle de bains, voit son maquillage explosé dans le miroir, verse une tonne de lait démaquillant sur une rondelle de coton, se débarbouille à vitesse grand V, se brosse furieusement les dents pour ne pas sentir l'alcool et se jette tout habillée sur son lit, juste au moment où l'assistante sociale ouvre doucement la porte de sa chambre.

— Bonsoir, murmure-t-elle.

— 'soir, répond Alice, complètement terrorisée.

— Tu permets que j'entre un moment ?

Elle a envie de hurler « non ! » mais répond « oui ». La femme fait quelques pas dans sa chambre. Elle porte un tailleur bleu comme un uniforme de police, avec des épaulettes si larges qu'elles lui font une silhouette triangulaire, et tient un dossier rouge sang à la main.

— Je m'appelle Hélène Moulin, et je suis assistante sociale. Je viens juste vérifier comment Max Dahan se comporte avec la petite Doria. Ne t'inquiète pas, je ne te veux aucun mal. Comment tu t'appelles ?

— Alice.

— Quel âge as-tu, Alice ?

— Quinze ans et demi.

— Tu connais ces messieurs qui sont dans le salon ?

Alice la regarde, de plus en plus affolée. Pourquoi lui pose-t-elle cette question ? Est-ce qu'elle croit qu'elle fait partie de la mafia, elle aussi ?

— Euh, non, pas tous. À part mon père, évidemment.

— Ton père est Max Dahan ?

— Oui.

— Est-ce qu'ils t'ont fait boire ?

Cette fois ça y est, elle est cuite.

— Non, pas du tout !

— Ont-ils essayé de te toucher ?

Alice recule, choquée.

— Quoi ? Non ! Ce sont des amis de mon père !

— As-tu tes papiers sur toi, Alice ?

Elle se lève, fouille dans son sac à dos et tend sa carte d'identité, d'une main tremblante. L'assistante sociale examine attentivement la fiche beige.

— Alice Dahan, née le 2 septembre 1972. Parfait. Dis-moi... dirais-tu que Max Dahan est un bon père ?

— Euh... je ne sais pas.

L'assistante sociale ouvre son dossier rouge et note quelque chose à l'intérieur. Puis elle range son crayon dans son sac et lui sourit.

— Merci beaucoup, Alice. Tu devrais te coucher. Il est tard.

Elle repart en refermant doucement la porte. Alice bourre son oreiller de coups de poing silencieux, en rêvant que ce soit la belle gueule enfarinée de Max. Un bon père ? Une grosse merde, oui !

Le lendemain, à peine réveillée, Alice rentre chez sa mère, sans même prendre son petit déjeuner. Elle trouve Annick dans la cuisine, en train de se préparer des spaghettis *all'arrabbiata* et se jette dans ses bras.

— Je ne veux plus jamais y aller !

4

Les filles non désirées d'un père malgré lui

ALICE ÉTAIT EN TRAIN DE SE CHOISIR UNE SÉRIE à regarder sur Netflix quand elle entendit un coup de sonnette. Intriguée, elle ouvrit la porte et dut baisser la tête pour découvrir que son visiteur n'était autre qu'Elias, le fils de Doria, âgé de six ans.

— Tu sais jouer au backgammon ? demanda-t-il sans préambule.

Elle sourit.

— Tu sais qui je suis ?

— Tu es ma tante Alice. Alors, on joue ?

— Tu me dis bonjour avant ?

Il se hissa sur la pointe des pieds pour lui coller un bisou sur la joue, et elle se surprit à le serrer contre son cœur avant de le laisser entrer. Avec ses boucles brunes et ses grands yeux bleus, il était craquant. Il se dirigea vers le salon et installa rapidement les jetons sur le plateau.

— Je vois que tu connais bien la maison... Ta maman sait que tu es là ?

— Avec Max, on joue tous les soirs, mais il est parti à Malibu. Tu veux que je te montre un trésor ?

Elle le suivit jusqu'à la chambre de Max. Il alluma la lumière et désigna un tableau accroché au mur près du lit. C'était le portrait d'une enfant de onze ans ou douze ans en blouse grise d'écolière.

— C'est Sacha quand elle était petite ! Et c'est son papa qui a peint le tableau.

Effectivement, on pouvait déjà reconnaître le célèbre regard clair de la future star, mais il semblait éteint par une tristesse insondable. Alice frissonna. Elias repartit en courant vers le jeu. Amusée, elle le regarda lancer les dés et jouer d'entrée une action assez audacieuse. Elle avait imaginé le laisser gagner discrètement, mais il se révélait un adversaire bien plus coriace que prévu.

— Attends un peu, mon petit bonhomme, tu vas voir de quel bois je me chauffe !

— C'est Simon qui m'a appris ce coup-là.

Si son fils se mettait aussi contre elle...

Elias souffla sur son poing fermé en priant « double six, double six ! ». Il lâcha les dés qui roulèrent sur la feutrine verte du backgammon.

— Six et un ! Je ferme une porte, et comme ça, je te bloque si tu fais un six !

Alice lança les dés et obtint le double six tant espéré par Elias. Malheureusement, ayant un pion dehors, elle ne pouvait pas s'en servir.

— Ah ! Ah ! Tu ne peux pas bouger ! À moi.

Pris tous les deux au jeu, ils enchaînèrent les parties jusqu'à ce que Doria sonne à la porte. Sa demi-sœur débarqua stylée comme une influenceuse mode, vêtue de grosses baskets blanches, d'un jean pattes d'éléphant et d'une chemise en soie imprimée, ses longs cheveux noirs formant des boucles brillantes autour de son ravissant visage. Évidemment, avec son pantalon en toile bleu marine, ses chaussons Isotoner et ses cinquante ans en approche, Alice se sentit tout de suite moins sexy.

— Je suis venue chercher mon fils, nous allons bientôt dîner.

— Je ne veux pas rentrer ! s'écria Elias. Je veux jouer à un jeu vidéo dans la chambre de Simon !

— C'est la mienne, maintenant, précisa Alice. Les consoles sont dans la chambre d'à côté.

— Va pour une partie ! déclara Doria.

Elias détala sans demander son reste. Celle qu'Alice devait bien appeler sa sœur se tourna vers elle.

— C'est l'heure de l'apéro, non ?

— Mais… oui ! répondit-elle, assez mal à l'aise.

Doria tenait-elle vraiment à s'incruster pour papoter comme deux bonnes copines ? Que voulait-elle ? Marquer son territoire et lui montrer que chez Max, elle était chez elle ? Avait-elle envoyé son fils en éclaireur ?

— Je vais chercher les pistaches et voir ce qu'il y a dans le frigo, dit Doria en se dirigeant vers la cuisine.

— Fais comme chez toi ! lança Alice dans son dos.

Que dire d'autre ? Avant son emménagement boulevard Montmartre, leurs moments en tête à tête se comptaient sur les doigts d'une main et s'étaient généralement assez mal terminés. Elle fit glisser la table roulante vers le canapé, posa des sous-verre et des verres sur la table basse. Doria revint les bras chargés de pistaches, de tarama, de biscuits salés et de glaçons. Elles se servirent deux whiskies et burent une bonne gorgée avec des gestes synchronisés.

— Je suis contente que tu sois là, lança Doria. Ça m'aurait foutu le bourdon de savoir l'appartement vide pendant six mois.

— Je dois dire qu'à ce stade de ma vie, ça m'arrange bien d'être ici... murmura Alice avant de se mordre la langue.

Elle n'avait aucune envie de parler de sa situation et s'attendait à ce que Doria rebondisse, lui pose des questions indiscrètes comme elle savait si bien le faire. Mais sa sœur ne releva pas. Un silence s'installa. Alice n'avait jamais été très sympa avec cette demi-sœur de douze ans sa cadette. Elle chercha un sujet à aborder et trouva judicieux de dire un petit mot gentil à propos d'Elias.

— Ton fils est vraiment adorable et très intelligent. Il a bien failli me mettre une raclée au backgammon.

Doria but une gorgée de whisky.

— Oui il est très fort, il y joue toute la journée sur sa tablette. Tu n'en as pas voulu à Max de ne jamais nous avoir parlé de Sacha ? demanda-t-elle en sautant du coq-à-l'âne. Il s'agit quand même d'une histoire qui dure depuis plus de cinquante ans ! On découvre ça un millénaire plus tard !

C'était donc ça : Doria était vexée ! Pour sa part, noyée dans ses propres problèmes, Alice avait à peine réfléchi au cas Sacha. Elle avait eu l'occasion de la voir quelques fois depuis qu'elle était réapparue dans la vie de Max, environ huit mois plus tôt, et ne s'était pas vraiment forgé d'opinion à son sujet. Comme sa sœur, elle avait été très surprise de découvrir que son père, considéré comme un don Juan sans attaches, était en réalité l'homme d'un seul amour, l'actrice hollywoodienne Sacha Volcan, avec laquelle il avait eu une relation pendant pratiquement toute sa vie, sans en parler à personne et surtout pas à ses filles. Alice n'avait pas eu le temps de s'attarder sur cette révélation, contrairement à Doria qui avait quasiment retenu la star prisonnière durant toute une après-midi pour la faire parler. Elle connaissait donc l'histoire dans son intégralité alors qu'Alice n'en avait appris que quelques bribes et en avait surtout retenu que son père avait autrefois préféré rejoindre Sacha en Californie plutôt que d'emmener ses filles en vacances.

— À sa décharge, ça faisait treize ans qu'ils étaient séparés, dit-elle.

— Ça aurait quand même été plus simple qu'il nous la présente avant, quand on était petites ! continua Doria.

— Je pense effectivement que cela aurait pu résoudre pas mal de tensions à l'époque, si on avait su qu'elle existait, réfléchit Alice tout haut.

Doria s'envoya une pleine poignée de pistaches décortiquées dans la bouche et les mastiqua furieusement avant de répondre :

— Il nous aura quand même bien pourries, avec ses secrets ! Je n'ai jamais voulu remuer le passé pour mieux profiter du présent avec Max, mais quand même ! Quel manque de considération !

Le cœur d'Alice se serra à l'idée que Doria ait pu également souffrir à cause de leur père.

— Avec Max, rien n'est simple. Je crois qu'il n'a pas le mode d'emploi. Il a tout imposé sans rien expliquer. Par exemple, il ne m'avait jamais raconté *comment* tu étais ma sœur. Je ne savais pas d'où tu sortais, ni pourquoi tu portais le prénom de Mamika. D'où une certaine animosité entre nous…

Doria se mit à rire.

— « Une certaine animosité » ? Tu veux dire de la haine ! Tu me détestais tellement qu'il a préféré nous recevoir séparément. Du coup, on n'a jamais été élevées comme des sœurs.

Alice toussota, un peu gênée. Elle s'était très longtemps montrée odieuse envers Doria, jusqu'à ce que celle-ci, excédée et blessée, la force à s'expliquer, un soir de 2013.

Avant ce jour, Doria avait cru que ses parents, Max Dahan et Sophie Roche, avaient vécu ensemble boulevard Montmartre et s'étaient séparés alors qu'elle avait trois ans. Alice lui avait certifié que Max n'avait jamais cohabité avec Sophie... ni avec personne. Après avoir mené sa propre enquête (elle avait été jusqu'à fouiller dans les papiers de son père), Doria avait découvert que Sophie avait décidé de faire un bébé toute seule et choisi Max comme géniteur... sans le prévenir. Elle ne l'avait contacté que quand l'enfant s'était mise à réclamer un père. Choqué, il avait demandé un test de paternité, qui s'était avéré positif, puis avait reconnu Doria et lui avait donné son nom. Les pensées des deux sœurs les avaient ramenées au même endroit.

— Nous sommes les filles non désirées d'un père malgré lui. Et il nous l'a bien fait sentir, dit Alice.

— Il a subi nos naissances, renchérit amèrement Doria. La seule femme dont il aurait rêvé avoir un enfant, c'est Sacha, mais elle n'en voulait pas.

Elles se regardèrent avec, pour la première fois de leur vie, le sentiment d'avoir quelque chose en commun. Une origine trouble comme une malédiction, un même manque, l'impression d'être restées dans l'ombre d'une vie trop flamboyante. Alice attrapa l'éventail qu'elle gardait toujours à portée de main et l'agita devant son visage en feu. Le lance-flammes s'était remis à la dévorer, comme à chaque fois qu'elle s'énervait.

— Au fond, il n'y a que Sacha qui compte, nous, on passe en second, murmura Doria.

— Et encore, tu as eu la chance, il s'est occupé de toi, dit Alice en se levant pour ouvrir la fenêtre. Moi, il m'avait confiée à sa mère. Quand je venais ici, je passais mon temps avec Mamika.

Elle posa son éventail et enleva son cardigan en cachemire. Elle n'en pouvait plus de ces attaques caniculaires.

— C'est la ménopause ? demanda Doria de but en blanc.

Alice la dévisagea, stupéfaite par le naturel avec lequel sa sœur avait posé cette question indiscrète. Elle-même n'évoquait jamais cette situation avec quiconque. La ménopause, c'était un peu comme Voldemort, la chose dont on ne doit pas prononcer le nom.

— Peut-être, je ne sais pas, répondit-elle sèchement en s'éventant de plus belle.

— Manuela m'a dit que c'était affreux, elle avait l'impression d'être un poulet rôti à la broche, assena tranquillement Doria. Heureusement, ça s'est arrêté avec son traitement. J'aurais aimé connaître notre grand-mère.

Alice secoua la tête en soupirant. Sa sœur était comme une gamine sans filtre qui surfait sans complexe d'un sujet à l'autre. Elle l'avait jalousée autrefois pour cette légèreté tranquille. Comme Max, Doria était cool. Alice avait oublié comment faire pour l'être aussi.

— Si elle avait vécu, les choses auraient été différentes. Elle nous aurait réunies, c'est sûr. Pour elle, la famille passait avant tout, dit-elle, le cœur serré de nostalgie.

— C'est fou comme je me suis sentie mieux dans ma vie après avoir découvert la vérité. Ils auraient quand même dû me le dire bien avant !

Pourquoi les gens tenaient-ils à trafiquer les faits pour les faire rentrer dans des cases ? Les secrets, les mensonges, les semi-vérités pouvaient causer des ravages terribles dans les familles. Les pensées de Doria avaient une nouvelle fois suivi le même cours que les siennes :

— Je pensais qu'à la suite de tout ça, on se rapprocherait, toi et moi… murmura-t-elle.

— C'est vrai, dit Alice. Mais toi comme moi, on n'a pas pris l'initiative d'appeler, de se voir… Et puis, Éric trouvait que vous étiez toxiques.

— Toxiques ?

— Coupables de mes blessures, capables de réveiller ma folie. Il trouvait que je me portais mieux sans vous.

— J'ai plutôt l'impression que c'est lui qui était toxique.

— Quand il m'a rencontrée, j'étais du genre totalement destroy, et encore, il ne savait pas tout ! Je sortais tout le temps, je buvais plus que de raison. Déjà au lycée, je sniffais de la colle, après je suis passée aux joints, à la coke…

Doria semblait complètement ahurie. Évidemment, ses yeux pétillaient de curiosité.

— Nooon ? Toi ?

— Je suis du signe de la Vierge. Un côté vierge sage, l'autre vierge folle… et crois-moi, celui-là a été au summum pendant plusieurs années…

— C'est vrai que papa m'a raconté que tu étais bien énervée quand tu étais ado.

— Surtout énervée contre lui ! Je ne venais ici que pour pouvoir sortir le soir. Il m'a même fait entrer au Bus Palladium.

— Raconte !

C'est alors qu'Élias débarqua dans le salon.

— Maman, j'ai faim ! On va manger ?

Doria prit son fils dans ses bras et le serra contre elle.

— On y va, petit monstre ! Mais d'abord, on aide Alice à tout ranger.

Quand tout fut débarrassé, Doria se dirigea vers la porte d'entrée. Avant qu'elle ne franchisse le seuil, Alice la retint par le bras. Elle se sentait un peu saoule et étrangement émue.

— Merci d'être passée.

Seize ans

Vendredi 2 septembre 1988

AUJOURD'HUI, ALICE A SEIZE ANS. Elle est toujours blond platine comme Madonna, fume des joints en cachette, et dépense beaucoup d'énergie à être en colère : contre son père qui ne l'aime pas, contre sa mère qui est seule et lui fait de la peine, contre Mamika qui est morte, contre Doria qu'elle déteste, contre Nonna qui lui rappelle toujours combien elle est mal partie dans la vie, contre Papy qui pense tout comme sa femme, contre le monde qui ne tourne pas rond et contre Arnaud qui la fait tourner en bourrique.

Pour son anniversaire, sa mère a organisé un dîner familial avec Nonna et Papy et préparé un grand plat d'orecchiette aux brocolis et parmesan, une recette traditionnelle des Pouilles dont sont originaires ses grands-parents. Afin de parer à toute critique sur son allure, sa tenue, son existence même, Alice a mis une jupe droite et un pull à col roulé Benetton. Nonna aimerait qu'Alice soit sage comme une image pieuse, mais ce n'est pas le genre de la maison. Pourtant, elle sait que sa grand-mère maternelle l'aime bien. En arrivant, elle lui a encore collé un de ses baisers ventouses dégoulinant d'affection retenue. C'est juste qu'elle a du mal à exprimer son amour, sa joie, ou toute autre émotion positive. Anita Martini a tenu jusqu'au gâteau d'anniversaire sans la critiquer. Elle a flanché en lui offrant son cadeau : une médaille de la Vierge en or.

— Avec une jolie médaille comme ça, il faut être un peu plus soignée. Tes yeux, on dirait du charbon. Et ta couleur de cheveux fait mauvais genre. Dis-lui, Amadeo !

— Ta grand-mère a raison.

— Laissez-la tranquille ! s'est fâchée sa mère.

— *Porca Miseria* ! Avec cette allure, elle est mal partie pour le bac.

Et voilà ! Quoi qu'Alice fasse, dans l'esprit de Nonna, tout est perdu d'avance pour elle.

Le lendemain matin, elle s'habille et part chez son père. Sa mère tente de la retenir.

— Reste, on pourrait se faire une journée toutes les deux.

Alice a toujours le sentiment que sa naissance a gâché la vie d'Annick. Par sa faute, celle-ci a dû arrêter ses études et rester chez ses parents jusqu'à ce qu'elle trouve un job capable de subvenir à leurs besoins. Pour couronner le tout, elle ne s'est jamais mariée. Angoissée par la solitude de sa mère, Alice préfère partir, en espérant qu'Annick profitera de cette soirée libre pour sortir et rencontrer du monde. Elle se jette au cou de sa maman, l'embrasse de toutes ses forces.

— Je reviens demain après-midi. Si tu veux, on se fera un ciné. Tu pourrais appeler une copine pour la soirée.

— Pourquoi tu me laisses toute seule le week-end de ton anniversaire ? Je t'ai donné la vie, c'est donc aussi ma fête, et tu m'abandonnes.

Ce genre de phrases culpabilisantes, dont sa mère est coutumière, la fait se sentir si mal qu'elle a envie de fuir et devient odieuse.

— C'est trop petit ici, on étouffe à deux.

— C'est peut-être petit, mais c'est à moi. Tout ce qu'il y a dans cette maison, je l'ai gagné. Je ne le dois à personne. C'est le prix de la liberté.

— Si c'est ça, c'est nul la liberté !

Chez son père, elle peut sortir en boîte jusqu'à pas d'heure, sans galérer pour le retour à Juvisy. Max l'a présentée à Josy, la patronne du Bus Palladium, la boîte de nuit de la rue Fontaine fréquentée par la jeunesse dorée de Paris. Josy a des lèvres rouges, des boucles noires, des créoles dorées et un grand rire tonitruant. Elle a aussi un regard malicieux et un vocabulaire de compagnon de régiment. Elle dit « Oh pardon j'ai pété » à tout bout de champ. Désormais, Alice passe devant tout le monde comme une star, en disant bonjour à Bruno, le videur que les habitués appellent Nobru. Max ne s'inquiète jamais de l'heure à laquelle elle revient et lui donne même de l'argent pour le taxi du retour. Alice le dépense en boissons et se fait raccompagner en voiture par des fils à papa qui ont le permis.

Dès qu'elle arrive boulevard Montmartre, elle demande :

— Elle est là, l'autre ?

— Non, ta sœur n'est pas là.

— Pff ! C'est même pas ta fille ! Une pauvre nana lui a donné le prénom de Mamika pour que tu lui payes une pension, et toi, tu la crois !

— Ce n'est pas à toi de me dire ce que j'ai à faire ou à penser. Si je te dis que Doria est ta sœur, c'est la vérité.

Alice n'écoute plus, elle va dans sa chambre, met une cassette de Madonna dans son ghetto blaster, et claque la porte.

— Tu dînes ici ? demande son père à travers la cloison.

— Ouais.

— Je t'ai préparé un gratin de macaronis. Tu auras juste à le faire réchauffer.

Elle se lève, ouvre la porte en grand.

— C'est mon anniversaire, je te signale !

Max soupire.

— Si tu me laissais le temps d'en placer une, je te l'aurais souhaité. Joyeux anniversaire, Alice.

Il lui tend une grande boîte emballée dans du papier cadeau. Alice y découvre une paire de santiags noires. Elles sont magnifiques. Au Bus, tout le monde en porte, avec des jeans 501 et des Perfecto en cuir noir.

— Je préfère les Dr. Martens, dit Alice.

— Tu en as déjà. Les Docs, c'est le rock anglais, les tiags, c'est américain. Une éternelle guerre musicale qui dure depuis les années 1960. J'ai pensé qu'elles pourraient te plaire.

— Merci.

Elle se met sur la pointe des pieds et dépose un baiser pointu sur sa joue rasée de frais. Il sent bon. Max a repris du poids, et franchement, il est pas mal pour un vieux.

— Je suppose que tu sors ? demande-t-elle tout en espérant le contraire.

— Oui. On déjeunera ensemble demain pour fêter tes *sweet sixteen*.

Au Bus, elle passe une soirée atroce. Arnaud, le garçon dont elle est amoureuse, ne la calcule pas de la soirée. Elle le surveille du coin de l'œil à travers la fumée des cigarettes. Pourtant, la dernière fois qu'elle l'a vu, ils se sont embrassés, collés serrés derrière les flippers sur *Genevieve* de Phil Collins, et ont couché ensemble dans sa voiture. Sa copine Cathy passe la soirée à tourner dans la boîte et dire bonsoir à tous les gens qu'elle connaît. Un vieux de vingt-cinq ans invite Alice à sa table. Comme elle est triste, elle boit plus que de raison pour faire semblant de s'amuser. Il la ramène dans sa Renault 5 Turbo. Elle s'enfuit avant qu'il essaye de l'embrasser.

Quand elle rentre vers 4 heures du matin, la salle de bains est fermée à clef. Alice voudrait se démaquiller, se brosser les dents, dormir. Elle donne des coups de pied dans la porte. Son père sort de la chambre torse nu avec un caleçon mal enfilé, et franchement, elle préférerait ne pas voir ça. Un haut-le-cœur la secoue, elle court jusqu'aux toilettes, rend ses macaronis et ses whiskies Coca. Penchée au-dessus de la cuvette, elle se sent misérable. Quand elle se relève, Max lui nettoie le visage avec un gant de toilette humide. Elle ferme les yeux. Une voix de femme, plaintive, appelle son père de la chambre. Ce n'est pas la même que la dernière fois.

— Max… tu viens ?

— J'arrive ! répond Max, mais il ne bouge pas.

Il lui demande si elle va mieux. Elle repousse son bras, se dit que rien n'est normal dans sa vie. Un défilé de femmes dans le lit de son père, personne dans celui de sa mère.

— Va-t'en. Je te déteste.

Elle enfile son tee-shirt Snoopy et s'écroule sur son lit.

Quand Alice se réveille le lendemain vers midi, son père est seul dans la cuisine et prépare des œufs brouillés en écoutant Yves Bigot animer l'émission *Sport et Musique* sur Europe 1. Il porte un jean 501 et un tee-shirt blanc. Ses cheveux gris bouclent un peu sur sa nuque. Comme toujours, il est rasé de près, sa peau lisse paraît toute propre et il s'est aspergé de parfum.

— Bonjour Alice ! Bien dormi ?

Elle marmonne un vague bonjour. Il lui tend un verre d'eau où flottent deux comprimés effervescents.

— Aspirine Upsa et citrate de bétaïne : mon cocktail anti gueule de bois.

Elle attrape le verre et boit la mixture fraîche. Son estomac s'apaise un peu, son mal de tête itou. Elle se sent un peu souillon et file prendre une douche. La salle de bains sent le vétiver. Max a dressé le couvert pour deux dans la salle à manger. Alice adore ses œufs brouillés. On dirait une crème. Le secret, c'est de les cuire à feu très doux pendant assez longtemps, sans jamais arrêter de touiller. Max se lève pour débarrasser les assiettes et revient avec un gâteau sur lequel est plantée une bougie allumée.

— C'est le gâteau de Mamika ?

— Lui-même ! Le célèbre nuage au chocolat !

Elle souffle sa bougie puis dévore son gâteau, son nuage, moelleux comme un souvenir d'enfance.

Après le repas, alors qu'ils jouent au backgammon, son père lui demande ce qui s'est passé la veille au soir. Elle était tellement saoule, il s'inquiète. Alice hésite. Elle lance les dés et fait un six et un. Vite, elle s'empresse de fermer une porte, comme son père lui a appris.

— Bien joué Alice.

— C'est Arnaud, explique-t-elle. C'est un gros connard.

Max lance les dés. Cinq et deux. Il déplace ses pions très rapidement, presque d'instinct, connaissant le plateau et ses combinaisons par cœur.

— Ce garçon s'est mal comporté avec toi ?

Alice hoche la tête.

— Très mal.

— Tu as son numéro de téléphone ?

— Oui, pourquoi ?

— Tu l'appelles immédiatement et tu dis que tu ne veux plus jamais le revoir.

— Mais il s'en fout ! On sort même pas vraiment ensemble. Il va me prendre pour une dingue.

— Ce n'est pas grave. Son attitude ne te convient pas. Il faut qu'il le sache, et tu dois le savoir aussi. Tu comprends ?

Elle lance les dés et réfléchit longuement pour trouver la bonne façon d'avancer, mais son esprit est embrouillé par les paroles de son père. Elle a envie de l'envoyer balader, lui dire de s'occuper de ses affaires. Elle décide de manger un pion que Max a laissé à découvert. Quand vient son tour de jouer, il lui en prend deux d'un coup.

— Voilà ce qui arrive quand on ne fait pas attention : on se fait bouffer.

Max se lève, va chercher le téléphone dont il tire le fil pour le déposer juste devant elle.

— Qu'est-ce que tu fous ?

— Appelle-le. Tout de suite.

— Si je fais ça, il ne voudra plus jamais me parler.

— C'est le but. Ça te fera peut-être mal au début, mais moins que si tu continues à le voir.

Alice, hésite. Et si elle avait encore une chance avec Arnaud ? Et si elle allait tout gâcher ? Puis elle se rappelle qu'il ne lui a même pas souhaité son anniversaire alors qu'il était au courant, et compose le numéro qu'elle connaît par cœur. Elle n'arrive pas à croire à ce qu'elle va faire. On dirait qu'une batterie de hard rock se déchaîne dans sa poitrine. Le garçon décroche.

— Allô Arnaud. Je t'appelle pour te dire que je ne veux plus jamais te voir.

— Si tu me vois, tu ne m'approches pas ! souffle Max.

— T'approche plus de moi. T'as compris, pauvre merde ?

Elle raccroche vite avant de lui laisser le temps de répondre des choses affreuses et se met à rire nerveusement. C'est jouissif comme une grosse bouffée de poppers.

— Bravo, je suis fier de toi ! Tu as été fantastique, dit son père.

Ses joues rosissent, un sourire timide étire ses lèvres malgré elle. L'après-midi se passe. Ils ne parlent pas beaucoup, fument des cigarettes et jouent au backgammon en écoutant *Space Oddity* de David Bowie.

— À dans quinze jours, dit-elle en partant, ses nouvelles santiags aux pieds sous son jean déchiré.

— Désolé, je ne serai pas là. Je dois partir pour quelque temps. Je t'appelle à mon retour.

Tout de suite, elle le déteste. Il ne faut jamais faire confiance à Max Dahan. Il est pire qu'Arnaud, pire que tous les connards réunis. C'est lui qu'elle ne devrait plus jamais revoir.

— De toute façon, je ne viens ici que parce que maman ne veut pas me laisser sortir ! J'en ai rien à foutre de ta gueule.

5

L'été approchait, elle hibernait

LES SIX CARTONS DE MATÉRIEL dormaient encore dans le coffre de sa voiture. Alice n'avait pas encore eu le courage de les remonter. De retour boulevard Montmartre, après son entrevue avec Éric, elle s'était glissée au fond de son lit, volets fermés, rideaux tirés, le cœur plein de doutes et de regrets. Les mêmes questions sans réponses tournoyaient dans son cerveau. Pourquoi s'infligeait-elle de vivre loin de sa maison ? Avait-elle eu raison de quitter son mari ? Son métier actuel serait-il suffisant pour survivre ? Où irait-elle après le retour de Max et Sacha ? L'avenir lui semblait sombre comme un gouffre. Elle était nulle, ne servait plus à rien, ne savait rien faire. Allongée sous les draps, les bras serrés autour de ses genoux repliés, elle s'était enfoncée dans le sommeil. Les jours étaient passés.

Le mois de mai touchait à sa fin, les journées étaient longues, les Grands boulevards aimaient se coucher tard. Accoudée au balcon, Alice passait des heures à observer le mouvement de la ville. Elle avait l'impression que le monde tournait sans elle. Les gens couraient dans tous les sens, ils avaient des projets, défendaient des causes, faisaient du shopping, cuisinaient, se réunissaient, se rencontraient. Elle restait hors du mouvement. L'été approchait, elle hibernait. Chaque geste lui coûtait, et son corps freinait des quatre fers face au moindre effort. Une flemme aiguë la terrassait dès qu'elle pensait aux allers-retours à effectuer entre le parking et l'appartement pour remonter ses cartons. Mais parfois, la paresse est bonne conseillère. Ainsi, Alice eut l'idée de demander à la concierge si elle pouvait faire entrer sa voiture sous le porche, le temps de la livraison.

Mira, la gardienne du 19 bis boulevard Montmartre, était une petite femme flamboyante aux yeux maquillés de noir et à la bouche rouge baiser. Elle était vêtue de vêtements bariolés à la coupe impeccable qui perturbaient le goût d'Alice pour la sobriété. Quand elle hocha la tête, ses pendants d'oreilles s'agitèrent dans le même mouvement.

— Mais bien sûr ! Max m'avait informée de ton arrivée. Surtout, n'hésite pas à me demander quoi que ce soit.

— Merci, madame, répondit Alice, surprise par le tutoiement.

Mira gloussa.

— Ton père m'avait prévenue que tu étais un peu coincée ! Pas de madame entre nous. On se tutoie !

— Il a dit ça ?

Mais la gardienne rentra dans sa loge sans prendre la peine de répondre.

Les mains crispées sur le volant, maudissant la circulation parisienne, Alice mit vingt minutes à rejoindre la cour depuis le parking qui ne se trouvait pourtant qu'à cinq minutes à pied. Mira avait ouvert les deux battants de la lourde porte cochère et l'aida même à se diriger pour faire passer son gros SUV. C'était l'heure de la sortie des bureaux. Il y eut soudain un monde fou sous le porche, et son entrée devint l'attraction du moment. Une jeune femme nommée Amanda, qui se présenta comme la voisine du cinquième étage, lui recommanda de ne pas s'inquiéter : l'immeuble haussmannien avait été conçu pour laisser entrer des fiacres et des attelages, ce n'était pas une voiture qui allait lui faire peur ! Elle lui sourit et se dirigea vers l'escalier A d'un pas léger. Épuisée par l'effort et le stress, Alice sortit lourdement de l'habitacle pour ouvrir le coffre.

— Oh, mais ça pèse une tonne ! Qu'est-ce tu as mis là-dedans ? demanda Mira en soulevant un carton.

— C'est le matériel pour mes ventes à domicile.

— Ah ! Tu as trouvé du boulot, finalement ! lança une voix masculine dans son dos.

Parfois la vie est bien faite, et parfois elle s'emmêle les pinceaux. Alice se retourna lentement pour découvrir Karim qui reluquait sa voiture, l'air goguenard.

Le patron du Broadway Boulevard, le restaurant situé au rez-de-chaussée de l'immeuble, semblait plus imposant que dans son souvenir. Des mèches grises avaient teinté de lune sa chevelure de nuit, mais il lui parlait comme s'ils s'étaient quittés la veille.

Depuis son arrivée boulevard Montmartre, elle avait contourné le restaurant avec soin et s'était bêtement imaginé éviter Karim pendant les six prochains mois. C'était une erreur, certes, mais pourquoi tomber sur lui juste maintenant, alors qu'elle était en nage, mal coiffée, affreuse ?

— Besoin d'un coup de main pour monter tout ça ? demanda-t-il en la dévisageant sans retenue.

Alice ajusta fébrilement son serre-tête et baissa les yeux avec l'envie de se cacher dans un trou de souris.

— Ce serait génial, mon Karim, dit Mira.

Il s'empara des cartons avec une facilité insultante et les cala dans l'ascenseur.

— Je vais les monter sur ton palier pendant que tu vires ton tank de la porte de ma cuisine !

— Oui bien sûr, désolée. Au fait, je suis chez Max pour six mois… Il me laisse son appart' pendant qu'il est à Malibu…

— Je suis déjà au courant, répondit Karim avec bonne humeur avant de disparaître dans l'ascenseur.

Vingt minutes plus tard, Alice était de retour dans l'immeuble. Décidément, Paris l'épuisait. Une opération qui, dans son jardin, se faisait en un claquement de doigts, avait pris des proportions dantesques. En sortant de l'ascenseur, elle se demanda si Karim serait encore là, mais découvrit Doria qui l'attendait sur le palier.

— Tu aurais un bocal de sauce tomate ? Elias voudrait manger des spaghettis et j'ai la flemme de descendre au Monop'.

— Je pense que oui.

— C'est quoi tous ces cartons ? Des millions d'euros en petites coupures ?

Alice sourit malgré elle.

— Mon stock Aqua Home. C'est une marque de produits d'entretien, je travaille avec eux. Tu peux m'aider à les rentrer ?

— Bien sûr, répondit Doria en s'emparant d'un paquet.

Une fois les cartons empilés dans la salle à manger, Alice se mit en quête de sauce tomate. Elle en dénicha un bocal dans la réserve bien achalandée de Max. En revenant dans le salon, elle trouva Doria installée dans le canapé, un verre de whisky à la main.

— J'en prends un seul et je descends, annonça celle-ci comme si elle avait été invitée à rester.

Alice se laissa tomber à côté d'elle, tenta de résister trente secondes, puis se servit un verre.

— Raconte, dit Doria. Je n'ai jamais bien compris. C'est quoi, ton métier ?

— Je suis vendeuse à domicile indépendante, VDI dans notre jargon. J'organise des ateliers chez des particuliers pour présenter et vendre des produits de ménage écologiques.

— Tu les vends toi-même ?

— Eh oui ! Éric m'a souvent reproché de lui faire honte avec mes torchons et mes balais. Selon lui, vendre des trucs pour faire le ménage, ce n'est pas assez chic pour une femme de chirurgien ! Mais pour une fois, je ne l'ai pas écouté.

— Et ça te plaît ?

— J'adore ! Les ateliers sont des moments de rencontre, de partage, d'échange. Ça me donne une énergie folle. Je les considère plus comme des séances de conseil que des ventes.

Doria l'écoutait avec curiosité.

— Tu organises ces rencontres chez toi ?

— Non, chez des hôtesses, des femmes qui nous ouvrent leur maison. Ce sont nos princesses. Pour les remercier, on les gâte en leur offrant des cadeaux.

— Comment tu les trouves ?

— Très simplement. À chaque atelier, il y a toujours une ou deux personnes qui se proposent pour devenir hôtesse à leur tour.

Alice ferma les yeux en souriant. Évoquer son métier lui réchauffait toujours le cœur.

— C'est super intéressant ! Je ne connais pas du tout ce système, dit Doria.

— C'est très convivial, très bienveillant. Je vais t'avouer un truc incroyable : mes ateliers m'ont appris à aimer les gens.

Elle but lentement une gorgée de whisky avec une pensée émue envers sa coach, Régine, qui l'avait parrainée et formée.

— Et ça marche ? Je veux dire, tu gagnes ta vie ?

— On a pris un gros coup sur la tête avec le Covid, évidemment. Puis c'est bien reparti. Mais c'est désormais ma seule source de revenus et j'avoue que c'est assez dur.

Doria semblait réfléchir. Alice craignit une pique moqueuse ou une question indiscrète, mais sa sœur la surprit une fois de plus.

— Je peux devenir hôtesse, si ça peut t'aider.

Alice laissa échapper un petit sourire heureux.

— Tu ferais ça pour moi ? Pourquoi ?

— J'ai vérifié, aux dernières nouvelles, tu es bien ma sœur !

Dix-neuf ans

Lundi 2 septembre 1991

Alice et sa nouvelle amie Sandrine sont allongées sur le sable doré de la Pointe-Rouge. Située tout au sud de Marseille, loin du centre-ville mais tout près de la nouvelle maison de ses grands-parents, c'est la plage où elles viennent de passer les meilleures vacances de leur vie. Posée à côté d'elles, une radiocassette diffuse discrètement *Hijo de la luna* de Mecano. Les vacances sont finies, mais les Marseillais vivent toujours au rythme du soleil. En fin de journée, après le travail, une foule descend sur la plage pour un bain de mer, une partie de volley ou un apéro sur le sable. Les serviettes sont à touche-touche mais Alice s'en fiche. Elle est bien, bercée par le bruit des vagues et le rire des enfants. Son corps bronzé est détendu. Sandrine secoue ses longs cheveux noirs qui sentent le monoï et lui demande comment elle va s'habiller ce soir pour son anniversaire. Avec la petite bande des copains de la plage, ils ont prévu d'aller une dernière fois au Trolleybus, la boîte de nuit sur le Vieux-Port où elle a passé tant de soirées géniales.

— Je ne sais pas encore, répond paresseusement Alice.

À cette heure-ci, l'effervescence de la plage s'apaise. Tout le monde s'absorbe dans la contemplation du coucher de soleil. Le ciel se pare de rose, d'or et d'argent. La mer semble en fusion. Alice contemple la vue sur Marseille illuminée avec les arcades somptueuses de l'hôpital de l'Hôtel-Dieu au loin. Les gens des cabanons boivent une bière ou du rosé sortis des glacières, assis sur leurs chaises pliantes, les pieds dans le sable. Les guinguettes illuminées proposent leurs snacks, kebabs, pizzas, glaces ou paninis, des tubes de l'été s'échappent des enceintes et les vagues caressent le rivage. Sandrine allume une cigarette. Autour d'elles, ça sent le shit et les frites. La guerre du Golfe, le plan Vigipirate… tout ça semble si loin. Des mecs torse nu jouent au foot tout près d'elles, en criant pour se faire remarquer. Elle entend des « Vas-y Kakou ! », « Malik, passe la balle ! », « Kevin, par ici ! ». C'est leur façon de les aborder. Sandrine s'énerve et leur balance une poignée de sable en leur criant d'aller se faire enculer. Les gars s'éloignent en riant.

— Dommage, ils étaient pas mal, commente Alice.

— Des gros relous !

Alice sourit. En ce moment, Sandrine fréquente secrètement Medhi, un gars qui travaille au service de sécurité du stade Vélodrome. Pour elle, tous les mecs sont relous, sauf lui. Évidemment, ses parents, italiens catholiques comme les grands-parents d'Alice, ne savent pas qu'elle sort avec un musulman, sinon ça serait la guerre du Golfe chez les Bianchi. Les deux filles mènent leurs affaires de cœur et de corps loin des regards familiaux, et ce secret aussi ajoute à leur complicité. Quand le soleil a été englouti par la mer, elles se lèvent, enfilent leurs shorts en jean et leurs petits hauts sexy. Il est l'heure de rentrer.

Les deux amies remontent ensemble l'avenue de la Pointe-Rouge. Les parents de Sandrine habitent la maison mitoyenne à celle des grands-parents d'Alice. Elles ont le même âge à quelques jours près, vouent le même culte à Madonna, Nirvana et surtout Courtney Love, aiment le film *Thelma et Louise*, et passent leur temps à sortir en boîte, fumer, boire beaucoup, se droguer un peu, draguer et coucher avec des beaux mecs bien trop bronzés. Elles se sont rencontrées au début de l'été quand Sandrine, envoyée par sa mère, est venue demander du sel chez les voisins. Alice l'a jaugée des pieds à la tête, a apprécié la chevelure de gitane mal domptée par un bandana rose fuchsia et le collier choker en plastique assorti, le jean délavé et le crop-top dévoilant un ventre à la peau mate caramélisée par le soleil. Sandrine a fait claquer son chewing-gum, puis lui a souri avec un mélange de chaleur et d'insolence. Ç'a été comme une évidence, un coup de foudre amical. Les vacances ont été une conversation ininterrompue au cours de laquelle, entre deux fêtes, elles se sont confié leurs craquages successifs et ultra secrets, pour Enzo, Samir, Fabien ou Medhi, mais aussi leurs colères, leurs blessures, leurs galères. Sandrine et

Alice savent qu'entre elles, désormais, c'est à la vie à la mort, et même si elles sont désespérées à l'idée de se quitter pour toute une année, le rendez-vous est déjà pris pour l'été prochain et tous les autres de leur vie.

Nonna et Papy sont revenus vivre à Marseille après avoir pris leur retraite. Ils ont vendu leur appartement de Viry-Châtillon pour acheter une ancienne maison d'ouvrier avenue des Goumiers, dans le quartier populaire de la Pointe-Rouge. Depuis, les vacances d'Alice ont changé de physionomie. Elle adore cette petite baraque dont la déco rustique semble dater de l'ancien temps. Quand le soleil entre par les vieilles fenêtres en bois et teinte l'atmosphère en orange à travers le store rayé, elle est au paradis. Parfois, la nuit, en tendant l'oreille, il lui semble entendre le ressac de la mer. Ici, Nonna est plus détendue et Papy plus bavard. Pour la récompenser d'avoir eu son bac et s'être inscrite à la fac de droit, ils l'ont accueillie pour les deux mois d'été. Alice sait qu'ils s'attendaient à ce qu'elle échoue à nouveau. Mais elle l'a décroché et, pour la première fois de sa vie, les a rendus fiers.

Quand Alice rentre à la maison, il y flotte une délicieuse odeur de lasagnes. Elle pose sa clé dans la niche de la Vierge en manteau bleu accrochée au mur. Sa grand-mère a dressé le couvert pour trois dans la petite cour envahie de plantes grimpantes, sous la treille. Elle a mis une nappe à fleurs par-dessus la toile cirée. Son grand-père est déjà assis et lit *La Provence*, son verre de vin posé devant lui. D'habitude, il dîne en maillot de corps mais ce soir il porte une chemise qui déploie ses carreaux sur son ventre rebondi. Alice file se laver les mains, jette son chewing-gum à la menthe, s'asperge de parfum pour masquer l'odeur de l'alcool et des cigarettes consommées dans l'après-midi, et se met à table juste au moment où sa grand-mère arrive avec le plat de lasagnes. Un élan d'affection lui traverse le cœur. Du plus loin qu'elle se souvienne, ses grands-parents ont toujours été là, taiseux et parfois durs, mais présents pour elle et sa mère. Sa grand-mère à la cuisine ou au ménage pour garder impeccable le petit appartement où ils vivaient tous les quatre, son grand-père qui se levait en pleine nuit pour aller à Rungis. Ce soir, elle les trouve vieillis et rapetissés, comme si le poids des ans leur était soudain tombé sur les épaules.

— Merci de m'avoir accueillie pour l'été. J'ai passé de super vacances grâce à vous.

— Nous aussi on a été contents. Mange tes lasagnes, elles vont refroidir, répond sa grand-mère qui n'a jamais été très douée pour les manifestations d'affection.

— Tu as raison Anita, on a été très contents, dit son grand-père en lapant son vin.

En soufflant sur ses pâtes, il fait tomber sur sa chemise un peu de sauce tomate qu'il se dépêche d'essuyer pour échapper à la vindicte de sa femme. Mais c'est sans compter l'œil de lynx d'Anita qui en profite pour le houspiller.

— *Porca miseria !* C'est bien la peine de mettre une chemise propre si c'est pour la tacher dans les dix minutes !

Alice a un peu de peine pour lui et se dépêche de changer de sujet.

— Qu'est-ce que vous faisiez à Marseille quand vous étiez jeunes ?

Le visage rond de son grand-père affiche un grand sourire.

— Je travaillais sur les docks, ma petite fille ! Comme beaucoup d'Italiens. On était dockers ou pêcheurs, des métiers durs, pour des durs à cuire. Et ta grand-mère, avant la naissance d'Annick, elle faisait la plonge dans un restaurant du Vieux-Port. Mais on se plaignait pas. La vie était belle, toujours dehors, avec la mer et le soleil. Le dimanche, parfois, on était invités au cabanon d'un collègue, on mangeait ce qu'on avait pêché, on buvait un petit coup, on jouait aux cartes... On s'amusait, quoi.

Alice se sert une nouvelle part de lasagnes. Il n'y a que sa grand-mère pour les cuisiner aussi bien, fondantes, pleines d'huile d'olive et d'aromates, bien gratinées avec du parmesan et de la chapelure.

— Pourquoi vous êtes partis, alors ?

— À cause du racisme ! À l'époque, les Italiens étaient traités pire que des chiens. On nous appelait les ritals, les sales macaronis, on disait qu'on sentait l'ail, qu'on était sales. Il y avait des panneaux « Interdit aux chiens et aux Italiens » sur la devanture de certains commerces. On a encore le cœur blessé par ce qu'on a subi.

Anita hoche gravement la tête en écoutant Amadeo.

— On n'en pouvait plus ! Tu sais combien de bonbons j'ai dû donner aux enfants de la classe de ta mère pour qu'elle puisse jouer avec eux ? Pourtant, on avait fait attention de lui donner un prénom bien français. Alors quand Papy a trouvé du boulot à Rungis grâce à un cousin qui travaillait chez un marchand de fruits et légumes, on a décidé de monter en région parisienne, où les mentalités étaient plus ouvertes.

Alice est bouleversée. C'est la première fois que ses grands-parents laissent entrevoir la réalité de leurs vies. Au fond, elle ne sait rien d'eux. Leurs destins lui ont été tracés en quelques grandes lignes, mais elle n'a jamais su lire les douleurs cachées entre les faits. Aujourd'hui seulement, elle entrevoit ce qu'a été pour eux le déchirement de l'exil, la difficulté à s'intégrer dans un pays étranger, la violence de la discrimination, la nostalgie des racines. Amadeo et Anita se sont mariés au pays, quelque part dans les Pouilles, sont arrivés à Marseille en 1946, juste après la guerre, ont travaillé très dur, ont attendu longtemps d'avoir leur enfant unique, leur fille née en 1951. Elle est instantanément devenue la prunelle de leurs yeux. Pour lui donner les meilleures chances, ils ont quitté le Sud et se sont installés en banlieue parisienne. Annick, si jolie, si intelligente, a comblé ses parents de fierté en obtenant son bac avec mention bien, et s'est inscrite à la fac de Nanterre. Ils la voyaient déjà promise à un beau mariage, exerçant un métier prestigieux... Mais c'est là qu'elle a commencé à sortir et avoir de « mauvaises fréquentations ». La suite, Alice la connaît par cœur : le drame de sa naissance et l'arrêt brutal de toutes les espérances familiales pour un avenir meilleur.

— Enfin, c'est le passé, tout ça ! dit Nonna en se levant pour apporter le gâteau d'anniversaire.

Alice souffle ses dix-neuf bougies et embrasse ses grands-parents avec une chaleur nouvelle.

— Et il n'y a plus de racisme aujourd'hui à Marseille ? demande-t-elle.

— Non, c'est fini ! Maintenant, on est tranquilles.

Après dîner, Alice monte se préparer pour sa dernière soirée marseillaise. Jean destroy et top décolleté moulant bien caché sous une veste en jean XL couverte de pin's. Elle se maquille légèrement (le gloss et le khôl seront appliqués plus tard, dans la Peugeot 104 de Sandrine). Un coup de gel dans les cheveux pour décoller les racines, un pshitt de parfum à la pomme verte. Sandrine vient la chercher dans quelques minutes. Elles iront boire une bière sur le Vieux-Port et ensuite direction le Trolleybus, un ancien arsenal des galères du XVIIe siècle transformé en boîte de nuit. Quand son amie klaxonne, elle dévale les escaliers, veste en jean boutonnée jusqu'au cou, sous le regard inquisiteur de sa grand-mère qui traque la moindre indécence vestimentaire.

— Fais attention aux mauvaises rencontres ! C'est infesté de Noirs et d'Arabes par ici.

Karim

Samedi 7 octobre 1991
14 h 02

Karim est encore à table avec sa mère, son père et sa petite sœur âgée de dix ans. Son genou s'agite sous la nappe rouge des déjeuners du samedi. Le repas s'étire, et il se demande quand il va pouvoir s'échapper. Il a englouti son assiette de couscous, son regard s'enfuit par la fenêtre. Pour lui cette vue à couper le souffle, sur le Frioul et la mer, est la plus belle du monde... même s'il n'en a jamais connu d'autre.

La famille Harriga habite cet appartement depuis vingt-cinq ans, quand Hassan et Yasmina ont quitté Casablanca pour venir s'installer de l'autre côté de la Méditerranée, à Marseille. Après quelques galères, Hassan a trouvé un emploi de chauffeur de bus. Yasmina fait des ménages dans les quartiers bourgeois de la ville vers la Corniche et la rue Paradis. Karim est né le 4 décembre 1971 et n'a connu que ce grand F4 des quartiers Nord, à Frais Vallon, au 18e étage de la tour C. Sa sœur Kenza est arrivée neuf ans plus tard. Karim est fier d'appartenir à ce quartier, sans conteste l'un des plus grands du XIIIe arrondissement, qui se tient à l'ombre d'une colline verdoyante, vestige de la campagne provençale où il a poussé.

Frais Vallon, surnommé le Vallon frais car il est rafraîchi par le mistral, est une vraie petite ville de béton, quinze bâtiments – barres, blocs et tours – peuplés de six mille habitants où tout le monde se connaît et où on trouve de tout : un centre commercial, des épiciers à la sauvette qui vendent leurs légumes sur le chemin des Jonquilles, un parking, un kebab, une pizzeria, une piscine municipale et un trafic de drogue bien organisé qui fait vivre nombre de familles, mais pas celle de Karim. C'est un écosystème bétonné dont on pourrait ne jamais sortir si on n'y prend garde. Mais grâce à la vue du 18e étage, Karim sait que le monde est grand, que la mer est vaste et que la vie a bien plus à lui offrir.

Enfin, sa mère et sa petite sœur se lèvent pour débarrasser les assiettes. Elles reviennent avec les fruits et le café. Son père épluche lentement une pomme, sa mère donne des nouvelles des voisins. Il se passe toujours quelque chose dans l'un des cent quarante logements de cette tour de Babel où le parfum du mafé se mêle à celui du couscous. Yasmina, que tout le monde appelle Mina, prête toujours une oreille attentive aux soucis des uns, aux bonheurs des autres. Enfin Hassan se lève et s'installe face à la télé. Karim quitte la table d'un bond. Kenza se met à hurler en le traitant de tous les noms :

— Tu peux pas débarrasser la table, cono que tu es ? Trompette ! Trouduc !

À dix ans, elle ne trouve pas juste que son grand frère ait le droit de partir sans rapporter une assiette alors qu'elle est de corvée à chaque repas. Hassan hausse un sourcil réprobateur devant le vocabulaire de sa fille, mais il laisse dire. Elle est sa petite chérie, son joyau précieux, et il est trop faible face à ses yeux pétillants et ses boucles soyeuses.

— Laisse, dit sa mère. Va jouer, va. Je le ferai.

Karim se précipite dans la salle de bains, dresse ses cheveux à grand renfort de gel, se pshitte d'eau de toilette. Il s'observe dans le miroir, son tee-shirt XL et son pantalon baggy dissimulent sa maigreur, mais il se trouve pas mal. De toute façon, sa force à lui, c'est sa tchatche. C'est en la faisant rire qu'il a séduit la belle Estelle Petit sur les bancs de la fac. Karim n'arrive toujours pas à croire à sa chance. Lui, le petit gars de Frais Vallon, sort depuis six mois avec une blonde du IIIe arrondissement, une fille de profs cultivée qui parle presque avec l'accent de Paris. Elle a plein d'idées étonnantes sur le monde, parle parfois des quartiers Nord sans n'y avoir jamais mis les pieds. Un jour, elle lui a révélé avoir envoyé du riz en Éthiopie. Il a failli tomber de sa chaise, sans avouer qu'elle aurait mieux fait d'en donner à la Castellane ou à Frais Vallon. Qu'importe, il est fou amoureux. Quand elle dit : « Non mais tu comprends pas » en levant sur lui ses grands yeux bleus, il pourrait crever. Justement, il a rendez-vous avec elle sur la Canebière, et pour peu qu'il rate le métro, il risque d'être en retard.

6

Cinquante ans, c'est le nouvel âge des possibles

Juin 2022

DORIA AVAIT TENU PAROLE : elle était hôtesse d'un atelier Aqua Home, le premier qu'Alice organisait à Paris. Quelques jours plus tôt, elles avaient finalisé la liste des participantes et avaient convenu de s'en tenir aux femmes de l'immeuble : Bettina, l'amie d'enfance de Doria, Amanda, l'associée de celle-ci, sa sœur Violette en visite à Paris, Manuela, la directrice de la boutique au fond de la cour, et Mira, la gardienne. Elles seraient sept au total, un chiffre parfait pour se mettre dans le bain parisien en douceur.

Alice arriva une demi-heure à l'avance pour tout préparer. Bien qu'ayant officié dans de nombreux intérieurs, elle n'avait jamais rien vu de comparable au salon de sa sœur. Deux grands canapés blancs aux lignes droites, recouverts de tissu « autocicatrisant », entouraient une table basse en verre au cœur de laquelle se trouvait un aquarium sans poissons. Des lampadaires futuristes s'allumaient automatiquement quand on passait devant, et s'éteignaient lorsqu'on frappait dans ses mains. Une chaise longue, taillée dans une épaisse feuille de plastique noire et brillante comme l'onyx, s'étalait dans un coin telle une nappe déployée. Face à elle, un pouf géant aux allures d'énorme Malabar rose. Ces créations étaient signées Léo Klein, le mari de Doria, un designer connu pour son style à la fois technologique et onirique. Dans la grande bibliothèque décorée çà et là d'objets étonnants – un vieux mange-disque rouge, un Snoopy en plâtre, un cône de signalisation routière – se mélangeaient ouvrages d'architecture et de design, revues de cinéma, romans et livres pour enfants. Les moulures haussmanniennes et la cheminée avaient été conservées, mais le parquet avait été remplacé par un sol blanc en béton ciré sur lequel traînaient les jouets d'Elias. L'ensemble était ahurissant mais, le premier effet de surprise passé, se révélait plutôt sympathique, et même confortable.

Alice débarrassa la table basse, prépara les paniers d'où elle sortirait les produits au fur et à mesure de la présentation, et alluma sa tablette pour les commandes.

Doria s'affairait dans la cuisine aux meubles en Formica bleu ciel.

— Elias est dans sa chambre devant un film. Je lui ai préparé un plateau, il est au top. J'ai commandé des sushis et des bières. Grosse flemme de faire à manger. Qu'en penses-tu ?

— Parfait. Ça fait des années que je n'ai pas bu de bière.

— Laisse-moi deviner… Éric ne trouvait pas ça assez chic ?

— Euh… on était plutôt vin.

Alice tenta de se rappeler depuis quand elle ne s'était pas offert une bière bien fraîche. Elle adorait ça autrefois, mais elle avait levé le pied sur l'alcool quand elle était tombée enceinte. Oh ! Elle s'était bien rattrapée depuis… mais la bière avait tout simplement disparu de son périmètre. Elle n'eut pas le temps de se demander si Doria avait raison, on sonna à la porte. C'était Amanda et sa sœur Violette, une blonde et une brune, aussi physiquement différentes l'une de l'autre que Doria et Alice, mais apparemment bien plus complices.

— On s'est croisées en bas, je crois, dit Amanda.

— Oui. Je m'en souviens bien.

La sonnette tinta à nouveau. Bettina, la meilleure amie de Doria, les salua toutes rapidement et se laissa tomber sur le canapé.

— Je suis épuisée ! Capucine n'a que douze ans. Pourquoi ai-je l'impression qu'elle en a dix-huit ? À boire, s'il vous plaît !

— Poussez-vous, j'apporte l'apéro ! lança Doria.

Mira et Manuela arrivèrent en même temps quelques minutes plus tard, l'une avec une bouteille de champagne, l'autre avec des sablés salés faits maison. Elles étaient au complet.

Quand Alice avait suivi sa première formation, sa coach Régine, manageuse d'une équipe d'une trentaine de conseillères et vendeuse elle-même, lui avait dit qu'elle devait se comporter comme une présentatrice télé et capter l'attention de son public par une formule choc. Depuis huit ans qu'elle organisait des ateliers, Alice était rodée et savait se mettre en position conseillère pour tenir son auditoire jusqu'au bout. Mais elle était chez Doria, dans son univers, avec ses amies les plus intimes, des femmes d'allure indépendante aux carrières brillantes qui l'impressionnaient un peu. Leur proximité la faisait se sentir bêtement mal à l'aise. Elle remit son serre-tête en place.

— Bonsoir, merci à toutes d'être venues ce soir, et merci beaucoup à Doria de nous recevoir. Je me présente, je suis Alice…

— Ça fait plaisir de voir les deux sœurs réunies ! interrompit Mira.

Alice se racla la gorge, déstabilisée.

— Incroyable ! Je connais Doria depuis la maternelle, et je ne t'ai vue qu'une fois ou deux ! renchérit Bettina.

— Mais comment ça se fait ? demanda Violette en se tournant vers sa propre sœur, Amanda.

Réalisant qu'elle se montrait sans doute indiscrète, elle s'interrompit net et but une gorgée de vin. Alice en profita pour enchaîner.

— Savez-vous que l'eau est le meilleur des détergents ?

— Ah bon ? demanda innocemment Doria.

— Arrête de faire genre ! Tu connais déjà tout par cœur ! lança Amanda.

— Mais pas du tout !

— Je sers à boire ? demanda Violette, qui apparemment aimait beaucoup le vin rouge.

Tentant de ne pas se laisser perturber, Alice continua :

— Aujourd'hui, nous vivons dans un monde dominé par la chimie. Nous sommes encerclés, et je dirais même asphyxiés, par les produits chimiques : nettoyants ménagers, lessives, produits cosmétiques et pharmaceutiques, qui non seulement polluent notre planète, mais détruisent aussi notre santé en provoquant des allergies, des eczémas, des maladies ORL chroniques, des problèmes oculaires… Chez Aqua Home, nous pratiquons l'écologie d'intérieur. Nos produits permettent un ménage efficace, facile, et bien sûr non polluant. Notre secret, c'est la microfibre : un textile assez inouï né au Japon. Tellement inouï qu'il nettoie juste avec de l'eau.

Elle sortit alors du panier posé à ses pieds plusieurs chiffonnettes de tailles, matières et couleurs différentes, reversa du vin et des chips grasses sur la table basse en verre, y étala un peu de guacamole, puis s'empara d'une microfibre qu'elle humidifia à l'eau claire avant de nettoyer la table en quelques gestes experts. Plus une trace sur le verre redevenu étincelant.

— Génial ! J'achète ! s'exclama Bettina.

— J'en prends cinq pour mes vitrines ! approuva Manuela.

— Ça marche sur le bois ? Ça m'intéresse pour les escaliers, dit Mira. Je n'en peux plus des dépoussiérants en bombe, ça me fait tousser.

— Bien sûr !

Heureuse d'avoir su capter leur attention, Alice continua à parler avec passion. Le ménage était considéré comme une activité dégradante, une corvée ingrate destinée à être toujours recommencée, et qui ne se remarquait que quand elle n'était pas faite. Pourtant, l'hygiène d'une maison était vitale pour la santé, l'harmonie, l'environnement. Tout le monde devrait se sentir concerné. Son job de conseillère était aussi d'éveiller les consciences sur ces sujets.

— Ce n'est pas l'odeur qui lave ! scanda-t-elle avec conviction.

Elle présenta la solide vaisselle, la lessive neutre… Les amies de Doria écoutèrent poliment, mais peu à peu, la conversation bifurqua sur des sujets privés qui semblaient bien plus les passionner que les produits ménagers. Le 19 bis boulevard Montmartre était une petite communauté où tout le monde se connaissait… très bien. Chacune avec un vécu dense et des problématiques qu'elles aimaient partager avec les autres pour y voir plus clair, pour être conseillée ou soutenue.

Ainsi, Alice apprit que Violette avait vécu au cinquième étage de l'immeuble pendant six ans avant de partir vivre à San Francisco avec ses jumeaux et l'homme de sa vie. Incapable de rester longtemps loin de sa petite sœur Amanda, avec laquelle elle entretenait une relation fusionnelle, Violette revenait souvent boulevard Montmartre. Suite au départ de sa sœur, Amanda avait repris son bail : elle-même avait un amoureux qui vivait la moitié du temps au Canada pour s'occuper de ses 20 000 chevaux, ce qui lui convenait très bien pour continuer à mener sa vie. Mira, elle, était guide à l'opéra Garnier en plus de son activité de gardienne. Quant à Bettina, elle s'était séparée de son mari Julien et avait vécu dans un appartement de l'escalier B pendant la période des confinements, puis avait réintégré le domicile conjugal pour une période d'essai à durée indéterminée. Manuela était une ancienne escort qui avait définitivement quitté la prostitution (ici, Alice s'étrangla avec sa bière) et vendait des sex-toys dans sa boutique du fond de la cour pour aider les femmes à s'éclater avec leur clitoris (là, Alice recracha une tomate cerise) car elles se débrouillaient beaucoup mieux sans les hommes.

— Pas d'accord ! contredit Amanda. Rien ne vaut un bon coup de quéquette.

— C'est normal aussi, quand on voit son mec tous les trois mois, on a la dalle ! s'agaça Bettina.

— On s'éloigne du sujet ! intervint Doria.

— Oh, ça va ! On connaît toutes ta vie sexuelle frénétique avec Léo le robot.

— Arrête de l'appeler comme ça !

S'ensuivit un brouhaha sur les mérites comparés des sex-toys et des pénis, qui malheureusement, eux, ne vibraient pas. Alice, dépassée, essayait de ramener les chiffonnettes microfibre sur le tapis, sans succès. Doria se leva pour aller chercher la nourriture, ce qui acheva malheureusement de semer la confusion dans le déroulement de l'atelier – sans aucun doute le plus bordélique de toute sa carrière. Affamées par une longue journée de travail, les femmes de l'immeuble se jetèrent sur les sushis comme la faim sur le monde. Doria lui lança un regard désolé.

— Ma sœur n'est pas là pour vous écouter parler de vos vies privées mais pour présenter les produits Aqua…

— Oui ! Je prendrai les savons et aussi ton balai avec la flotte dans le manche… Mais j'ai une question à te poser, si tu permets, commença Bettina.

— À propos de quel produit ? demanda Alice, heureuse de reprendre la situation en main.

— Pour quelle raison es-tu venue vivre chez Max ? Ne dis pas que c'est pour les plantes… On aurait toutes pu s'en occuper.

Mais dans quelle galère s'était-elle fourrée ? Quand Doria lui avait proposé de devenir hôtesse, cela lui avait pourtant paru être une bonne idée… Alice constata que tous les yeux étaient fixés sur elle, comme si c'était maintenant à son tour de parler. Même sa sœur la dévisageait avec curiosité.

Elle but une gorgée de bière fraîche qui la ramena des années en arrière, au temps où elle était une autre personne, une fille qui n'avait pas froid aux yeux, qui était capable de vider des 8.6 en parlant crûment de sexe.

Où était passée cette Alice-là ? Que lui était-il arrivé ? L'alcool et l'émotion lui montèrent simultanément à la tête. Cela faisait longtemps qu'elle ne s'était pas retrouvée avec des femmes qui voulaient simplement se parler. Alice en avait marre d'être seule, marre de garder ses chagrins enfouis sans les partager avec personne. Elle se laissa aller contre le dossier du canapé.

— Je suis séparée de mon mari. Il a fait une connerie que je n'ai pas supportée, je l'ai quitté et je me suis installée dans un studio du quartier, pour être proche de mon fils Simon qui vit aussi dans le coin. Mais l'endroit était vraiment glauque et cher, et quand Max m'a proposé de venir m'installer dans son appartement, j'ai accepté.

— Je croyais que ton mari était chirurgien. Il doit avoir les moyens de te payer une pension… dit Mira.

— On n'est pas encore divorcés, je n'y ai pas droit.

L'atmosphère était subitement passée du vacarme au silence. Violette posa ses baguettes et planta son regard mordoré dans le sien.

— Et comment tu te sens ? Ce n'est pas trop dur ?

Alice sentit le poids familier d'un sanglot peser sur sa gorge.

— Je ne pensais pas que ce serait si difficile. Je me sens très seule. Parfois, je ne sais pas si j'ai bien fait de partir, mais je n'arrive pas à y retourner. J'ai l'impression que ma vie n'a plus de sens. Je suis fauchée, ma maison me manque horriblement, je n'ai plus de chez moi, toutes mes affaires, mes objets, mes livres sont restés là-bas. Je ne sais plus qui je suis…

— Une séparation implique toujours une transformation, dit Mira.

Son léger accent roumain aux *r* roulants lui rappelait un peu celui de sa grand-mère. La gardienne continua :

— Quand j'ai fui Bucarest, j'ai dû laisser mon fils, abandonner mon métier de choriste. J'ai été forcée de me réinventer en France. Toi aussi tu devras te réinventer… ou peut-être te retrouver.

Alice sourit, un peu confuse :

— Je n'aurai pas le culot de comparer un exil et un divorce ! Mais je comprends ce que tu dis quand tu parles de me retrouver. Toute ma vie, je me suis occupée de mon mari et mon fils, j'ai tout géré dans la maison, j'ai fait passer leurs besoins avant les miens en pensant que c'était mon rôle de femme… je me suis perdue de vue.

— Le drame des femmes ! grinça Bettina. Pendant des années j'ai géré les gosses, l'intendance, les vacances, les devoirs, les médecins, les activités, les travaux, l'administratif… tout en dirigeant une entreprise. À un moment donné, j'ai eu l'impression de me noyer. Olivier ne comprenait pas de quoi je me plaignais, il disait qu'on avait pourtant une nounou… J'ai demandé le divorce. Quand il a commencé à garder Martin et Capucine une semaine sur deux, il a compris sa douleur. Pourtant, comme il gagne plus, il continue à croire que son job est plus important que le mien, et se décharge sur moi dès qu'il peut.

Elle bouillait littéralement de colère, et Alice se dit que la réconciliation n'était pas gagnée. Au moins Bettina avait-elle acquis une indépendance financière et pouvait partir sans se retrouver prise à la gorge comme elle. Heureusement qu'elle avait eu la présence d'esprit de se lancer dans les ventes à domicile. Ce qu'elle considérait au départ comme une activité annexe était aujourd'hui sa seule planche de salut.

— Ma chance, c'est ce travail… dit-elle en exprimant tout haut cette dernière pensée. Certains disent que ça n'est pas vraiment un job, mais c'est le mien. Pour la première fois, je tiens seule les rênes de ma petite vie. Même si je ne sais pas très bien où tout ça va me mener.

— Tu n'es pas obligée de te cantonner à une « petite » vie. C'est OK d'avoir de l'ambition, de voir plus grand, intervint Amanda.

Alice savait qu'avec Bettina, elles avaient monté une fructueuse société de bijoux. C'était des entrepreneuses qui s'étaient battues pour leur succès. Alice n'était pas de leur trempe. Elles l'impressionnaient même un peu.

— J'aurai cinquante ans cette année. L'ambition, la séduction, les défis, pour moi, c'est trop tard. Je suis périmée comme un vieux pot de yaourt.

— Qu'est-ce que c'est que ces conneries ? gronda Manuela en faisait passer ses longs cheveux noirs d'un côté de son cou. J'ai bientôt soixante ans et je ne me sens absolument pas finie !

C'était une femme à la beauté sculpturale. Il suffisait de la regarder pour perdre toute peur de vieillir… si on avait la chance de lui ressembler !

— Et moi, j'ai retrouvé l'amour à soixante-quatre ans avec mon Dimitri ! dit Mira.

— J'ai changé de vie à cinquante ans, continua Manuela. Cinquante ans, c'est le nouvel âge des possibles.

— J'ai dû réviser et passer trois examens épouvantablement difficiles à plus de quarante ans pour pouvoir exercer ma profession d'ophtalmo à San Francisco, indiqua Violette.

Leur exemple apporta une lueur d'espoir à Alice. Pouvait-elle vraiment se réinventer ? Elle avait vu sa mère travailler toute sa vie et rester célibataire pendant que son père papillonnait de femme en femme. Elle avait voulu tout l'inverse de ses parents : le mariage, la stabilité, la sécurité, et un schéma familial traditionnel censé la préserver des débordements post-soixante-huitards.

— J'ai suivi la méthode Mamika. Et j'ai été heureuse, vous savez. Ma vie a été belle.

Doria goba le dernier sushi et lui sourit gentiment :

— Oui, mais tu es partie. C'est peut-être que ça ne te convenait plus ?

— Tu sais, les femmes s'adaptent bien mieux au changement que les hommes, lança Manuela. Notre corps se modifie en permanence. D'abord à l'adolescence, mais aussi tous les mois avec nos règles, puis avec les maternités, puis à la ménopause... On nous a appris à en avoir honte, alors que c'est notre force. On sait s'adapter. Le changement, c'est notre truc !

Contre toute attente, Alice réalisa finalement une assez jolie vente ce soir-là. En quittant l'appartement, Manuela lui proposa de passer la voir à sa boutique. Elle avait une proposition à lui faire.

Vingt et un ans

Jeudi 2 septembre 1993

ALICE ÉMERGE D'UN SOMMEIL ÉPAIS en entendant des coups sourds frappés à la porte de sa chambre. L'effet euphorisant de la cocaïne s'est envolé, seule reste la gueule de bois des lendemains de sortie. Un mal de crâne aigu lui perce les tempes, sa bouche est sèche. La soirée de la veille aux Bains lui revient en mémoire par flashes confus. Elle se revoit pogoter sur la piste, taper une ligne dans les toilettes, échapper à un mec insistant qui l'a embrassée contre le mur froid en carrelage blanc, flirter avec un vieux type amusant en vidant des shots de vodka à sa table, fumer clope sur clope, déchirer son jean, se retrouver jambes nues et se marrer follement. Le mélange vodka-cocaïne lui apporte une euphorie et une confiance en elle irrésistibles. Avec elles, la fête est plus belle.

Au retour vers Juvisy aux alentours de 5 heures du matin, le pied sur l'accélérateur à 150 sur le périph, elle a failli avoir un accident avec la voiture de sa mère. Un camion devant elle roulait trop lentement à son goût, elle a effectué une manœuvre trop brusque au moment de le doubler qui l'a entraînée trop loin sur la gauche, jusque sur la file en sens inverse. Une voiture a déboulé au même moment. La tête dans le brouillard, elle a donné juste à temps un coup de volant salvateur pour réintégrer sa file, comme si son ange gardien avait pris le contrôle du véhicule une fraction de seconde avant la collision. Elle a dû s'arrêter sur le bas-côté pour se remettre, s'est endormie quelques minutes le front contre le volant avant de reprendre la route.

Les coups contre la porte reprennent de plus belle, comme si un démolisseur frappait sur la cloison fine avec une masse. Elle grogne de douleur.

— Debout, tu as de la visite !

Alice attrape à tâtons sa montre sur la table de nuit : 14 heures ! Dans son crâne, la perceuse vrille de plus belle. Ses yeux lui font mal. Elle se laisse retomber contre l'oreiller. Sa mère entre dans sa chambre.

— Ton grand-oncle Salomon est là.

— Salomon ? demande-t-elle, la bouche pâteuse, en tentant de rassembler ses esprits.

— Le frère de ta grand-mère maternelle ! Il avait prévenu qu'il passerait aujourd'hui. J'ai pris ma journée pour ça, tu te souviens ?

— J'arrive, marmonne-t-elle sans bouger de son lit.

Sa mère soulève sa couette d'un geste brusque, laissant son corps à découvert se frigorifier.

— Lève-toi immédiatement, Alice. Regarde ce que tu es devenue : une alcoolique, une droguée ! Tu crois que je ne sais pas ce que tu fais quand tu sors tous les soirs ? Je n'en peux plus de ta gueule de défoncée, de tes yeux vides. Jusqu'où tu veux descendre ? Tu veux flinguer ta vie, c'est ça ? Tu sais ce que j'ai sacrifié pour que tu fasses des études ?

Alice se demande ce que sa mère sait, ce qu'elle devine, ce qui l'effraie.

— J'ai mal à la tête, parle moins fort.

La provocation déchaîne la colère d'Annick. Elle se met à crier de plus belle.

— Bouge-toi ou je te botte le cul ! File sous la douche, démaquille ces yeux dégueulasses, attache tes cheveux, et viens le saluer poliment. Je vais lui faire du café en attendant.

Elle sort en claquant la porte. Alice se lève avec difficulté, vaguement honteuse. Sa dernière entrevue avec l'oncle Salomon remonte au jour de l'enterrement de Mamika. Elle le connaît à peine et se demande bien ce qu'il veut… Après sa douche, elle enfile un jean non déchiré et un tee-shirt blanc qui fait ressortir ses bras bronzés par le soleil marseillais.

Salomon est en train de discuter tranquillement, assis sur le canapé en cuir noir avec sa mère autour de la table basse Habitat. Il se lève en la voyant entrer.

— Alice, bon anniversaire !

— Merci !

L'oncle Salomon est un très vieux monsieur élégant qui porte un pantalon de flanelle à pinces, un blazer marine à boutons dorés et une barbe blanche bien taillée. Il lui ouvre les bras avec un sourire doux. Ses yeux noirs et profonds la dévisagent avec émotion.

— Ta grand-mère aurait été si heureuse de te voir quelle belle jeune femme tu es devenue. Tu étais la prunelle de ses yeux.

— Je l'adorais, murmure Alice, bouleversée.

Son grand-oncle a le même accent que Mamika. Il la ramène des années en arrière, au temps de l'enfance et de la douceur. Au temps de l'amour inconditionnel, du nuage au chocolat et des princesses Disney.

— Je vous laisse discuter, déclare Annick avant de s'éclipser.

Salomon l'invite à s'asseoir et se pose à côté d'elle.

— Ta mère m'a dit que tu fais des études de droit.

— Oui, je suis en deuxième année.

— Et il paraît que tu as un très gentil boyfriend. Je suis heureux que tout se passe bien pour toi. Doria aurait été très fière.

— Merci.

Alice a une pensée pour Éric, avec qui elle sort depuis quelques mois, si amoureux et si patient, qui la regarde comme si elle était Emmanuelle Béart. Étudiant en médecine, il se consacre corps et âme à ses études et sort très peu, alors qu'Alice est une fille de la nuit. Parfois, elle se dit que s'il savait tout ce qu'elle consomme et comment elle se comporte, il l'aimerait moins, et ça lui fait un peu peur.

— Tu veux encore un peu de café ? demande-t-elle en tendant la main vers la cafetière italienne en Inox.

— Non, merci. Je suis venu te voir pour une raison particulière…

Son grand-oncle attrape une sacoche en cuir posée au pied du canapé et en extrait une enveloppe rectangulaire.

— Doria m'a demandé de te remettre cette somme le jour de tes vingt et un ans.

— Oh mon Dieu ! murmure Alice.

Son cœur bat très fort. C'est comme si sa grand-mère chérie se trouvait soudain près d'elle. Son visage surgit de sa mémoire avec une précision étonnante. Il lui semble entendre son rire, sa voix, sentir son parfum. Salomon se racle la gorge.

— Tu le sais sans doute, Doria travaillait avec moi au magasin, d'abord à l'atelier comme couturière, puis, quand on a pu embaucher, elle est passée à la vente. Un jour, elle m'a révélé qu'elle mettait de l'argent de côté pour toi, et m'a demandé de te le donner le jour de tes vingt et un ans, si jamais il lui arrivait quelque chose. J'ai préféré respecter sa volonté à la lettre, c'est pourquoi je débarque aujourd'hui en pleine semaine.

Il ébauche un sourire très triste.

— Tu as bien fait, évidemment, dit Alice.

— Elle voulait que tu utilises cet argent pour un projet personnel. Quelque chose qui te tient vraiment à cœur, qui est important pour toi.

Salomon se lève pour lui remettre solennellement l'enveloppe. Elle reconnaît la belle écriture penchée de sa grand-mère qui a tracé son prénom au stylo plume tant d'années plus tôt. L'enveloppe pleine de billets est épaisse, pleine de dizaines de possibilités. Mais surtout, le message d'amour envoyé par sa grand-mère par-delà la mort la bouleverse. Elle voudrait la rendre fière, être fidèle à sa mémoire. Salomon la serre dans ses bras.

— C'était ma petite sœur, on s'aimait très fort. Je suis heureux d'avoir accompli une de ses dernières volontés. J'attendais ce jour avec impatience.

— Merci beaucoup d'être venu jusqu'ici, dit-elle, la gorge serrée.

Salomon enfile sa veste et récupère sa sacoche.

— Au fait… ne mets pas cet argent à la banque. Il n'est pas déclaré. C'est du *Schwartz !* Garde-le dans un coffre-fort.

— D'accord, c'est promis, murmure Alice.

Heureusement que son père lui a expliqué la signification de ce mot yiddish utilisé pour parler de l'argent au noir. Combien de fois lui a-t-il glissé un petit billet dans la poche en lui disant « *Dépense-le, c'est du Schwartz* » ? Max n'a jamais été très présent, alors il a compensé…

— Elle voulait que tu aies une vie merveilleuse, dit Salomon en partant.

Ce soir-là, Éric l'invite au restaurant pour son anniversaire. Interne à l'hôpital de Creil, il entame sa neuvième année d'études et a exceptionnellement pris sa soirée pour passer quelques heures avec elle. Elle le retrouve dans un joli bistrot du XVIIe arrondissement appelé La Carafe. La moquette et les murs sont rouge bordeaux, comme le vin, et des petites lampes aux abat-jour de soie plissée décorent les tables, éclairant les visages d'une lumière dorée. Dans ce décor raffiné, Alice se sent très femme. Elle porte une petite robe noire et des escarpins à talons. Éric a mis une veste en tweed et une chemise blanche immaculée. Avec sa haute taille, sa longue mèche soyeuse et son élégance de fils de famille, il ressemble au prince charmant de ses rêves. Elle a l'impression que tous les yeux sont fixés sur leur couple !

À peine la commande passée, elle lui raconte l'incroyable visite de son grand-oncle, la somme dont elle vient d'hériter, et lui parle longuement de sa grand-mère. Éric l'écoute en la dévorant des yeux. Il lui demande ce qu'elle compte faire de cet argent.

— J'ai envie d'un très long voyage en bateau avec mon amie Sandrine qui habite à Marseille. On partirait sur un grand voilier en bois, comme on en voit sur le Vieux-Port, et on irait en Italie, en Espagne, au Portugal… jusqu'en Afrique !

Éric fait une moue dubitative et boit son verre de saint-émilion.

— Quoi ? demande Alice.

Il lève les yeux et agite la main avec autorité sans répondre. Un serveur arrive immédiatement.

— Pouvez-vous apporter le dessert ?

— Bien sûr, monsieur.

— Tu aimes le gâteau au chocolat, je crois ?

Le serveur arrive avec deux parts de fondant. Sur celle d'Alice brille la flamme d'une bougie. Elle ferme les yeux et souffle. Quand elle rouvre les paupières, Éric lui tend un petit paquet enrubanné.

— Joyeux anniversaire !

— Merci ! Qu'est-ce que c'est ?

— Un cadeau très spécial, pour la plus spéciale des filles…

Alice déchire fébrilement le paquet. Un boîtier en velours noir s'ouvre sur une bague en saphir bleu sombre entouré de brillants. Éric se lève et met un genou à terre.

— Alice, veux-tu m'épouser ? demande-t-il en lui prenant la main.

Le souffle coupé, elle contemple ce jeune homme bien élevé et sérieux qui est entré dans sa vie un soir de janvier, neuf mois plus tôt.

Ce jour-là, elle retrouvait des amis de la fac à La Poste, une boîte de nuit rue de Douai. Comme par hasard, elle était énervée contre Max qui avait disparu dans la nature juste après le nouvel an sans donner de nouvelles. Éric se tenait un peu à l'écart, élégant et discret, différent des noctambules qu'elle avait l'habitude de fréquenter. Il discutait avec un ami, mais elle sentait son regard passer sur elle et se demandait s'il oserait l'aborder. Soudain, alors qu'elle dansait lascivement sur *Purple Rain* de Prince, il s'était approché.

— Tu as l'air en colère.

— Je le suis ! avait-elle répondu, surprise.

— J'espère que tu ne te fâcheras pas contre moi si je te dis que je te trouve très belle.

Il lui avait offert une rose rouge, comme sortie de sa manche (il lui avouerait plus tard l'avoir achetée au marchand pakistanais juste avant de l'aborder).

— Comment tu t'appelles ? avait-elle demandé en prenant la fleur.

— Éric Lambert.

À leur premier rendez-vous, il l'avait embrassée doucement, tendrement, comme si elle était très précieuse, une princesse. Lui ressemblait au prince Philippe dans *La Belle au bois dormant*.

En sa compagnie, Alice se sent à l'abri, protégée, comme s'il ne pouvait plus rien lui arriver de mal. Et voilà qu'il la demande en mariage, au terme de la journée la plus étrange de son existence. Soudain, tout lui apparaît avec une clarté éblouissante : c'est un signe de sa grand-mère ! Doria lui envoie un message. Déjà, au petit matin, quand elle a évité un accident de justesse, Alice s'est sentie sauvée par une présence protectrice. Puis Salomon est arrivé avec l'argent de Mamika. Les conseils précieux de sa grand-mère lui reviennent en mémoire. Elle serait sûrement furieuse de la voir mener la même vie que Max : boire, fumer, sortir, enchaîner les rencontres sans lendemain… Alice s'est toujours juré de fonder un foyer stable, à l'inverse de ses parents. Mais pour cela, il faudrait qu'elle arrête de faire n'importe quoi, de traîner avec n'importe qui. Avec Éric, elle est sauvée.

— Alice ?

Avant cette minute précise, elle n'avait jamais pensé à se marier. Dans son écrin, la bague scintille, évoquant un conte de fées possible.

— Oui ! Oui, j'accepte !

Il passe le bijou à son annulaire, se relève et l'embrasse amoureusement.

— Je suis le plus heureux des hommes.

Dans le restaurant, les clients des tables voisines applaudissent discrètement ce jeune couple parfait. Elle contemple le saphir qui brille à son doigt et sourit. Soulagée.

— Tu vois, dit Éric, ce n'est pas une bonne idée, cette croisière. Qui part en voyage quand il y a un mariage à préparer ?

7

Le sucre, ça console de tout

LE CIEL ORANGE apportait sa beauté apocalyptique aux paysages industriels. Pylônes électriques, hangars ou stations essence se détachaient en ombres chinoises. Coincée dans les embouteillages qui la ramenaient à Paris, Alice consulta sa montre et comprit qu'elle ne serait pas à l'heure pour préparer le dîner prévu avec Simon. Pourtant, elle avait tellement envie de le voir ! Elle baissa la radio et mit son téléphone sur haut-parleur pour appeler son fils.

— Je reviens d'un atelier à Senlis et je suis piégée dans les bouchons, je risque d'être très en retard pour notre dîner.

— Ça s'est bien passé ?

— Oui, super. Une des participantes s'est proposée pour devenir hôtesse. Mais du coup je n'aurai pas le temps de cuisiner, à moins de manger à 23 heures !

— Retrouvons-nous au Broadway Boulevard, c'est plus simple. Je t'invite, ma petite maman.

Elle marqua un temps d'arrêt à l'idée de se rendre dans le restaurant de Karim.

— OK ! Je t'appelle dès que je suis en approche.

Alice monta se rafraîchir et enfiler une robe beige droite. Elle se maquilla soigneusement et offrit un léger brushing à ses cheveux blonds. Cette fois-ci, pas question de se présenter devant lui comme un vieux chiffon.

La nuit était presque tombée quand elle descendit retrouver son fils au Broadway Boulevard. Une guirlande de guinguette apportait sa touche de magie au lieu. Simon était installé à une petite table en bordure de terrasse. En le voyant, elle sentit son cœur se réchauffer et un sourire lui monter aux lèvres. Elle déposa devant lui, enveloppé dans du papier aluminium, le gâteau préparé dans la matinée – le nuage au chocolat dont il raffolait presque autant qu'elle – et le serra fort dans ses bras. Son tout petit garçon d'un mètre quatre-vingt !

— J'ai pris une bière en t'attendant. Tu veux du vin ?

— Non, une bière pression bien fraîche, moi aussi !

Il la regarda surpris.

— Incroyable ! Une nouvelle maman !

Karim en personne vint prendre la commande : Simon, tout comme Max ou Doria, c'était « la famille ». Alice nota que, pour lui, elle n'en faisait pas partie. Pourtant, ils avaient été assez proches, à une certaine époque...

Elle s'efforça de penser à autre chose en se concentrant sur la décoration du restaurant. Autrefois, le Broadway affichait un mix orientalo-baroque chaleureux, avec même une broche de kebab qui tournait dans un coin. Aujourd'hui, il jouait une partition plus chic avec des lignes Art déco, des sièges en velours bleu, du noir, du laiton doré, une nouvelle tenture blanche qui s'accordait bien avec les palmiers en pots de la terrasse… La carte avait également évolué et proposait des plats aux d'influences méditerranéennes ou asiatiques. Simon demanda un couscous végétarien, elle choisit des pennes *all'arrabbiata.*

— Très bon choix, dit Karim en plongeant son regard dans le sien. Elles sont épicées juste comme il faut pour faire briller tes yeux…

— Eh ! s'écria Simon. Garde ton baratin pour les autres meufs. C'est ma mère, je te signale !

— Merci Simon, mais tu sais, je suis assez grande pour répondre toute seule…

— C'était juste une info ! dit Karim, moqueur, avant de s'éloigner.

Ils le regardèrent glisser de table en table avec un petit mot pour chacun. À chaque fois qu'il approchait, les sourires éclairaient les visages, des petits rires fusaient.

— Il est trop fort ! dit Simon. Merci pour le gâteau, je vais me régaler !

— Tu es toujours content dans ton studio ? Tu aurais pu venir t'installer chez Max, avec moi…

Le jeune homme afficha un sourire désabusé.

— Il se trouve que je me suis plutôt installé avec mon autre parent. Papa part complètement en vrille depuis la décision de l'ordre des médecins. Il est déprimé, il picole H24. Il m'inquiète.

Surprise, elle contempla son beau visage couvert désormais d'une courte barbe sombre, ses épais cheveux toujours artistiquement ébouriffés, ses yeux de velours bordés de longs cils qui la regardaient avec sévérité.

— Ton père est un grand garçon…

— Je ne peux pas le laisser tout seul. Et comme il faut bien que quelqu'un prenne ses responsabilités... Je dors à la maison trois fois par semaine.

Alice le regarda, agacée par cette pierre soudainement lancée dans son jardin.

— Que veux-tu dire ? Nous sommes séparés, ton père et moi.

— Tu crois que c'était vraiment le bon moment pour le planter ?

Elle but de longues gorgées de bière pour se calmer, car la moutarde commençait à lui monter au nez.

— Éric savait ce qu'il faisait. Je l'ai soutenu du mieux que j'ai pu, et même au-delà. Je ne peux pas faire plus.

Ils furent interrompus par le serveur qui déposa les plats sur la table et leur souhaita un bon appétit.

— C'est un peu facile d'avoir profité des belles années et de l'abandonner quand ça tourne mal, répliqua Simon.

C'était exactement les mots d'Éric qui sortaient de sa bouche. Elle imagina un dîner en tête à tête entre le père et le fils, son ex déblatérant sur elle avec son vieux discours aigri.

— Je ne peux pas croire que mon propre fils me parle de la sorte !

— Mais pourquoi tu le quittes ? Il t'aime à la folie, et je sais que tu l'aimes aussi. Il faut que tu retournes vivre avec lui.

— Ça ne te regarde pas. C'est entre Éric et moi. Et crois-moi, j'ai mes raisons !

Alice posa ses couverts et chercha son éventail dans son sac. La conversation avait pris un tour très déplaisant. Elle avait toujours évité de mêler son fils aux querelles de la séparation afin de ne pas l'obliger à prendre parti entre sa mère et son père. Elle s'était montrée fair-play et réalisait qu'Éric envoyait Simon en opération commando ! Elle s'éventa furieusement et, pour ne pas s'énerver davantage, changea de sujet.

— Comment ça se passe au boulot ?

— Très bien, répondit-il

Quand il boudait, son visage se fermait, ses sourcils se fronçaient, elle reconnaissait l'enfant qu'il avait été.

— Tu as des projets pour l'été ?

— Vineuil-Saint-Firmin, avec mon père...

— Ne prends pas cet air martyr ! sourit-elle. Personne ne t'oblige à faire ça.

— Tu es vraiment ingrate ! Il a travaillé comme un chien pour nous. Il nous a tout donné. Il a fait une connerie, OK. Tu pourrais lui pardonner !

— Ce n'est pas à moi de lui pardonner !

— À qui d'autre ? Tu mélanges tout ! Tu me dégoûtes !

— Et toi, tu m'emmerdes ! répliqua-t-elle.

Simon se leva brusquement et quitta la table, laissant même le gâteau qu'elle lui avait préparé. Sidérée, elle regarda sa haute silhouette mince s'éloigner, le dos droit, et remonter le boulevard d'un pas vif. Elle hésita quelques secondes à lui courir après, mais il avait dépassé les bornes, et le rattraper équivaudrait à valider son attitude. Ce n'était pas sa première dispute avec son fils, bien sûr, mais c'était la première fois qu'il l'abandonnait seule au restaurant. Alice, choquée, ne savait quelle contenance adopter.

Elle but une gorgée de bière et se demanda soudain ce que sa mère avait pu ressentir quand elle l'agressait de la sorte. Était-elle aussi blessée qu'elle ? Alice termina dignement ses pennes et, si ses yeux brillèrent, ce ne fut pas uniquement à cause du piment.

La nuit était tombée et les tables de la terrasse s'étaient un peu vidées de leurs occupants. Les larges épaules de Karim masquèrent la lumière des tables derrière lui. Elle releva les yeux pendant qu'il s'asseyait en face d'elle.

— Tout va bien ?

— Non ! Ce petit con répète comme un perroquet les méchancetés que son père lui a mises dans la tête.

Il secoua la tête, amusé :

— Le temps n'a pas de prise sur toi ! Je te retrouve aussi énervée qu'avant, Madame la Râleuse.

Elle se força à lui sourire à travers ses larmes à l'évocation du surnom qu'il lui donnait autrefois et redressa instinctivement les épaules. Ce n'était pas du tout comme ça qu'elle avait imaginé leur première vraie conversation. Décidément, cet homme l'avait toujours vue dans les pires états possibles !

— Ça fait longtemps que je n'étais pas venue au Broadway, murmura-t-elle, songeuse.

— Neuf ans… et quelques mois, déclara-t-il en la regardant droit dans les yeux.

Alice détourna le regard, gênée.

— Un petit dessert ? proposa Karim.

— Non merci. En plus, j'ai déjà tout un gâteau au chocolat, répondit-elle en désignant le cake abandonné par Simon.

— Goûtons-le ! Ma mère me dit toujours que le sucre, ça console de tout.

— Oh là là ! C'est mauvais pour mon régime.

Elle se mordit la lèvre pour éviter de l'informer que la vie parisienne avait ramolli ses cuisses. Karim ouvrit le papier aluminium et découpa deux parts.

— Mmm ! Il est fabuleux !

— C'est le nuage au chocolat, dit-elle en souriant.

Incapable de résister, elle mordit dans un morceau de gâteau et ferma les yeux pour le savourer.

— Ma grand-mère m'a appris cette recette quand j'étais toute petite. Je pourrais la faire les yeux fermés !

— Chiche ! lança Karim en riant.

Ses dents blanches étincelèrent dans la nuit. Profitant de la semi-obscurité, elle l'observa à la dérobée. Son visage mat à la mâchoire carrée avait gagné quelques plis dans le coin des yeux qui lui allaient bien. Il s'était épaissi, non pas en graisse, mais en muscles et en présence. Son sourire l'éblouissait toujours comme un rayon de soleil dans les yeux.

Il se resservit une part de gâteau.

— Tu me donneras la recette ?

— Tu veux le mettre à la carte ? demanda-t-elle.

— Peut-être ! Si tu m'y autorises.

— Il faut que je réfléchisse. C'est une recette de famille.

Elle piqua un morceau de nuage du bout de sa fourchette et le porta à sa bouche.

— Il me semble en avoir déjà mangé chez Max, dit Karim.

— Il sait le faire aussi.

— Il cuisine vraiment bien... mais je crois que ta version est plus réussie.

Alice s'esclaffa :

— Flatteur !

— Peut-être, mais au moins j'ai réussi à te faire rire, contrairement à ton fils.

Alice soupira en se demandant comment arranger les choses avec Simon. Si Éric avait décidé de lui retourner le cerveau, devrait-elle plaider sa cause, faire entendre ses arguments ? Elle frissonna à cette idée, mais une chose était sûre, elle ne pouvait pas laisser la fâcherie s'installer. Karim dut sentir qu'elle était repartie dans des pensées déprimantes.

— Quel est ton album préféré de tous les temps ? demanda-t-il à brûle-pourpoint.

— C'est une question de *date*, ça ! dit-elle, surprise.

Il se recula sur sa chaise et sourit. Ses yeux pétillèrent dans le noir.

— Pas de *date* entre nous ! Prends ça comme la marque d'intérêt d'un vieil ami.

Alice sentit les picotements familiers du lance-flammes lui chatouiller le visage et hésita à sortir son éventail. Elle but un peu d'eau fraîche pour se donner une contenance. Qu'est-ce qui lui avait pris de parler de *date* ?

— Mmm, je pense que c'est *Like a Virgin,* de Madonna. Chaque morceau est un chef-d'œuvre.

Il sursauta, incrédule.

— Tu aimes Madonna ? Toi ?

— C'était mon idole. Je faisais tout comme elle !

— Je croyais que ce serait Jean Ferrat, ou un vieux type du genre.

Elle lui balança sa serviette au visage. Croyait-il qu'elle n'était pas capable de se déhancher sur *Papa Don't Preach* ou *Into the Groove* ? D'ailleurs, depuis combien de temps n'avait-elle pas écouté la Madone, le son à fond, juste pour elle ? Un an ? Cinq ans ? Dix ans ? Plus ? Karim la regardait, moqueur. Vexée, elle rajusta son serre-tête.

— Tu te trompes complètement à mon sujet ! Et toi, quel album ?

Il n'hésita pas une seconde :

— *L'École du micro d'argent,* d'IAM.

— Très bon choix.

— Tu connais ? demanda-t-il, surpris.

Mais enfin, pour qui la prenait-il ?

— Tu oublies que je suis Marseillaise de cœur.

— Je suis Marseillais de souche, moi, madame !

Tout en discutant, bouchée après bouchée, ils avaient fait un sort au gâteau. Elle devrait courir pour éliminer tout ce sucre et tout ce beurre. Mais où ? Il n'y avait aucun espace vert dans ce quartier ! Elle soupira derechef.

— Il n'y a pas de forêt dans cette ville. Je ne sais même pas où faire du sport pour me débarrasser de toutes ces calories !

— Petite info : on fait aussi du sport à Paname. Tu devrais venir faire de la boxe avec moi. C'est très bon pour les personnes énervées comme toi.

— Je ne suis pas énervée ! glapit-elle.

Karim éclata de rire devant sa mauvaise foi, de ce rire irrésistible qui provoquait immédiatement la sympathie. Le succès du Broadway Boulevard reposait d'ailleurs presque entièrement sur le charisme de son propriétaire. Pas étonnant que ce soit le QG de tous les habitants de l'immeuble.

— Tu étais la personne la plus énervée que je connaissais. Et on dirait que ça n'a pas tellement changé.

Il ne restait plus qu'eux à leur petite table éclairée par un halo de lumière. Sur la terrasse, les serveurs débarrassaient les derniers couverts et empilaient les chaises. Karim consulta sa montre et se leva.

— On va fermer. Il faut que j'y retourne !

— Je peux avoir l'addition ? demanda-t-elle.

Il s'inclina, la main sur le cœur.

— C'est la maison qui invite.

En remontant chez elle, Alice laissa un message à son fils, lui demandant de la rappeler. Puis elle se dirigea vers la discothèque de son père et farfouilla parmi les vinyles à la recherche de celui de Madonna. Elle posa le trente-trois tours sur la platine. Le son jaillit, puissant et électrique, la ramenant des dizaines d'années en arrière. Et timidement, seule en plein milieu du salon, elle se mit à danser.

Vingt-trois ans

Samedi 2 septembre 1995

QUAND ALICE SE RÉVEILLE, le bras d'Éric est enroulé autour de sa taille. Elle se déplace légèrement pour échapper à son souffle qui lui chatouille le cou. Éric ouvre les yeux.

— Joyeux anniversaire, mon amour !

Aussitôt elle pense : *mon premier anniversaire de maman !* Dans la petite chambre à côté, son bébé Simon dort encore. Alice n'en revient pas de cet amour fou qui a déboulé dans sa vie.

Éric se colle à elle, et elle se crispe en sentant son sexe dur contre ses fesses. Sa libido n'est pas encore aussi vive qu'avant. Elle aurait besoin de longues caresses et de patience pour se réveiller en douceur au plaisir, mais ce n'est pas vraiment le genre d'Éric, qui aime les rapports intenses et plutôt expéditifs. Il est tellement débordé et fatigué par sa dernière année d'internat qu'elle n'ose pas lui en parler, et consent généralement à lui laisser son corps sans vraiment participer. Heureusement, des pleurs attendrissants traversent la cloison. Simon est réveillé, il a faim. Éric soupire, frustré. Malgré sa fatigue devenue chronique, Alice se lève d'un bond et court s'occuper de son bébé.

Assis dans le lit à barreaux de sa chambre beige et bleu, Simon lui tend les bras. C'est un beau poupon de presque sept mois qui a déjà sorti deux petites incisives et met tout ce qu'il trouve à la bouche, surtout ses pieds ! Elle le prend contre elle, bouleversée par la chaleur et le poids de son petit corps dodu. Le 6 février 1995, à la seconde où elle l'a tenu pour la première fois dans ses bras, son monde s'est mis à tourner autour de lui. Elle s'est juré de lui donner la stabilité qu'elle n'a pas connue : un cadre rassurant, des parents unis, une mère disponible, un père solide. Elle veut lui épargner ses propres manques. Alice le couvre de baisers. Son rire lui remplit le cœur de bonheur, même si le changement de sa couche manque de la faire vomir ! Une fois dans la cuisine, elle l'assoit sur sa chaise haute en bois et lui donne un petit livre cartonné pour le faire patienter, le temps de préparer son biberon.

Dans la chambre, son mari s'est rendormi, épuisé par une semaine intensive à l'hôpital de Creil. En tant qu'interne, il y passe environ dix à quinze heures par jour, sans compter les heures de garde durant lesquelles il peut être appelé aux urgences. Après leur mariage en 1994, ils se sont installés à Chantilly. Éric est originaire de cette ville proche de Creil, mais plus cossue et plus calme, entourée de forêts. Ils vivent dans un joli trois-pièces situé dans une résidence moderne de l'avenue de Bourbon. Les fenêtres du salon et de sa chambre donnent sur un jardin planté de vieux chênes. Alice était un peu effrayée à l'idée de quitter la région parisienne mais s'est vite acclimatée à Chantilly et adore emmener Simon se balader en forêt. Les parents d'Éric habitent à quelques rues de là, et c'est pourquoi il les a également invités à déjeuner.

Aujourd'hui, Éric a pris son samedi pour se consacrer à sa famille et fêter l'anniversaire d'Alice. Celle-ci éprouve toujours un sentiment de soulagement indescriptible à l'idée qu'il partage sa vie. Elle était comme un bolide fou fonçant plein gaz vers la catastrophe mais grâce à lui, elle a donné, juste à temps, un coup de volant brutal au destin pour se ranger des voitures. Contrairement à Max, immature et léger comme la fumée de ses pétards, Éric est solide, courageux, ambitieux. Dans un an, ses études seront enfin terminées, il sera officiellement chirurgien gastrique et a besoin de tout son soutien. Il lui dit souvent que sans elle, il n'y arriverait pas, et elle en est très heureuse. Alice, elle, a arrêté la fac après sa licence de droit et travaille désormais à mi-temps au service juridique de la mairie de Chantilly. Elle a bien retenu les leçons de sa Mamika et se consacre à son mari et son fils. Dans l'appartement, qu'elle a décoré avec amour, elle s'occupe de tout : courses, ménage, cuisine et bébé, en appliquant la méthode des couples à l'ancienne, ceux qui marchent, comme Nonna et Papy, toujours ensemble après soixante ans de mariage.

Quand, Simon a terminé son biberon, elle l'installe dans son parc et se met à préparer le déjeuner. De la cuisine ouverte, elle peut garder un œil sur lui. Éric émerge une heure plus tard, au moment où elle sort son gâteau du four.

— Mmm, ça sent bon ! dit-il en l'embrassant dans le cou.

— Le nuage au chocolat !

— Je prends ma douche et je vais chercher la crème pour accompagner cette merveille.

Elle a commandé chez Gilloteaux, le fromager de la rue du Connétable, un pot de véritable crème Chantilly, fouettée à la main, légère et délicieuse, préparée avec des produits de la région.

— OK, ne tarde pas trop, j'aimerais bien que tu surveilles Simon pendant que je prendrai la mienne.

— Je me dépêche.

Finalement, Alice n'a pas pu se laver les cheveux. Il y avait la queue chez le fromager et Éric a pris une douche plus longue que prévu. Elle enfile rapidement un jean taille basse et un sweat-shirt Gap et sort le poulet du four juste à temps avant qu'il ne crame. Éric porte une chemise bleue impeccablement repassée par Alice, ses cheveux sont bien peignés, contrairement aux siens qu'elle a attachés rapidement en queue-de-cheval. Elle a arrêté de les décolorer en blond platine, car elle n'a plus le temps de refaire régulièrement ses racines. De toute façon, à vingt-quatre ans, elle a passé l'âge. Elle se contente d'un balayage léger qui demande moins d'entretien. Son mari affiche une petite moue :

— Tu aurais pu te faire jolie pour ton anniversaire…

— Je croyais que j'étais toujours jolie !

— C'est vrai, tu es sublime. Je voulais dire plus élégante. Tu sais comment sont mes parents...

Une plaie ! pense Alice. Éric en fait toujours des tonnes pour impressionner son père, Jean-Pierre Lambert, un notaire bâti comme un bûcheron qui dépasse son fils d'une tête, mange comme dix, boit comme vingt. Pendant toute son enfance Éric a souffert du regard de ce paternel tout-puissant qui ne le trouvait pas assez costaud, pas assez sportif, pas assez vif ! Elle se lève et enfile un joli chemisier Zara... en espérant que Simon ne le tachera pas. Ses beaux-parents sonnent à la porte et, tout de suite, elle se sent mal avec son jean effrangé. Ils incarnent le chic vieille France, portent du tweed en hiver, du coton coloré en été, des chapeaux et des foulards en toute saison. Nicole, sa belle-mère, l'embrasse du bout des lèvres. Son beau-père la serre d'un peu trop près. Alice se dépêche d'apporter l'apéritif. Simon passe de bras en bras, son beau-père veut lui faire goûter du champagne, mais Alice s'interpose. *Porca Miseria* ! aurait dit sa Nonna, qui donne de l'alcool à un bébé ?

Quand arrive le moment du dessert, Simon la regarde souffler ses bougies et applaudit en riant aux éclats. Il a même droit à un morceau de gâteau avec un gros nuage de crème chantilly dessus. L'enfant ébloui arrête de gesticuler et la regarde de ses yeux immenses. Soudain il ouvre la bouche et dit : « ma-ma !»

Alice s'extasie, bouleversée. Son tout premier mot !

— C'est mon plus beau cadeau d'anniversaire !

— Dis papa ! Pa-pa... articule Éric.

— Ma-ma ! répète Simon.

Ses parents et grands-parents l'applaudissent. L'enfant écrase bruyamment sa main sur la crème Chantilly en riant aux éclats. Quelques gouttes giclent sur le chemisier propre d'Alice, mais ce n'est pas grave. Elle est heureuse.

8

Une série de petites cravaches, à paillettes, en plumes, rose fluo ou noir latex

Serre-tête sur les cheveux et collier de perles autour du cou, Alice sortit de chez elle pour retrouver Manuela. Elle s'y rendait avec un peu d'appréhension, sachant qu'à chaque deuxième jeudi du mois, cette dernière organisait des apéros-coquins dans sa boutique du fond de la cour, subtilement nommée Oh My Gode ! Effectivement, un petit buffet recouvert d'une nappe planche était dressé contre la façade rose bonbon, éclairée par des spots qui la faisaient briller comme un berlingot. Alice grimpa les trois marches du perron et poussa la porte de la verrière.

— Ah, je t'attendais, dit Manuela.

Elle était en train de disposer une série de godemichés de toutes tailles et de toutes couleurs sur une grande table basse en miroir entourée d'une multitude de poufs capitonnés. Des sex-toys d'une inimaginable variété étaient présentés comme des objets d'art sur les étagères rose poudré d'une longue bibliothèque. Sur le mur à droite de l'entrée s'alignaient des portants de lingerie sexy. À côté de Manuela, un vase en verre accueillait toute une série de petites cravaches, à paillettes, en plumes, rose fluo ou noir latex. Les préparatifs de la directrice de la boutique ressemblaient à s'y méprendre à ceux d'un atelier… sauf qu'on n'y présentait pas les mêmes produits !

— Tu es en plein boulot, je vais peut-être te laisser… balbutia Alice.

— Je t'ai trouvée extraordinaire l'autre soir chez Doria. Passionnée, convaincante, engagée… Tu pourrais vendre des glaces à des Esquimaux !

— Ah bon ?

— Ça m'a donné une idée, et c'est pourquoi je voudrais que tu assistes à cet apéro coquin : tu m'observes, et si ça te tente, tu peux devenir vendeuse à domicile pour les produits Oh My Gode. Je te ferai les mêmes conditions qu'Aqua Home.

Alice ne savait pas si elle devait sauter au cou de Manuela pour la remercier ou s'enfuir en courant tellement elle se sentait mal à l'aise.

— C'est très très gentil, bégaya-t-elle.

Manuela attrapa un sex-toy bleu qui ressemblait à une poignée de porte ultra design.

— Je te présente notre best-seller : le Womanizer. Une petite merveille de technologie. Avec cette petite cavité, là, il t'aspire le clito mieux qu'une ventouse, sans aucun contact ! Tu décolles en une minute chrono.

Alice contempla l'objet, le rouge aux joues. Manuela appuya sur le bouton de mise en marche et le lui tendit.

— J'en ai offert à mes filles, elles en sont folles ! Prends-le, il ne va pas te manger !

— Oh ! s'exclama Alice, très choquée. C'est-à-dire que… je ne suis pas sûre…

Manuela lui mit d'office le sex-toy en main et Alice poussa un couinement ridicule, comme si une souris s'était logée dans sa paume. C'est alors que la porte s'ouvrit sur Karim, tenant entre ses bras musclés un immense seau à champagne.

— J'ai tout installé dehors comme d'habitude, tu peux me dire où tu veux que je mette ça ? Oh, salut Alice !

Elle pria pour qu'une trappe s'ouvre sous ses pieds afin de la faire disparaître à tout jamais.

— Euh… on était en train de bosser avec Manuela… balbutia-t-elle, les doigts crispés sur le Womanizer tout vibrant.

Karim afficha un air réjoui.

— Bien sûr…

Elle balança le sex-toy comme s'il la brûlait.

— Exactement ! Je vais peut-être organiser des ventes pour elle, dit-elle en faisant semblant de ne pas entendre le fracas épouvantable de l'objet chutant sur la table basse.

— J'aimerais bien voir ça, dit Karim sans se départir de son sourire.

— C'est pas gagné si tu casses tout ! grinça Manuela en ramassant le sex-toy.

Elle rendit l'objet à Alice et sortit en claquant la porte. Derrière la verrière, Karim disposait des plateaux sur le buffet et Manuela fronçait les sourcils en faisant de grands gestes. Alice tenta maladroitement d'arrêter le sex-toy mais se trompa de bouton et augmenta l'intensité de l'objet qui se mit à rugir comme un petit lion vorace. Elle contempla la bouche blanche en se demandant comment on pouvait appliquer ce truc sur son intimité. Jamais elle n'oserait ! C'était tellement gênant qu'elle sentit une terrible bouffée de chaleur l'assaillir et eut la tentation de passer le Womanizer devant son visage comme un ventilateur.

— Ah, je vois que tu te familiarises avec l'objet, dit Manuela en entrant brusquement.

Alice arrêta la machine infernale et la reposa vivement dans sa niche.

— Écoute, ce n'est pas pour moi. Je ne serais pas à l'aise avec ce genre de produits, je ne pense pas être capable…

— Taratata ! Reste au moins pendant ma présentation. Tu décideras après. Mais d'abord, on va boire un coup. Le secret, c'est de les faire boire un petit peu, mais pas trop. Sinon tu peux te retrouver à écouter leurs problèmes sexuels jusqu'à 3 heures du matin. Plus elles boivent, plus elles sont en confiance et plus elles se lâchent, et tu découvres des trucs que tu n'as pas envie d'entendre. On n'est pas des thérapeutes ni des sexologues, juste des marchandes de plaisir. Et mon but à moi, c'est de leur prouver qu'on n'a pas besoin des hommes pour s'envoyer en l'air. Pouah ! La plupart d'entre eux sont tellement nuls ! L'émancipation des femmes passe aussi par la conquête de leur corps.

Elles se retrouvèrent dans la cour où quelques femmes étaient déjà attroupées devant le buffet. Perchée sur de hauts escarpins à talons aiguilles, Manuela balada de l'une à l'autre sa silhouette spectaculaire gainée dans un jean slim noir, avec un sourire, un mot de bienvenue. Alice l'observa, assez fascinée par l'aura d'autorité et de sensualité qui se dégageait d'elle.

— Il ne faut pas avoir peur du regard des autres… ni de celui de Karim, murmura Manuela en revenant vers elle. N'oublie pas que tout ça, c'est du théâtre. C'est pourquoi je porte cette tenue qui évoque celle d'une maîtresse SM. Elles ont l'impression que j'ai beaucoup d'expérience, que je m'y connais pour mener les hommes à la baguette. Ça les met en confiance.

— Ce n'est pas du tout mon profil ! dit Alice en riant nerveusement.

— Non, tu devras jouer la carte de la BCBG coincée qui dédramatise tout ça. Elles se diront que si même toi tu t'amuses avec le sexe, elles peuvent le faire aussi.

Alice faillit s'étrangler :

— BCBG coincée ?

— Oui, enfin, tu vois ce que je veux dire…

— Classique ? suggéra-t-elle.

— Oui c'est ça. Rassurant, quoi. À l'ancienne.

— Je vois…

Vexée, Alice eut envie de rappeler à Manuela qui était la plus ancienne des deux, mais évidemment n'en fit rien. Des années de vie sociale policée avaient raboté son sens de la repartie. Pourtant, elle avait eu un sacré don pour manier l'insulte.

La maîtresse des lieux invita la quinzaine de participantes à entrer. Elle s'éclipsa dans l'arrière-boutique pendant que tout le monde s'installait sur les poufs de velours rose. Alice comprit alors ce que Manuela voulait dire en parlant de théâtre. Quand elle réapparut, elle tenait entre ses mains un objet en plastique géant et rose vif, qui rappelait vaguement la forme de l'os porte-bonheur du poulet, avec de longues poches pendantes à l'intérieur.

— Ceci est votre clitoris ! s'écria Manuela en brandissant l'objet au-dessus de sa tête.

L'apparition déclencha des applaudissements nourris et des cris enthousiastes.

— On connaît ! lança une femme assez ronde au visage sympathique.

— Et on adore ! ajouta une autre.

Alice ne connaissait pas du tout. Pour elle, le clitoris était un petit bouton bien secret et destiné à le rester. Elle avait l'impression d'être tombée en territoire inconnu chez des folles de sexe, et mourait d'envie de prendre les jambes à son cou.

— Un organe extraordinaire, doté de plus de 10 000 terminaisons nerveuses, qui sert uniquement à votre plaisir ! continua Manuela avec grandiloquence. Contrairement au pénis qui sert également à uriner et à éjaculer des spermatozoïdes, votre clito n'a qu'une seule et unique fonction : vous faire jouir !

Elle se pencha et sortit, d'un tiroir placé sous son siège, une sorte de tapis doté de volants couleur chair.

— Et ceci... continua-t-elle en agitant le tapis pour le déployer, est votre vulve !

Elle introduisit le bec supérieur du clito géant dans une percée en haut de la vulve de plastique. Il ne resta plus de l'organe qu'une pointe rose vif émergeant entre des grandes et petites lèvres, au-dessus d'un vagin géant. Alice ferma les yeux pour ne plus le voir.

— Voici tout ce qu'on aperçoit de votre clitoris, mais il est présent dans tout l'appareil génital. C'est lui, et seulement lui qui vous procure du plaisir, par voie externe... ou interne, dit Manuela en passant sa main dans la giga vulve pour aller tripoter les oreilles du clitoris. Au fait, vous savez que le clito bande, comme le pénis ?

Elle posa enfin ses accessoires malaisants, au grand soulagement d'Alice.

— Conclusion, l'orgasme vaginal n'existe pas, contrairement à ce que racontait ce vieux misogyne de Freud.

L'orgasme féminin est toujours clitoridien. Maintenant, voyons comment on peut cajoler ce petit bijou pour nous envoyer au septième ciel.

Après cette introduction spectaculaire, Alice observa Manuela faire l'article de ses produits, un objet après l'autre. Les sex-toys passaient de main en main. Chacune les observait avec curiosité, activait les vibreurs, évaluait la texture. Certaines, déjà expertes, posaient des questions techniques sur les différents niveaux d'intensité ou demandaient s'ils étaient waterproof. Alice découvrait le monde des lubrifiants, des huiles de massage, de la lingerie, des boules de geisha, des déguisements… Les possibilités semblaient infinies, et Manuela mettait l'accent sur le côté ludique et naturel pour décomplexer au maximum ses clientes potentielles. Son message était : prenez en main votre plaisir. Et connaissez-vous suffisamment pour y jouer éventuellement à deux. À sa grande surprise, Alice retrouva ici l'ambiance chaleureuse de ses propres ateliers : des échanges, des conseils, de la bonne humeur. Peut-être serait-elle capable de vendre les produits de Manuela, finalement. Enfin, si elle arrivait à les garder en main plus de trente secondes !

Vint ensuite à la partie des commandes qui, comme pour les produits Aqua Home, s'éternisa jusqu'à environ 22 heures. En partant, Manuela offrit à Alice un Womanizer rose Barbie.

— Essaye-le et donne-moi ta réponse après ! Ça arrondira tes fins de mois et augmentera mon chiffre d'affaires. Du win-win !

— Merci ! répondit Alice en l'enfouissant tout au fond de son sac. Je te tiens au courant.

Elle sortit le feu aux joues et le ventre en émoi, sans demander son reste.

Vingt-huit ans

Samedi 2 septembre 2000

ALICE APPORTE UNE DERNIÈRE TOUCHE à son léger maquillage et vérifie son look sobre et soigné, sûre qu'Éric appréciera. Elle est satisfaite de sa coiffure Lady Di – son idole anglaise trop tôt disparue – mise en valeur par sa nouvelle couleur de cheveux, un châtain clair rehaussé de blond à l'effet très naturel. Ouvrant le placard, elle enfile ses bottes à bout pointu, serre la ceinture de son trench beige et sourit à son reflet dans le grand miroir de l'entrée. Vingt-huit ans, un merveilleux petit garçon de cinq ans, un mari chirurgien... À part son emploi à mi-temps à la mairie qui ne l'emballe pas outre mesure, Alice peut dire qu'en cette mythique année 2000, qui a fait couler tant d'encre et suscité tant de peur, sa vie est parfaite !

Elle pense à Sandrine qui l'a appelée le matin même de Marseille pour lui souhaiter son anniversaire. Le jour où elle lui avait annoncé son intention de se marier, son amie l'avait traitée de folle, ne comprenant pas pourquoi elle se privait, à vingt-deux ans, de nombreuses années d'insouciance, ni pourquoi elle renonçait à tous les beaux mecs qui lui restaient encore à rencontrer. Aujourd'hui, Alice a construit une vie stable tandis que Sandrine passe encore d'histoire bancale en galère... sans aucune intention de se calmer. En revanche, son amie travaille pour une radio locale et s'éclate dans son travail. Elle lui envoie régulièrement des CD des nouveautés du hip-hop marseillais qu'Alice écoute en l'absence d'Éric, car il déteste le rap en général et les rappeurs marseillais en particulier. Malheureusement, cette aversion s'étend à Marseille dans son ensemble. Depuis qu'elle est mariée, Alice n'est plus retournée dans la maison d'Anita et Amadeo, car Éric n'a pas envie de passer ses congés dans cette ville bien trop méditerranéenne à son goût. Il préfère la grande maison de ses parents en Normandie. Alice en est parfois attristée, sa mère agacée, ses grands-parents très déçus, mais dans un mariage, il faut savoir faire des concessions. Son téléphone portable Motorola fait entendre sa sonnerie digitale, elle ouvre le clapet pour décrocher : Éric est en bas.

Alice se précipite dans la chambre de son fils pour le couvrir de baisers, donne quelques instructions à la jeune voisine, venue le baby-sitter pour la soirée, et appelle l'ascenseur.

Son mari l'attend dans sa Renault Mégane grise. Son visage affiche un sourire épanoui. De six ans son aîné, Éric a déjà passé le cap de la trentaine. Elle le trouve très adulte et très élégant avec ses chemises rayées et ses vestes en cachemire.

— Encore joyeux anniversaire ! Tu es magnifique ! dit-il en l'embrassant.

— Comment s'est passé ton rendez-vous ? demande-t-elle.

— Excellent ! Mon rêve le plus cher va peut-être se réaliser. Je te raconterai tout ça au restaurant autour d'un bon verre de vin.

Éric a réservé au Sylvia, un restaurant historique de Chantilly créé vers les années 1870. À cette époque, c'était juste une pension de famille pour lads anglais. Il en a conservé un charme british avec ses murs couverts de boiseries, ses banquettes en cuir, ses gravures équestres éclairées par des abat-jour en laiton. Les Lambert sont accueillis chaleureusement. Éric fréquentait déjà l'endroit avec ses parents. Un serveur les installe à une petite table bien en vue, leur apporte rapidement une bouteille de vin et remplit leurs verres.

— Alors, raconte, demande Alice.

Les yeux d'Éric brillent d'excitation.

— La clinique de Condé est enfin à vendre ! J'en ai parlé cet après-midi avec trois confrères qui sont prêts à faire le grand saut avec moi. Si on s'y prend bien et qu'on monte un dossier solide, je pense qu'on a toutes nos chances auprès de l'Agence nationale de la Sécurité sociale. Nous avons d'ores et déjà contacté un cabinet d'avocats spécialisé qui nous accompagnera dans cette affaire…

— Donc tu vas devenir propriétaire d'une clinique ?

— Ce n'est pas fait, mais oui, je compte bien y arriver. Je veux offrir la plus belle des vies à ma femme et à mon fils !

Éric rêve de posséder une clinique depuis le premier jour de ses études. Ses choix et ses efforts ont toujours été orientés dans ce sens. Et malgré la longueur du chemin, il n'a jamais perdu son objectif de vue. Il lorgne sur la vieille clinique de Condé depuis des années, et c'est également dans cette optique qu'il a tenu à s'installer à Chantilly. Selon lui, un chirurgien gagne tout juste sa vie dans le public. S'il veut vivre correctement, il doit passer dans le privé, et s'il veut faire fortune, il doit posséder sa propre clinique. Alice sait qu'en jouant ce gros coup, Éric espère aussi, enfin, impressionner son père. Elle avale une bouchée de châteaubriand sauce au poivre et songe que pour son anniversaire, elle aurait préféré aller dans un restaurant italien. Éric pose la main sur la sienne.

— J'aurai besoin de tout ton soutien dans ce projet. Tu t'y connais un peu en juridique, et le montage des dossiers va être un long chemin semé d'embûches.

— Tu sais que tu peux compter sur moi, répond-elle.

— J'ai commandé du gâteau au chocolat pour ma reine du jour.

Quand elle souffle sur sa bougie, Éric, dépose devant elle un écrin vert de chez Platroz, le bijoutier le plus réputé de Chantilly. Elle découvre un rang de perles qui irradie sa douceur laiteuse sur un lit de velours noir. Éric l'attache autour de son cou avant de l'embrasser.

— Merci mon amour, murmure-t-elle contre sa bouche.

— Rien n'est trop beau pour ma princesse.

Il déguste lentement une bouchée de gâteau et plonge son doux regard brun dans le sien.

— J'ai un service à te demander... Chaque associé doit apporter une mise de départ pour monter la société. Or, comme tu le sais, je n'ai pas de liquidités et je ne veux rien demander à mon père. Peux-tu me prêter l'argent de ta grand-mère ?

Alice sursaute, surprise. Elle n'a jamais touché à cet argent, qu'elle considère comme sacré.

— Mamika avait bien précisé que je devais utiliser cette somme pour un projet personnel.

— Toi, moi, c'est pareil, répond son mari, c'est notre projet commun, un projet de couple, un projet de vie. Pour la famille, pour Simon. Il s'agit juste un prêt, je te le rendrai au centime près dès que je serai rentré dans mes fonds.

— Si c'est un prêt... murmure Alice.

— Et puis il est temps de dépenser cet héritage. Le 1er janvier 2002, fini les francs ! C'est le passage à l'euro.

Elle boit une gorgée de vin pour se donner du temps. L'argent dort dans son coffre depuis sept ans. Alice aime le savoir là, à portée de main. Il représente un possible, un rêve, une évasion. Si un jour une idée fulgurante la traverse, il est là. Pourtant, en sept ans, elle n'a jamais eu la moindre velléité de le dépenser. Son plus grand projet, c'est sa famille. Alors, oui, le plan d'Éric lui semble tout indiqué. Elle pose son verre, sourit à son mari.

— Je suis fière de toi. Tu es un champion du monde. Bien sûr que je te prête cet argent.

En rentrant dans leur appartement, elle va dans leur chambre, ouvre le coffre caché au fond de la penderie et, très émue, confie à son mari les billets soigneusement économisés par Mamika.

9

Ce bon vieux patriarcat des familles

De retour d'un atelier Aqua Home près de Chantilly, Alice se réjouissait de retrouver son canapé, un verre de vin et la discothèque de son père, dont elle avait entrepris de découvrir les nombreuses pépites. La vente s'était déroulée dans une atmosphère bienveillante et paisible, bien éloignée de l'ambiance sulfureuse de l'apéro coquin de Manuela dont elle ne s'était pas encore remise. Elle tourna la clé dans la serrure, pressée de se débarrasser de ses mocassins devenus trop serrés. Dans l'appartement, la lumière était allumée et Doria l'attendait, assise sur le canapé en sirotant un whisky.

— Ah ! hurla Alice, en manquant faire une syncope.

— Tu rentres tard, dit sa sœur.

Alice se laissa tomber sur le canapé, le cœur toujours battant à tout rompre.

— Je sais que tu te sens comme chez toi chez Max, mais en ce moment JE vis ici. Tu ne peux pas débarquer tranquillement en mon absence !

— Ouais, désolée. Je n'arrête pas de penser à cette expression que tu as utilisé l'autre soir : la « méthode Mamika ».

La nonchalance de sa sœur eut le don de faire sortir Alice de ses gonds. Épuisée par sa soirée et la route dans l'obscurité, elle n'était pas d'humeur à se laisser marcher sur les pieds.

— Tu entends ce que je dis ? demanda-t-elle en haussant le ton. Je ne veux pas que tu viennes ici sans mon accord ! Je sais bien que tu préférerais être la gardienne du temple en l'absence de Max... Mais putain, pendant encore quelques mois, c'est chez moi et j'ai envie d'être tranquille !

Doria la regarda en soulevant très haut ses sourcils.

— Tu n'y es pas du tout, dit-elle.

Alice sentit poindre un mal de tête et s'assit sur le canapé, découragée à l'avance à l'idée de discuter avec elle.

— Je voudrais juste être seule, la journée a été longue. Pourquoi tu ne veux pas me lâcher ?

— Ça fait un mois et demi que tu es là. Combien de fois es-tu descendue me voir, juste pour prendre de mes nouvelles, savoir comment j'allais, comment se passait le boulot ?

Alice la regarda, interloquée, sans répondre.

— Jamais ! déclara Doria.

— Je joue au backgammon avec Elias quasiment tous les jours...

— Et alors ? Je parle de toi et moi. Je sais qu'on n'a pas ce genre de rapport... Eh bien, j'ai envie que ça change ! La vie m'a donné une sœur que je n'ai pas eu la chance de voir très souvent. Alors je profite de ta présence pour apprendre à mieux te connaître et passer du temps avec toi. Donc non, je n'ai pas envie de te lâcher.

Surprise par ce discours sans fard, Alice observa sa sœur. Doria dissimulait une sacrée force de caractère sous son agitation perpétuelle et sa légèreté souriante. Elle savait ce qu'elle voulait et n'avait pas peur de l'exprimer. Alice songea à la complicité d'Amanda et Violette. Doria et elle pouvaient-elles encore rattraper les années perdues ?

Doria lui tendit un verre d'eau qu'elle avait préparé sur la table basse.

— Je me suis dit que tu serais crevée après avoir conduit pendant une heure et demie. Papa me conseille toujours de boire de l'eau.

Alice sourit, vaincue.

— C'était la théorie de Mamika, dit-elle en prenant le verre. L'eau selon elle était le meilleur des médicaments.

Elle but avec délectation. Doria remonta ses genoux habillés de jean sous son menton et la regarda intensément. Elle avait toujours ces immenses yeux sombres qui paraissaient trop grands pour son petit visage au menton pointu. Ses longs cils démesurément maquillés accentuaient encore cette impression. À trente-huit ans, elle avait vraiment l'air d'une gamine.

— C'est ça que tu voulais dire par « la méthode Mamika » ? Le truc du verre d'eau ?

Alice se mit à rire.

— Toi alors, quand tu as une idée dans la tête, tu ne l'as pas ailleurs ! Viens avec moi dans la cuisine, j'ai besoin de manger.

Elle farfouilla dans le réfrigérateur, en sortit un morceau de fromage avec un reste de salade de quinoa qu'elle posa sur la table bistro au plateau de marbre clair.

— Tu en veux ? proposa-t-elle à sa sœur.

Doria secoua la tête et s'installa en face d'elle.

— La méthode Mamika, commença Alice, c'est valoriser, écouter et soutenir son mari, le décharger de l'intendance, la maison, les enfants... Mamika me disait : il faut leur dire qu'ils sont « champions du monde » !

Sa sœur leva les yeux au ciel.

— Ce bon vieux patriarcat des familles... Et ça marche ?

Désabusée, Alice se leva pour ouvrir une bouteille de bordeaux et en servit deux verres. Elle en avala une gorgée, puissante et réconfortante, qui lui fit un bien fou.

— Je ne sais pas... D'ailleurs aujourd'hui c'est simple, je ne sais plus rien ! Je suis complètement dépassée ! Hier, j'ai appris que le clitoris était un organe interne, et apparemment tout le monde le savait déjà sauf moi. J'ai vu des sex-toys plus terrifiants qu'un speculum. Je ne suis plus faite pour ce monde ! Adieu !

Doria se mit à rire.

— Ne te laisse pas impressionner par le show de Manuela. Elle en fait des caisses.

Alice s'esclaffa elle aussi au souvenir de son ahurissement pendant la vente.

— C'était une sacrée mise en scène !

Sa sœur piqua un petit morceau de fromage dans son assiette et revint au sujet qui l'intéressait.

— C'est drôle, je ne n'imaginais pas Doria si traditionnelle. Ça ne ressemble pas au portrait que Max m'a fait d'elle, ni à ce que Sacha m'a raconté.

Alice eut un mouvement d'humeur.

— Il me semble que je l'ai quand assez bien connue !

Doria but une gorgée de vin.

— Tu savais qu'elle avait eu un compagnon à Paris ?

Alice réfléchit. Cela lui disait vaguement quelque chose, un souvenir enfoui quelque part dans le disque dur de sa mémoire. Mais encore fallait-il avoir le bon mot de passe pour le retrouver.

— Comment il s'appelait ?

— Sacha m'a raconté tellement de choses, j'ai oublié…

Elle s'en serait pourtant souvenue si Mamika avait eu un compagnon… L'avait-elle rencontré dans son enfance ?

— Il tenait une galerie de tableaux, précisa Doria.

Quelque chose se réveilla dans l'esprit d'Alice : une visite dans le quartier un samedi après-midi, la silhouette floue d'un homme élégant en costume trois-pièces, des yeux bleus…

— Jean ! s'écria-t-elle.

— Ah, tu vois !

— Effectivement, j'ai un souvenir très vague d'être allée dans une galerie avec elle, mais qui me dit qu'ils étaient ensemble ? Et qu'est-ce ça change sur le caractère de Mamika ?

— On n'a qu'à demander à papa !

Alice leva les yeux au ciel

— Il va prendre ton parti, c'est sûr !

— On n'est pas en guerre, Alice ! On cherche la vérité. Je n'ai pas eu la chance de connaître notre grand-mère, et elle m'intrigue.

Alice regarda sa sœur, cette fille qu'elle avait passé tant de temps à détester et si peu de temps à connaître. Sa curiosité maladive l'avait longtemps agacée, comme le défaut d'une gamine indiscrète, mais Doria était une adulte maintenant. Une femme qui avait besoin de savoir d'où elle venait. Et peut-être sa quête pourrait-elle aider Alice à mieux se comprendre aussi, et à avancer.

— OK, appelons-le.

Il était 13 heures à Malibu. Le visage bronzé de Max apparut dans l'écran du smartphone de Doria. Il afficha un sourire surpris en les découvrant toutes les deux, tête brune contre tête blonde dans sa cuisine. Sacha et lui étaient en train de déjeuner sur la terrasse de la villa, face à la mer. Il inversa la caméra pour leur montrer sa compagne, puis la plage de sable clair en contrebas et les rouleaux turquoise de l'océan Pacifique. Doria écarquilla ses grands yeux.

— Waouh, c'est magnifique. Vous vous amusez bien ?

— On s'éclate ! cria Sacha de l'autre côté de la table.

— Qu'est-ce qui se passe, les filles ? s'inquiéta Max. Un problème avec l'appartement ?

— Non, on se demandait : est-ce que ta mère a eu un compagnon qui tenait une galerie ? demanda Doria.

— Oui, Jean Clary. Pourquoi ?

— Ils vivaient ensemble ? insista Alice.

— Ça alors, c'est incroyable ! Mes deux filles réunies qui m'appellent pour me parler de ma mère ! Si j'avais pu imaginer que ça arriverait un jour.

Max posa ses lunettes de soleil sur son nez, visiblement ému. Elles entendirent Sacha murmurer : « Bois un verre d'eau, mon amour. » Il se désaltéra d'un trait et leur adressa son sourire chaleureux que les années n'avaient pas altéré. Tous les dysfonctionnements de leur famille reposaient sur ce sourire et le charme irrésistible de son propriétaire. Leurs deux mères s'y étaient laissées prendre, Sacha s'y était réchauffée toute sa vie, et parfois s'y était brûlée.

— Je comprends ta surprise de nous voir ensemble, alors que tu n'as jamais rien fait pour nous rapprocher. N'est-ce pas, Alice ? glissa vivement Doria qui décidément n'en loupait pas une.

— C'était pour empêcher les disputes entre vous !

— Bien sûr ! C'était tellement plus facile d'éviter les conflits sans rien expliquer ! lança Alice.

Max se racla la gorge.

— Pour en revenir à ma mère, non, elle n'a jamais voulu s'installer avec Jean. Elle disait qu'elle n'avait aucune envie de subir « l'esclavage » du couple : s'occuper d'un homme, de son linge, ses repas, ses petites misères… Elle était indépendante grâce à son travail chez mon oncle et se sentait bien dans son propre appartement. Ils se voyaient quand ils en avaient envie. Elle s'amusait avec lui, ils sortaient beaucoup, il lui ouvrait un monde différent.

— C'était un homme exceptionnel, ajouta Sacha.

Alice n'en revenait pas. Sa grand-mère avait agi à l'inverse de ce qu'elle lui avait conseillé ! Où étaient le mariage, les bons petits plats, la maison accueillante ?

— J'avais été le premier surpris quand elle m'a annoncé qu'elle le fréquentait, poursuivit Max. Elle jurait toujours ne plus vouloir d'homme dans ses pattes. C'est d'ailleurs pour ça qu'elle était venue à Paris, pour être libre de mener sa vie comme elle l'entendait. Seule !

Sacha lui prit le smartphone des mains.

— Alors qu'elle me tannait toujours pour que j'épouse Max et sois aux petits soins pour lui. Quelle coquine ! ajouta-t-elle attendrie. C'était madame « Faites ce que je dis, pas ce que je fais » !

Max reprit l'appareil.

— Ou alors, on a fini par l'influencer… Et puis à son âge, ce n'était pas pareil.

— Pourquoi ? À quel âge elle a rencontré Jean ? demanda aussitôt Doria.

— Le jour de ses cinquante ans ! On avait organisé une grande fête pour elle. Il était invité.

Trente-quatre ans

Samedi 2 septembre 2006

Le ciel d'un bleu glorieux s'est mis au diapason de cette grande journée. Après de longs mois de travaux, Alice et Éric Lambert pendent enfin la crémaillère de leur nouvelle maison, une ferme du XVIIIe siècle qui faisait autrefois partie des terres du château de Chantilly. Depuis toujours, Éric s'était promis d'habiter Vineuil-Saint-Firmin, le village le plus chic des environs, situé au nord du grand canal qui borde l'immense parc du château.

Depuis l'inauguration en 2001 de la clinique de Condé dans des locaux refaits à neuf, le train de vie de la famille Lambert a connu un coup d'accélérateur. Ainsi qu'il l'avait prévu, Éric gagne beaucoup mieux sa vie qu'à l'hôpital de Creil. Cinq ans plus tard, la situation est suffisamment stabilisée et le couple a décidé de déménager. Ils ont longtemps cherché la maison ancienne de leurs rêves jusqu'à ce qu'Alice déniche cette vieille ferme qui correspondait à leur budget. Une ruine, dont elle a pourtant vu le potentiel, avec ses vieilles pierres, son escalier d'époque, ses beaux volumes à aménager… Adieu la résidence moderne de leurs débuts, bonjour la grande maison antique et son jardin arboré.

Pendant qu'Éric travaille jour et nuit à la clinique, Alice s'est attelée à ce chantier dans lequel elle a mis toute son énergie et sa créativité. Elle a choisi l'architecte et les différents corps de métier, vérifié les devis, couru les brocantes, recherché les matériaux, les menuiseries, les robinetteries, les tissus, imaginé la cuisine, les chambres, les salles de bains. Elle a suivi le travail des artisans qui ont rendu leur beauté première aux matériaux d'origine. La grange mitoyenne, où subsistaient encore des mangeoires rouillées et du foin, a été transformée en un salon cathédrale avec sa charpente monumentale et une grande cheminée en pierre chinée chez un antiquaire du voisinage. Des canapés profonds, des tissus chatoyants et des objets anciens ont rendu l'espace accueillant, un véritable nid d'amour pour leur petite famille.

Aujourd'hui, Alice se réjouit de montrer le fruit de son travail à leurs proches. Son mari a proposé d'organiser ce grand déjeuner le jour de son anniversaire : ainsi, elle sera doublement la reine de la journée. Dans le jardin, Alice a installé plusieurs tables couvertes de nappes en lin et de vaisselle ancienne, cadeau de mariage de son père. Éric l'a aidée à dresser le buffet sous l'auvent devant les baies vitrées de la cuisine.

Depuis la veille, elle prépare des grandes salades, des assiettes de viande froide et de charcuterie qui seront suivies d'un plateau de fromages et de desserts commandés chez le meilleur pâtissier de la ville.

Simon court partout dans son nouveau jardin, poursuivi par Stella, la chienne qu'ils ont adoptés à la SPA de Compiègne. Éric voulait un chien de race, acheté dans un élevage, mais Alice a insisté pour aller dans un refuge et sortir un animal de sa cage. Elle a eu le coup de foudre pour Stella dès qu'elle l'a vue, avec sa tache noire en forme d'étoile sur le front. Petite bâtarde d'origine indéterminée, elle semble sourire en permanence, court partout et s'endort le soir épuisée, offrant son ventre confiant aux caresses. Alice attrape son fils au vol et le mange de baisers avant de le laisser repartir. Cette année, il rentrera en sixième. Elle n'arrive pas à croire que le temps est passé si vite.

À 13 heures pile, Alice et Éric sont prêts et se tiennent dans l'allée, main dans la main, pour accueillir leurs invités et leur indiquer où garer les voitures. La veille, elle est allée chez le coiffeur et s'est acheté un nouveau serre-tête. Pour l'occasion, elle porte une jolie robe beige de chez Cyrillus, des espadrilles à talons compensés et des lunettes de soleil. Éric a choisi une tenue décontractée, jean, polo et pull bleu ciel noué sur les épaules. Alice aime l'image de leur couple, elle a disséminé des photos d'eux dans toute la maison, dans des cadres de bois cérusé. Cet été, son mari a eu quarante ans, et cette nouvelle décennie lui réussit à merveille. Il a gagné en assurance et en charme. Dans sa chevelure châtain, Alice a remarqué quelques fils gris qui l'attristent un peu. Elle n'a pas envie que son prince charmant vieillisse, qu'il lui arrive malheur.

Il se tourne vers elle et sourit, à l'apogée de sa prestance. Alors elle se rassure : les vieux jours sont encore loin.

Annick arrive la première avec son nouveau compagnon, un kinésithérapeute nommé Michel, de dix ans son cadet. À la surprise générale, cette histoire dure depuis près de deux ans. Alice trouve sa mère de cinquante-cinq ans plus rayonnante que jamais. Michel ouvre la portière arrière pour aider Nonna et Papy à descendre de la voiture, accrochés l'un à l'autre. Le cœur d'Alice se serre en voyant leur démarche hésitante et leurs petits visages amaigris. Ils regardent autour d'eux, absorbent le grand terrain, la ferme qui doit bien faire quatre fois la taille de la maison de la Pointe-Rouge. Nonna lui fait remarquer qu'ils ont également fait quelques travaux à Marseille. Alice promet de revenir les voir. En juillet dernier, devant les refus répétés d'Éric, elle est descendue quelques jours, seule avec Simon. C'est sa mère qui a payé les billets de train.

Depuis qu'ils ont acheté la maison, Alice ne travaille plus à la mairie, au grand dam d'Annick qui lui répète qu'une femme doit être financièrement indépendante. Mais le chantier lui prenait trop de temps, sans compter l'intendance, la paperasse, les devoirs et les activités de Simon qu'elle doit conduire au foot, au tennis et au centre équestre chaque semaine. Heureusement, une femme de ménage la décharge un peu de l'entretien et du repassage, sinon elle ne s'en sortirait pas dans cette grande maison. Elle entraîne ses grands-parents et les installe à une table à l'ombre d'un tilleul. De là, ils ont une vue d'ensemble sur la ferme.

— Alors Nonna, demande Alice, tu trouves toujours que je suis mal partie ?

— Tu es très bien arrivée, ma petite fille, je suis fière de toi. N'est-ce pas, Amadeo ?

— Ta grand-mère a raison, approuve Papy. Tu es la réussite de notre vie.

Annick sourit sans rien dire, la main dans celle de Michel. Alice sent des larmes de bonheur lui piquer les yeux. Éric salue chaleureusement sa mère et ses grands-parents. Anita et Amadeo avaient été si heureux de la voir se marier à l'église avec ce jeune docteur catholique et bien élevé… même s'ils avaient pincé les lèvres en voyant un Juif conduire leur petite-fille à l'autel sous les hautes voûtes de Notre-Dame de l'Assomption.

— Qu'est ce qui leur prend ? avait demandé Max.

— Je crois qu'ils ne te trouvent pas très catholique.

— Ça tombe bien, je ne les trouve pas très casher.

Elle avait pouffé sous son voile.

Éric baise la main de Nonna et demande des nouvelles de Marseille à Papy, puis s'éloigne pour accueillir son associé Pascal Ruiz, l'anesthésiste de la clinique de Condé et sa femme Isabelle.

Outre leurs familles respectives, les Lambert ont invité quelques amis cantiliens, les collègues de mairie d'Alice et d'anciens confrères de l'hôpital de Creil, tous les médecins de la clinique et leurs épouses, ainsi que Geneviève et François Gattières, un couple d'éleveurs de chevaux. Les propriétaires de haras sont considérés comme la crème de la crème dans la région. Avec le temps, Alice s'est rapprochée de ces femmes qui sont devenues non pas des amies, mais des copines. Ensemble, elles vont marcher en forêt, accompagnent leurs enfants à leurs activités sportives ou déjeunent au restaurant. Dans une ville comme Chantilly, la vie sociale s'organise autour de déjeuners, de dîners et de soirées dans les grandes maisons. L'aménagement des demeures et le prix de l'immobilier sont les sujets de conversation favoris. Les femmes parlent beaucoup de décoration. Alice a hâte de leur montrer le résultat final de la rénovation de la ferme. Isabelle Ruiz se dirige d'ailleurs vers elle en souriant.

— Alice, je veux tout voir de la cave au grenier !

— Fais-nous une visite groupée ! ajoute Camille Perrin, l'épouse du cardiologue.

— Ma femme m'a ruiné, mais je suis fier de notre petite chaumière ! lance Éric à la cantonade.

Le cœur d'Alice palpite d'excitation pendant qu'ils font visiter la maison. Chaque pièce, chaque détail, chaque meuble lui a coûté des soirées de stress, des heures de recherches, des litres d'huile de coude, des trésors d'imagination. Elle est si heureuse de sa vie, de son foyer, de son jardin. Les exclamations d'admiration de leurs amis lui remplissent le cœur de joie. Pour la première fois de sa vie, elle a vraiment l'impression d'avoir accompli quelque chose de bien.

— Et si on passait à table ? propose Éric.

Alice se précipite en cuisine pour sortir tous les plats qu'elle a préparés du grand réfrigérateur américain. Quelques femmes l'aident à les apporter sur le buffet. Son mari débouche des bouteilles de vin et lui adresse un sourire heureux.

— Bravo ma chérie, tu t'es surpassée. Tout est parfait.

— J'espère que ce sera bon !

— J'en suis sûr.

— Venez par ici ! lance Alice. C'est self-service.

Elle prend deux assiettes d'orecchiette au brocoli et les apporte à ses grands-parents qui n'ont pas bougé de leur table.

— Je les ai faits spécialement pour vous, dit-elle. Maman, tu veux quelque chose ?

— Je vais me servir. Tout est magnifique, ma chérie.

— Merci ! Je viens avec toi.

À la table d'Éric, ses associés s'esclaffent bruyamment. Alice se prépare une assiette et se dirige vers ses grands-parents qui mangent leurs pâtes en bavardant. Elle a envie d'être avec eux. Simon, qui les a rejoints, dévore les siennes avec enthousiasme. Son grand-père lui sert un verre de rosé dont elle boit une gorgée bien fraîche. Autour d'elle, les invités vont et viennent dans une bonne humeur contagieuse. Les gens se servent, les assiettes se remplissent, les verres se vident. Le soleil est encore chaud, on pourrait se croire en été. Tout le monde porte des lunettes de soleil et des tenues estivales, des rires fusent. En tendant l'oreille, Alice entend les oiseaux chanter, et ça la rend soudain très heureuse. Elle a l'intention de faire de ce jardin un paradis, elle veut planter des lilas, des bosquets de fleurs, des roses grimpantes pour mettre de la couleur sur la façade. La nature lui apporte un bonheur profond et inattendu. Le miracle du monde végétal et animal l'émerveille. Elle, l'ex-fêtarde citadine, qui ne pouvait vivre que sur le bitume, a besoin des arbres, des animaux, du grand air. Sa mère se penche vers elle.

— Tu as accompli une transformation extraordinaire. Je suis épatée. J'espère que la maison est à vos deux noms. En cas de divorce, tu en auras la moitié, c'est une sécurité. Maintenant que tu ne travailles plus…

Alice s'énerve, toute sa joie envolée :

— Mais pourquoi tu parles de divorce ? Tout le monde n'est pas obligé d'être l'ennemie des hommes comme toi !

Agacée, elle quitte la table pour débarrasser les assiettes. Quelques femmes, dont ses collègues de la mairie, l'aident à tout ramener dans la cuisine. Quand les desserts sont disposés sur le buffet, Éric se lève et s'approche d'elle. Alice essuie rapidement ses mains sur un torchon avant de le rejoindre. Il l'entraîne devant les tables où sont assis tous leurs invités.

— Je tiens à remercier celle sans qui je ne serais rien, dit-il en passant son bras autour des épaules d'Alice. Celle qui me soutient sans condition dans mes projets les plus fous. Elle était déjà là pour moi quand je terminais mon internat, elle a su se diriger sans boussole dans les labyrinthes administratifs et remplir les dossiers les plus rébarbatifs quand on a voulu ouvrir la clinique. Elle a transformé un vieux champ de pierres en une maison digne des magazines déco qu'elle consomme sans modération… et nous rend, mon fils Simon et moi, très heureux. Merci à celle qui agit dans l'ombre et fait briller ma vie, j'ai nommé ma sublime épouse, Alice Lambert ! Joyeux anniversaire, mon amour !

Sa mère surgit devant elle en tenant un grand gâteau au chocolat illuminé de trente-quatre bougies. Tout le monde entame *Joyeux anniversaire*. Elle entend la voix claire de son fils qui chante de tout son cœur. Alice ferme les yeux et souffle. Elle est crevée, mais jamais elle n'oubliera cet instant parfait.

10

Je veux vivre ma vie, pas la tienne

Pour se faire pardonner son attitude au Broadway Boulevard, Simon avait invité sa mère à dîner. Alice se réjouissait de retrouver son fils chéri dans une ambiance plus apaisée.

Quand elle avait quitté Chantilly pour venir s'installer dans le quartier, il s'était montré attentionné et présent, passant la voir le plus souvent possible pour s'assurer qu'elle ne déprimait pas trop. Vivant à quelques rues l'un de l'autre, ils se retrouvaient souvent pour une séance de cinéma ou un dîner sur le pouce. Dans l'océan de solitude de l'année écoulée, ces moments en tête à tête avec son fils avaient été des plages ensoleillées qui l'avaient aidée à ne pas sombrer. Jamais, depuis le bon vieux temps où il vivait encore avec ses parents, elle n'avait été si proche de lui.

Elle sonna à la porte, un grand sourire aux lèvres et une bouteille de prosecco à la main. Simon ouvrit la porte, pâle et nerveux, et tout de suite elle comprit que quelque chose n'allait pas. Quand il s'effaça pour la laisser entrer, Éric était là.

Alice regarda son fils, ahurie.

— C'est un piège, Simon !

— Il m'a supplié. Je ne pouvais pas faire autrement.

Elle se tourna vers Éric :

— On avait dit qu'on le tiendrait à l'écart de nos histoires, et tu te sers de lui pour arriver à tes fins !

— Je suis bien obligé. Tu ne veux plus me parler. Et puis, Simon est un adulte qui comprend très bien ce qui se passe. Ce n'est plus un bébé qu'on doit protéger.

— Tout va bien, maman. C'est aussi ma décision. Je voudrais que vous vous expliquiez en terrain neutre, pour arranger les choses. Vingt-huit ans de mariage, ça ne se dissout pas comme ça.

Elle soupira d'exaspération. Ce n'était certainement pas en lui forçant la main qu'Éric pourrait l'amadouer. Au contraire. Elle retrouvait dans cette tactique sa faculté à manipuler les gens pour obtenir ce qu'il voulait.

— Asseyez-vous, dit Simon. Vous voulez boire quelque chose ?

— J'ai apporté une très bonne bouteille de rouge, dit Éric. Tu peux l'ouvrir. Un saint-émilion grand cru dont vous me direz des nouvelles.

Simon se dirigea vers sa cuisine ouverte. Il avait conçu lui-même les plans pour tirer parti au maximum de ce petit espace et avait créé un univers surprenant et raffiné. Un mur bleu nuit et des meubles de créateur se mariaient à quelques éléments haussmanniens. Finalement, se dit Alice avec une certaine satisfaction, son fils n'avait pas suivi la voie d'Éric, mais la sienne !

Peut-être sa vocation pour l'architecture venait-elle des nombreux travaux qu'elle avait effectués dans leur maison ?

Elle s'assit sur le gros canapé aux lignes cubiques et accepta le verre de vin qu'il lui tendait. Elle en aurait besoin.

— Je voulais te voir, commença Éric. Pour te dire que je suis désolé. Et je voudrais que tu reviennes vivre à la maison. C'est ton foyer, ça n'a pas de sens de vivre dans un studio miteux ou de squatter chez ton père, alors que tu as cette grande maison qui t'attend et se sent si vide sans toi.

— Si je reviens y vivre, c'est que tu n'y seras plus.

— Ne compte pas là-dessus !

Simon dut sentir que la situation allait déraper et interrompit son père.

— Tu voulais dire quelque chose à maman…

Éric posa son verre vide. Elle remarqua ses yeux rougis, ses mains tremblantes.

— Rien d'autre que ce que je répète depuis trente ans : je t'aime, Alice. Tu es la femme de ma vie.

C'était toujours la même rengaine, les mêmes je t'aime. Mais Alice ne s'était pas sentie aimée ces dernières années. Plutôt rabaissée, voire dénigrée. Ce qu'il appelait amour, c'était de la dépendance, la force de l'habitude et le confort de la savoir à sa disposition.

— Tu dis ça parce que tu ne sais même pas comment te faire cuire un œuf ! Et tu es perdu dans cette maison sans moi !

— C'était vrai au début, mais nécessité fait loi : j'ai appris à me débrouiller et j'ai compris l'importance de tout ce que tu faisais. Mais j'ai toujours besoin de toi, comme tu as besoin de moi.

— Plus maintenant. Je suis sortie de ton système.

Oui, elle avait eu besoin de lui pour vivre, se nourrir, se vêtir. Pendant des années elle avait travaillé gratuitement, énormément, au fonctionnement du foyer. Elle avait élevé leur fils, organisé des dîners pour ses relations professionnelles, réservé des vacances, gérer les assurances, les mutuelles, elle avait veillé à l'entretien de la maison, réparé la chaudière, les fuites, les pannes. Elle avait donné son temps, son implication, son énergie à des milliers de petites choses souvent invisibles pendant qu'il travaillait à la clinique. Son travail à lui se transformait en salaire. Le sien n'avait pas plus de valeur que le vent.

— De quel système parles-tu ? Comme si j'étais un monstre calculateur ! J'ai tout fait pour toi, pour que tu sois heureuse, pour te donner la vie que tu mérites.

— Arrête ! Si tu m'aimais vraiment, tu ne m'aurais pas laissée vivre dans ce studio miteux, comme tu dis.

Elle pensa à son amie Isabelle Ruiz, l'ex-épouse de l'associé d'Éric, qui avait vu une autre femme s'installer dans la maison qu'elle avait quasiment bâtie de ses mains. Elle avait quitté la région avec une pension dérisoire et ses yeux pour pleurer.

— Tu es partie parce que tu étais en colère, et tu avais raison. Je suis désolé pour tout ce qui s'est passé. Je ne savais plus ce que je faisais, je me suis laissé entraîner, j'ai dérapé. Je t'en prie, reviens. Aide-moi !

— Je t'ai aidé, Éric ! murmura-t-elle. J'ai fait tout ce que j'ai pu, et même au-delà. Mais c'est terminé.

Simon intervint :

— Qu'est-ce vous voulez manger ? Je vais commander, c'est plus simple.

Ni son père ni sa mère ne prirent la peine de répondre. Alice était en ébullition. Sa colère contre Éric s'était réveillée. Elle avait toujours tout assumé sans se plaindre, supporté sa misogynie ordinaire, ses réflexions perfides... jusqu'à ce qu'il trahisse sa confiance. Son monde s'était écroulé, mais elle restait attachée à lui. Il était le prince charmant de ses rêves. Son prince déchu. Aujourd'hui, les écailles lui étaient tombées des yeux. Et comme une corde sur laquelle on avait trop tiré, son amour pour lui s'était brisé. Elle le réalisait enfin... et c'était une libération.

— Je ne t'aime plus, Éric, c'est aussi simple que cela. Je suis passée à autre chose. Aujourd'hui, je veux vivre ma vie, pas la tienne. Je veux prendre le temps de découvrir ce que je veux et ce que je vaux.

— Qu'est-ce que tu racontes ? C'est quoi ce charabia féministe ? Qui t'empêche de vivre ta vie ? se mit à hurler Éric.

Il se servit fébrilement du vin qu'il but d'un trait puis jeta le verre par terre d'un geste rageur. Simon jura et se mit à ramasser les éclats tranchants. Alice sentit que la discussion était en train de dégénérer.

— Merci beaucoup, mon chéri, je n'ai pas très faim et je crois que ton père non plus. Nous allons y aller. Éric, nous en reparlerons plus tard, à tête reposée.

— Je ne veux pas que vous partiez, cria Simon. Je veux que vous vous remettiez ensemble.

Alice lui prit les morceaux de verre des mains et les jeta dans la poubelle, puis s'empara de la bouteille de vin et la vida dans l'évier. Éric s'était rassis et la regardait faire avec des yeux tristes.

— Vous êtes vraiment nuls, murmura Simon. J'ai toujours imaginé qu'un jour, mes enfants viendraient dans la maison où j'ai grandi, qu'ils courraient dans le jardin, prendraient le goûter dans la cuisine. Papa ferait le barbecue, maman des gâteaux... Tout est foutu, maintenant. Je n'ai même plus envie d'avoir une copine, ni des enfants.

Elle ébaucha un sourire agacé :

— Tu es en train de nous demander de nous remettre ensemble pour le bonheur de personnes qui n'existent même pas ?

— Tu vois très bien ce que je veux dire ! Ça va être l'enfer. Je ne vous verrai plus jamais ensemble. Vous allez rencontrer de nouvelles personnes que je ne pourrai pas saquer, ou pire, vous resterez tout seuls. Je serai obligé de m'occuper de vous sans pouvoir vivre ma vie.

— C'est un point de vue terriblement égoïste, mais ça se tient, dit Éric.

— Peut-être qu'avant de pleurer sur ton sort, tu devrais aussi ouvrir les yeux ce qui se joue dans cette séparation, gronda-t-elle à l'attention de Simon.

Celui-ci s'essuya rageusement les yeux. Alice contempla son mari brisé, son fils en larmes. C'est toujours terrible, un foyer qui s'éteint.

Quarante ans

Dimanche 2 septembre 2012

Au matin de ses quarante ans, Alice se sent très malheureuse. Son fils, son amour, son petit garçon quitte la maison. Elle a envie de se rouler par terre et de laisser éclater son désespoir. Mais la femme raisonnable qu'elle est devenue, celle qui a mis KO l'Alice déchaînée d'autrefois, se contente de pleurer silencieusement sous la douche. Simon n'a que dix-sept ans, elle aurait voulu le garder encore un peu près d'elle. C'est Éric qui a insisté pour qu'il s'installe à Paris, souhaitant éviter à son fils les deux heures de trajet par jour pour aller et venir de la fac René-Descartes. Alice comprend, mais son cœur est brisé. Sans l'avouer à Éric, elle doute fortement de la motivation de Simon, qui ne s'est inscrit en médecine que pour faire plaisir à son père et ne s'attendait pas à être reçu. Tout au long de son année de terminale, il s'est montré insolent et infernal, fumant, buvant, rentrant à pas d'heure… l'ado insupportable dans toute sa splendeur. Elle doute qu'il ait la discipline nécessaire pour tenir le rythme. D'après tous les médecins qu'elle fréquente, la première année de médecine, c'est l'enfer de Dante.

Elle se sèche les yeux et se maquille. Stella l'observe en remuant la queue, espérant sans doute une balade en forêt, qui n'aura pas lieu aujourd'hui.

Une fois prête, Alice descend dans la cuisine où son mari et son fils prennent déjà leur petit déjeuner. Éric boit son café en parcourant *Le Figaro* du jour ; Simon dévore un bol de céréales tout en observant le dos du paquet d'un air concentré. Ils lèvent le nez de leurs lectures respectives pour lui souhaiter un joyeux anniversaire. Éric lui a dit de ne s'occuper de rien, il organise la soirée. Un sourire factice accroché à ses lèvres, elle se prépare lentement un thé et, malgré son estomac noué, glisse une tartine dans le grille-pain. La chienne sort en courant dans le jardin. Par la porte-fenêtre ouverte, ses oiseaux lui offrent leurs chants pleins de joie. Il lui semble même entendre le pépiement amical des deux perruches à collier qu'elle a récemment libérées. Alice voudrait mettre le temps sur pause, rester tous les trois dans cette cuisine ensoleillée pour l'éternité.

Une demi-heure plus tard, pourtant, elle est dans sa voiture, Simon installé sur le siège passager. Ils roulent vers Paris, la radio branchée sur Skyrock pour faire plaisir à son fils qui est fan de rap.

— Il est sympa Max ? demande-t-il.

— Mais enfin, tu le connais !

— Bof, pas tellement. Je n'ai jamais habité avec lui.

Après avoir visité un nombre incalculable de studios déprimants au loyer exorbitant, avec parfois même des toilettes sur le palier, Éric et Alice commençaient à déprimer. C'est alors qu'elle avait eu l'idée de demander à son père d'héberger Simon. Après s'être un peu fait tirer l'oreille, celui-ci avait fini par accepter. C'est ainsi qu'elle va aujourd'hui, le jour de ses quarante ans, installer son fils dans sa chambre d'adolescence. Demain, il commence un stage de préparation à la Paces avant la rentrée officielle le mois prochain. À vrai dire, Alice compte un peu sur Simon pour faire la misère à Max. Elle est curieuse de voir comment son père va se débrouiller face à un ado des années 2010. Elle espère qu'il va en baver !

Elle dépose son fils devant la porte du 19 bis boulevard Montmartre afin qu'il monte ses deux grosses valises et part garer sa voiture. En revenant sous le porche, elle se fait bousculer par un grand gaillard en tee-shirt noir, malgré le temps un peu frais. Sur ses larges biceps courent des tatouages tribaux. Deux grandes mains chaudes lui agrippent les épaules pour lui faire reprendre l'équilibre. Le type a un sourire éblouissant qui l'énerve un peu. Il n'y a aucune raison de se sentir aussi heureux de vivre. Il s'excuse et s'éloigne d'un grand pas.

Dans l'appartement, elle trouve Max et Simon installés dans le salon, plongés une laborieuse conversation. Dans les yeux de son père, elle lit le soulagement de la voir arriver. Ses cheveux coiffés en arrière paraissent un peu moins gris, un peu plus blancs.

— Viens voir, je lui ai préparé ta chambre, dit-il.

Son poster de Madonna n'est plus accroché au mur. La chambre, repeinte en blanc, est plus lumineuse que dans son souvenir, peut-être parce qu'elle y avait toujours des idées noires. Son lit de jeune fille est calé contre le mur du fond. Un bureau années 1950 et son fauteuil trônent face à la fenêtre qui donne sur la cour. Son père s'est quand même donné du mal.

— Tu seras très bien ici, mon Simon.

Elle l'aide à ranger ses affaires, bien pliées et repassées dans le placard. Son fils fait la grimace en découvrant qu'il devra partager la salle de bains avec son grand-père.

— C'est comme ça, dans les appartements ! Estime-toi heureux, j'ai dormi dans la même chambre que ma mère jusqu'à mes huit ans.

— Je préfère les maisons, boude son fils.

Il a l'air tellement malheureux qu'elle manque d'éclater en sanglots et le serre contre elle pour lui cacher ses larmes. Simon regarde par la fenêtre qui donne sur une grande cour pleine de plantes en pot. Devant la loge de la gardienne est installée une petite table de jardin avec deux chaises.

— C'est quoi cette boutique toute rose au fond de la cour ? Oh My Gode… Je parie que c'est un sex-shop ! s'exclame-t-il en retrouvant le sourire pendant quelques instants.

— Mais non, voyons, répond Alice en rajustant son serre-tête.

Simon se laisse tomber sur le lit et plonge dans l'écran de son iPhone. Elle va trouver son père qui travaille dans son bureau, installé dans l'ancienne chambre de sa grand-mère. Lunettes sur le nez, il consulte le catalogue de Drouot sur son ordinateur.

— Tu vois, tout est informatisé maintenant, c'est formidable.

— J'espère que tu vas te comporter de manière responsable avec Simon, dit-elle de ce ton acide qu'elle ne peut s'empêcher d'adopter avec lui. Pas de whisky, pas de poker, pas de drogue, pas de soirée de débauche sous ses yeux.

— Mais enfin, Alice ! Je peux quand même vivre comme je veux sous mon propre toit ! Et puis, tu utilises de ces mots... « Débauche » ! Tu es devenue bonne sœur, ou quoi ?

Elle respire profondément pour ne pas s'énerver.

— Il faut qu'il aille en cours tous les jours. Il avait tendance à sécher en terminale. Il ne peut pas se le permettre cette année.

— Promis, je vérifierai qu'il aille bien à la fac.

— Le matin, il mange des céréales.

— J'en ai acheté.

— Je te le confie. Ne lui fais pas de mal.

Déjà, elle est sur le pas de la porte. Max secoue la tête en soupirant. Il se passe une main sur le visage et attrape un cadeau posé par terre près de son bureau.

— Attends... dit-il. Joyeux anniversaire !

Elle déballe le paquet et découvre un somptueux serre-tête en satin bordeaux bordé de velours ton sur ton. Surprise, elle ne peut empêcher un grand sourire d'étirer ses lèvres.

— Merci ! Il est magnifique.

— J'ai remarqué que tu raffoles de ces accessoires. Tu tripotes tout le temps celui que tu portes sur la tête, comme s'il t'aidait à maintenir ton cerveau en place. Tu devrais l'enlever de temps en temps, tu sais, ça te ferait du bien de laisser tes pensées en liberté, dit-il, un peu moqueur.

Aussitôt, le sourire s'efface de son visage. Elle pâlit sous le choc, le trouve horriblement méchant de la blesser, pile le jour où elle perd son fils et bascule dans la vieillesse.

— J'espère que Simon t'en fera baver !

Elle embrasse son fils et part en claquant la porte.

Dans le miroir de l'ascenseur, Alice admire son nouveau serre-tête et décide de ne pas le jeter dans la première poubelle venue comme elle en avait d'abord eu l'intention. Il est trop beau. Elle contemple le blond doré qui recouvre ses cheveux depuis si longtemps qu'elle en a oublié leur couleur originelle. Des petits plis fins sont apparus sous ses yeux légèrement maquillés. Son fils est parti et son père ne l'aimera jamais.

En passant devant le restaurant en bas de l'immeuble, elle décide de s'offrir un verre pour se calmer. Derrière le bar, l'homme qui l'a bousculée sous le porche discute avec une sublime jeune femme brune qui ressemble à une actrice de téléréalité.

— Je monte, dit celle-ci. J'ai des trucs à faire.

— Mais Sonia, c'est bientôt l'heure du déjeuner, j'ai besoin de toi pour le service !

— Je sais, Karim ! lance-t-elle exaspérée. Je reviens.

Alice s'assied au comptoir et commande un whisky bien tassé. La mâchoire carrée du barman est surmontée d'un nez droit et fort. Ses yeux très sombres sont mis en valeur par de grands sourcils fournis. Quand il la sert, elle remarque à nouveau ses larges biceps qui roulent sous sa peau mate, ses tatouages tribaux qui semblent animés d'une vie propre, et réprime un frisson. Elle n'a pas l'habitude de genre d'homme, tout en muscles et tee-shirt moulant. Elle ne fréquente que des notables, des messieurs en chemise et veste… ou en blouse blanche.

— Alors c'est à vous, maintenant, ce restaurant ?

— Oui. Ça vous plaît ?

— Beaucoup, répond-elle poliment.

Tout en dégustant son Jack Daniel's, Alice regarde autour d'elle. Autrefois, l'endroit était un affreux boui-boui nommé La Petite Pinte. Aujourd'hui rebaptisé le Broadway Boulevard, il s'est offert un nouveau décor contemporain qui mélange les influences orientales et baroques. À l'extérieur, des palmiers en pot apportent une touche sudiste à la terrasse surmontée d'une tenture blanche. Bientôt ce bar fera partie du nouveau quotidien de son fils, loin d'elle et de sa maison. Elle n'a pas envie de rentrer à Vineuil-Saint-Firmin, voir sa chambre vide dans laquelle il ne dormira pas ce soir, ni demain…

Les larmes lui montent aux yeux. Elle réclame un deuxième verre au barman qui la sert sans faire de commentaire. Il se contente de la regarder avec bienveillance et compréhension – du moins, c'est ce qu'elle imagine. Ce type est gentil, elle le sent. Plus personne ne mise sur la gentillesse aujourd'hui. C'est une valeur complètement sous-cotée. Alice tangue sur son tabouret de bar.

— Vous pouvez m'en donner un autre ?

— Seulement si vous n'êtes pas en voiture. Il pourrait vous arriver quelque chose.

— Je m'en fous ! lance-t-elle en tendant son verre.

Son projet le plus immédiat est de se noyer dans le whisky jusqu'à l'oubli.

— Tout va bien ? demande-t-il simplement.

Et justement, cette petite question anodine lui donne envie de se confier.

— Mon fils a quitté la maison aujourd'hui. J'ai claqué des doigts et dix-huit ans sont passés. J'ai quarante ans. Ma vie est finie. Je ne sers plus à rien.

— C'est ce qui arrive avec le temps. On ne sait jamais où il file.

— J'aurais tellement aimé le garder encore un peu avec moi, mais son père veut qu'il fasse médecine, comme lui. Entre nous, c'est un miracle qu'il ait été admis à la fac. Je suis sûre qu'il n'en foutra pas une. Mais je n'ai pas osé le dire à Éric. J'aurais dû.

Le barman l'écoute toujours avec attention. Elle ajuste son nouveau serre-tête dans ses longs cheveux blonds, vide les dernières gouttes d'alcool au fond du verre et s'essuie la bouche du revers de la main.

— Merci de m'avoir écoutée, murmure-t-elle.

— J'aime bien votre façon de vous plaindre. On dirait ma mère.

Elle lève les yeux au ciel, un peu vexée.

— C'est drôle, je n'ai jamais pensé à ce qu'elle avait pu ressentir quand j'ai quitté la maison… confie le barman.

— Vous êtes parti à quel âge ?

— Dix-neuf ans. Mais c'était dans des circonstances un peu plus compliquées.

Il s'éloigne pour servir un client.

Karim

Samedi 5 octobre 1991
14 h 24

KARIM A QUITTÉ L'APPARTEMENT sans se faire remarquer, de peur que son père ne le retienne pour une corvée de dernière minute, comme fixer la tringle de sa chambre ou refaire les joints noircis de la salle de bains. On dirait que le daron prend un malin plaisir à l'empêcher de vivre sa vie. Dans l'ascenseur pourri de tags en tous genres, il croise une dizaine de jeunes gars enveloppés dans un nuage de fumée de shit. Un groupe de collégiens squatte le hall d'entrée, ils font tourner un sachet de plastique au fond duquel ils ont vidé le contenu d'un tube de colle Scotch pour en inhaler la vapeur. Une façon de planer à bas prix. Dehors, le rond-point, centre névralgique du quartier, grouille de monde. Des graffeurs bombent un mur de béton déglingué qui commence à revivre sous leurs jets de couleur. Tout le quartier tombe en ruine, sans que jamais personne de la ville ne vienne réparer quoi que ce soit. Les caves fuient, les murs sont lézardés, le béton s'effrite, l'eau s'infiltre partout. Une bande de jeunes écoutent un morceau du groupe de rap marseillais IAM sur une radiocassette. Certains dansent le break, d'autres font semblant de rapper. Le groupe a créé une déflagration avec son album *De la planète Mars*. La jeunesse des quartiers a l'impression que ces six gars du coin s'adressent directement à elle. En traversant l'avenue Jean-Paul-Sartre pour prendre le métro, Karim entend klaxonner et se retourne. Ses deux meilleurs amis, Malik et Kevin, installés dans la Golf GTI de Malik, lui font des grands signes.

— Eh poto ! On te dépose ?

Réjoui, Karim monte à l'arrière. Avec eux, il sera à l'heure. Dans la voiture ça sent la beuh, non seulement parce que Kevin est en train de rouler un joint, mais parce qu'il y a une cargaison planquée quelque part. Ses copains sont dans le trafic depuis des années et les affaires marchent bien pour eux.

— Tu vas où ? demande Malik.

— La Canebière. À côté de la fac.

— C'est parti, mon Kakou !

— Arrête, frère, t'es relou.

— Wow ! Il a mis le gel et le parfum ! Kakou fait le beau gosse ! taquine Kevin.

— Si vous m'appelez comme ça devant elle, je vous défonce !

Karim soupire. C'est compliqué de se faire respecter par des gars qui le connaissent depuis ses six ans, à l'époque où tout le monde dans la famille l'appelait Kakou.

Malik, Kevin et Karim se sont rencontrés dans la cour de récré de l'école primaire Rose Frais Vallon Nord et ne se sont plus quittés. Leur enfance n'a été que parties de foot, baignades dans les calanques, journées interminables à l'ombre du quartier, goûters gargantuesques préparés par Yasmina qui avait pris Kevin et Malik sous son aile. Ce vert paradis s'est dégradé peu après la rentrée au collège Jacques-Prévert. Si Karim s'en sortait bien en cours, c'était plus compliqué pour ses copains. Leurs mères, esseulées et dépassées, ne comprenaient pas les subtilités de la scolarité au collège, les profs différents, les livres compliqués, les papiers à remplir. Malik a redoublé la cinquième et Kevin la quatrième. En juin 1985, alors que Karim était admis au lycée Saint-Exupéry, ses deux potes sont entrés en troisième pour leur dernière année scolaire. Karim sait ce qu'il doit à sa famille. Contrairement à ses amis, il a deux parents unis qui travaillent dur et veillent à lui inculquer des valeurs de travail, de respect et d'honnêteté. Pour les Harriga, l'école est une affaire sérieuse. Ils encouragent sa curiosité, l'emmènent parfois à la médiathèque. L'été, ils partent à Casa voir la famille restée au bled. Malik et Kevin n'ont pas eu cette chance. Le père de Kevin a filé un mois après sa naissance, celui de Malik est dans le trafic et, même quand il n'est pas en prison, n'a pas vraiment le temps de s'occuper de son fils. Pourtant, Karim aime beaucoup Monsieur Saïd qui les emmène parfois tous les trois en balade dans les calanques, sur son petit bateau à moteur.

À la fin du collège, ses deux amis d'enfance ont abandonné leur scolarité pour se faire enrôler par les caïds du quartier et commencer comme guetteurs, à la chouffe, tout en bas de l'échelle. Dans cette nouvelle vie loin des salles de classe, ils gagnent de l'argent en tenant le mur, mais apprennent aussi la violence, l'intimidation et le combat quotidien pour défendre leur territoire. Malgré tout, les trois garçons sont restés proches comme des frères. Le parcours scolaire de Karim est surveillé comme du lait sur le feu. Il est la fierté de la bande. Kevin et Malik jurent qu'il ira loin, il est bien trop débrouillard et trop beau parleur pour rester au quartier. Sa tchatche d'or le sauvera.

Un jour, alors que Karim était en première, sa mère l'a envoyé chez l'épicier avec un billet de dix francs et une liste de courses qui dépassait largement ce budget. Karim ne voulait pas rentrer bredouille, sa mère comptait sur lui. Il voyait bien qu'elle était fatiguée et à bout de nerfs. S'il ne rapportait pas les emplettes demandées, elle risquait de l'engueuler et lui balancer ses pantoufles à la tête. Il s'apprêtait à glisser discrètement une boîte de thon sous son sweat-shirt quand une main ferme s'est posée sur son épaule. Il a sursauté, terrifié à l'idée de se faire attraper par la police du quartier. Mais c'était Kevin, furieux, qui le forçait à remettre le thon à sa place. Son ami lui a tendu un billet de vingt francs et interdit farouchement de recommencer une connerie pareille. Si jamais il était dans la merde, Malik et lui s'arrangeraient pour l'aider, mais Karim n'avait pas le droit de voler. Lui, il n'était pas comme eux, il devait continuer ses études et réussir pour eux trois. Les larmes aux yeux, Karim a accepté l'argent et rapporté les courses à sa mère.

Quand Karim a eu son bac en 1989, ses amis, ivres de fierté, l'ont emmené faire la fête dans la meilleure boîte de Marseille. Monsieur Saïd lui a glissé discrètement un billet dans la main pour le féliciter. Malik et Kevin l'ont poussé à s'inscrire en droit pour devenir avocat. Avec sa tchatche, un jour, il défendra tous les bad boys de Marseille.

Installé à l'arrière de la GTI, Karim est heureux de passer un moment avec ses amis. Entre ses études et sa copine, sa vie a pris un tour différent, et il les voit moins souvent. Malik et Kevin ne lui parlent pas trop de leur biz, mais comptent sur lui pour devenir leur avocat quand ils tomberont en prison. C'est inévitable dans leur branche, on finit toujours entre quatre murs... ou quatre planches.

Pour l'heure, Malik conduit, lunettes de soleil sur le nez et coude appuyé sur la portière. Kevin a glissé dans l'autoradio la cassette mille fois copiée et recopiée d'IAM. Le son est brouillé mais qu'importe, le morceau *Je viens de Marseille* ambiance l'habitacle, et les trois garçons scandent les paroles en chœur :

— « Je viens de Marseille la ville photique

Ce qui implique, logique, l'unique chaleur de mes lyrics

Se fixe, se glisse, qu'importe le rythme

Mais celui-ci est volontairement pur, dépouillé mais funky. »

Karim s'est glissé entre les deux sièges avant et a passé ses bras autour du cou de ses potes. Ils ont l'impression de rapper comme des dieux. La voiture glisse sur l'asphalte, l'air est doux, la vie est belle.

11

Toujours être en mouvement,
esquiver les coups, savoir encaisser,
et au bon moment… frapper !

Juillet 2022

PARFOIS, AU LIEU DE RESTER SEULE CHEZ MAX, Alice aimait descendre s'asseoir à la terrasse du Broadway Boulevard. Elle choisissait une table en bordure du restaurant, un peu éloignée du va-et-vient des piétons, et commandait un verre de rosé. Assise à l'ombre de la tenture blanche qui laissait filtrer le soleil de juillet, elle se laissait emporter par l'énergie des Grands boulevards. Ses pensées se diluaient dans l'observation de la foule. De temps en temps, Doria ou Amanda se joignaient à elle en rentrant du boulot. Les femmes de l'immeuble formaient une petite famille qui l'avait adoptée comme une des leurs. Après des mois de solitude, cela lui faisait du bien de se sentir appartenir à leur communauté. Les serveurs l'avaient également identifiée, mais c'était toujours Karim qui lui apportait sa commande : un verre de minuty avec des glaçons. Ils en profitaient pour bavarder. Il s'asseyait en face d'elle et la conversation reprenait comme si elle ne s'était jamais interrompue, avec la fluidité d'un ruisseau. Avec lui tout paraissait simple, pour elle tout était compliqué. Comme avant, elle lui parlait de tout, de l'organisation de ses ateliers à ses questionnements face à l'avenir. Quand il posait sur elle ses yeux noirs pour lui demander comment elle allait, Alice se sentait vraiment vue et entendue. Ce jour-là, après l'avoir écoutée se plaindre une énième fois de ne pouvoir faire du sport en ville, Karim lui proposa de l'emmener à son club de boxe le lendemain.

— Je m'entraîne généralement en milieu d'après-midi pendant l'heure creuse, après le déjeuner et avant l'apéro.

Alice observa ses mains pendant qu'il se servait un verre d'eau. C'était des mains larges qui cuisinaient, qui portaient des caisses de bouteille et des fûts de bière, qui essuyaient les verres, passaient des coups de torchon sur le comptoir. Et qui boxaient. Les mains sûres d'elles et très belles d'un homme qui avait bien vécu et beaucoup travaillé. Elle entendit le roucoulement amoureux d'un pigeon depuis un arbre voisin. Son oreille s'était habituée à les identifier.

Souvent les femmes célibataires de son âge profitaient de leur liberté retrouvée. Après un temps de latence, elles tentaient des aventures, allaient sur des applis de rencontre, sortaient, flirtaient, couchaient. Alice les admirait, car il fallait beaucoup de courage pour se vendre en ligne comme un paquet de lessive. Elle ne faisait rien et ça lui allait bien. Même quand elle était encore avec Éric, il ne se passait plus grand-chose entre les draps. Son corps s'était accoutumé à l'abstinence, il ne vibrait plus, il hibernait et se laissait doucement glisser vers le rien, en attendant la vieillesse. Les seuls coups de chaud qu'il s'offrait encore étaient les redoutables attaques au lance-flammes de la ménopause.

Et puis elle avait recroisé Karim, ce vieux crush qui l'avait tant troublée dix ans plus tôt. Et voilà que son corps engourdi lui faisait de discrets appels de phare. *Eh ! Je suis toujours là ! Je ne suis pas mort, j'existe et j'ai bien envie de m'amuser un peu, de me frotter contre un corps ami, chaud et musclé… Tu veux savoir lequel ? Au hasard, celui qui est assis en face de nous, celui qu'on descend voir chaque jour en espérant une collusion. Bien joué. On dirait que le message a été reçu !*

Elle sourit à Karim.

— Je suis partante !

Si Alice s'était attendue à une salle de sport ultra contemporaine avec du matériel design et des luxueux vestiaires comme au Golf de Chantilly, elle en était pour ses frais. Le club Buffault était une salle municipale qui lui rappela le gymnase du lycée de Juvisy-sur-Orge. Des murs blancs sales, des rings bleus fatigués, un alignement de sacs de frappe cabossés et une odeur de sueur capable de terrasser un régiment. Elle porta la main à son nez, déclenchant un rire amusé de Karim.

— Ah, ça ne sent pas le Chanel N° 5 ici, madame !

— Ça devrait !

Dans le vestiaire, elle enfila un legging bien stretch et un tee-shirt fluide, histoire de camoufler son petit ventre, ôta tous ses bijoux ainsi qu'il le lui avait recommandé, puis s'observa dans le miroir avec anxiété. Certes, sa taille était moins fine qu'avant, mais ses jambes et ses bras étaient toujours minces, et sa poitrine avait pris du galon. Son visage ne l'avait pas trahi. Malgré le teint pâle et les petites poches sous ses yeux noisette, c'était toujours cette bonne vieille Alice qu'elle voyait dans le miroir, avec ses lèvres pleines qu'elle crispait quand elle était agacée, ses dents bien alignées, son carré blond un peu trop sage. Celle que tout le monde s'accordait à trouver jolie. Satisfaite, elle ôta son serre-tête, se fit une queue-de-cheval et sortit du vestiaire, curieuse de découvrir ce sport dont elle ne connaissait pas grand-chose, à part les films *Rocky*, qu'elle adorait dans son adolescence.

Karim arborait une tenue de boxeur de haut niveau, tout en noir avec de fines chaussures à lacets. Elle eut un choc thermique en contemplant ses épaules baraquées de gladiateur, ses biceps sculpturaux mis en valeur par ses mystérieux tatouages, et se demanda si son débardeur XL dissimulait un authentique pack de six comme dans les pubs de parfum.

— Prête à cogner, Madame la Râleuse ? demanda-t-il.

Alice se mit à rire.

— Oh que oui !

— Je vais d'abord protéger tes mains pour que tu ne te blesses pas en frappant trop fort.

Il brandit un rouleau de bande protectrice fuchsia et lui prit la main droite, dont il déplia doucement les doigts recroquevillés.

— Il y a trois parties à protéger : l'articulation du poignet, celle du pouce, et la zone de frappe, c'est-à-dire les phalanges, expliqua-t-il en effleurant du bout du doigt chaque zone concernée.

— D'accord, murmura-t-elle alors que sa main devenait moite à son contact.

— Garde bien les doigts écartés pendant que je te bande, pour ne pas couper la circulation du sang.

Il enroula habilement le tissu. Ses doigts frôlaient sa peau. Elle gardait les yeux fixés sur la danse de sa main drapant habilement la sienne. Puis il recommença avec sa main gauche. C'était agréable de laisser quelqu'un s'occuper de soi, de s'abandonner… si agréable qu'elle en devenait toute molle, déjà KO debout avant même d'avoir frappé un seul coup.

— Maintenant, les gants, dit-il en lui tendant une énorme paire de gants de boxe noirs. Je les ai choisis lourds, avec une surface bien large au niveau de l'impact pour protéger au maximum tes mains… et le visage de ton partenaire. C'est-à-dire moi !

Se ressaisissant, elle les enfila et se sentit soudain puissante, avec cette sensation étrange d'être équipée pour cogner, cogner et cogner. Une énergie inconnue vibra dans ses mains, le long de ses bras. Elle brûlait d'envie de s'y mettre et décocha un petit coup de poing sur le ventre de Karim. Il se mit à rire.

— Magique hein, cette envie de frapper ?

— Tellement !

Il l'entraîna devant un sac de frappe pour lui expliquer les bases du noble art. Le club Buffault était spécialisé dans la savate, mais Karim pratiquait la boxe anglaise, un sport dont les règles avaient été fixées au XVIIIe siècle par le marquis de Queensberry, qui privilégiait l'agilité plutôt que la force. Autour d'eux, des hommes et des femmes s'entraînaient sur le ring et sur les sacs en décochant autant de coups de pied que de coup de poing, sur toutes les parties du corps de leur adversaire, mais la boxe anglaise n'autorisait que les coups de poing portés sur le buste et le visage. Alice réalisa qu'elle ne sentait plus l'abominable odeur de sueur… enfin, presque plus.

— La boxe, c'est exactement comme la vie, expliqua Karim. Il y a des règles de base : être toujours en mouvement, ne jamais baisser la garde, esquiver les coups, savoir encaisser et au bon moment… frapper !

— *Yes*, frapper ! dit Alice en balançant un bon coup de poing sur le sac.

Avec les gants, ça faisait un bien fou !

Épaules et menton rentré, poings près du visage, Karim s'était mis à sautiller, jambes légèrement écartées.

— Tu vois, toujours en mouvement. Il faut danser comme Mohamed Ali !

Il décrocha un coup de poing dans le sac de frappe qui valdingua contre le mur.

— La philosophie de ce sport, c'est l'équilibre. Tu es en équilibre sur tes jambes et tu esquives avec le haut du corps. Ça demande de la souplesse et de l'adaptation.

Tout en continuant à sauter, il se mit à bouger rapidement son buste de gauche à droite et d'avant en arrière. Avait-elle été suffisamment en alerte dans sa vie ? se demanda Alice en l'observant déplacer son corps avec une grâce puissante. Avait-elle esquivé les coups ? Avait-elle frappé quand elle aurait dû ? Il était peut-être temps pour elle de se mettre en mouvement… et de se battre. Elle frappa violemment le sac. Karim ôta ses gants et vint se placer derrière elle pour lui montrer la position à adopter.

— Tu rentres les épaules, dit-il en posant ses grandes mains sur le haut de ses bras, tu baisses le menton et tu rentres légèrement le bassin.

— OK…

Guidée par le poids de ses paumes chaudes sur ses épaules, elle effectua des cercles avec le haut du corps.

— N'arrête pas d'esquiver. Il ne faut pas laisser à ton adversaire le temps de frapper.

Elle sentait sa chaleur contre elle, son parfum et même l'odeur épicée de son déodorant. Cela la ramena à une soirée des années auparavant. Elle avait dansé, serrée dans ses bras au Broadway Boulevard...

Elle secoua la tête pour se concentrer. Karim lui montra les trois sortes de frappe : les directs, les crochets et les uppercuts. Mais, sonnée par le déluge d'informations et surtout par sa présence troublante tout autour d'elle qui la faisait suffoquer, elle perdit le fil et se prit un direct sur la pommette.

— Tu as oublié de tenir ta garde ! lança Karim. Toujours ramener tes gants près du visage !

Une petite rougeur lui brûlait le haut de la joue. Il s'approcha pour voir s'il lui avait fait mal. Elle s'enflamma en sentant ses yeux sombres s'attarder sur son visage, tout près. Ses sourcils épais rendaient son regard encore plus profond. Pendant une fraction de seconde elle se sentit aspirée vers lui, tout son corps se tendit, elle inspira son parfum, comme enivrée, avant de reculer d'un pas. Totalement perturbée.

— Désolée, dit-elle, ça fait beaucoup d'infos.

Karim lui frotta légèrement sa joue du bout de son gant.

— C'est normal, t'inquiète, ça va venir. Vas-y ! On va faire une combinaison : direct du droit-jab, dix fois de suite. Dès que tu frappes, tu te remets immédiatement en garde.

Il se plaça derrière le sac pour le tenir, comme dans les films. Alice se mit à cogner avec volupté.

— Super ! Maintenant, dix crochets droite-gauche, indiqua Karim.

C'était un défouloir extraordinaire. Alice s'en donnait à cœur joie. Concentrée sur tous les mouvements de son corps vivant, elle avait l'impression de vider son sac sur le sac de frappe. La sueur coulait sur ses tempes, le long de sa colonne vertébrale, mais elle n'en avait cure. Karim ne bougeait pas. Solidement planté sur ses jambes, il l'encourageait et encaissait sans broncher. Alice balança des uppercuts jouissifs, des crochets du gauche, des directs du droit et inversement, jusqu'à ce qu'il lui dise d'arrêter.

— Bravo ! s'exclama Karim en levant les deux poings en signe de victoire.

Elle se jeta contre lui, en espérant que son élan passerait pour de l'enthousiasme, alors que c'était tout autre chose. Ses yeux glissèrent du creux de son cou à la ligne de l'épaule, dévalèrent la rondeur du biceps, atterrirent sur le sol. Elle se dégagea furtivement.

— Tu veux venir sur le ring ? demanda-t-il.

Incapable de répondre, elle secoua la tête et s'assit sur une chaise en plastique pour observer l'entraînement de Karim. Agile et musclé, il semblait monté sur ressorts, élégant et puissant comme un fauve au coup de patte nonchalant. Un régal pour les yeux. Alice se dit qu'elle pourrait faire pareil : se muscler, s'entraîner, récupérer sa forme perdue à force de sédentarité. Une combativité oubliée courait dans ses veines.

Dans le vestiaire, elle s'offrit une douche brûlante qui acheva de dénouer ses muscles et réveiller ses sens. Elle se sentait la fois totalement vidée et merveilleusement bien, avec des envies étranges picotant sa peau. Au moment de remettre ses bijoux, elle hésita, puis glissa son alliance dans son portefeuille.

— Ça te va bien, les cheveux lâchés, dit Karim quand ils se séparèrent devant le Broadway Boulevard.

— Oh !

Réalisant qu'elle avait oublié son serre-tête au fond de son sac, elle s'empressa de le remettre.

— Je me sens nue sans lui ! s'excusa-t-elle.

Karim déploya son grand sourire :

— Très heureux de t'avoir vue nue pendant quelques heures !

Elle gloussa bêtement et s'empressa de remonter à l'appartement, le feu aux joues.

Une fois là-haut, elle eut beau s'éventer, prendre une douche glaciale, regarder un film glaçant, boire une bière glacée, Alice ne parvint pas à éteindre la fièvre qui s'était emparée de son corps. Les images de l'après-midi avec Karim tournaient en boucle, des flashs de leurs corps en sueur, leur souffle court, ses mains posées sur elle, ses muscles en mouvement bombant sa peau mate. Allongée sur son lit dans le noir, elle cherchait encore le moyen de redescendre. Si elle avait su qu'un simple entraînement de boxe la tabasserait de la sorte... Karim l'avait-il vraiment caressée des yeux ou avait-elle rêvé ? Ressentait-il la même attirance, ou la trouvait-il désormais trop vieille ? Était-elle pathétique, avec son désir d'adolescente en bandoulière ? C'était comme si les années avaient été abolies. Elle planait. Le ciel était lourd dans la nuit de juillet. Par la fenêtre ouverte, un brouhaha joyeux montait du Broadway Boulevard. Karim était en bas, indifférent à son trouble. Sympa et affable, avec une vanne prête à faire rire, un sourire prêt à servir. Elle était seule dans son lit et même le contact des draps la brûlait.

En désespoir de cause, Alice se leva, ouvrit la commode et sortit le Womanizer de sa boîte. Elle le regarda, hésitante, fit jouer les boutons, lut le mode d'emploi, puis referma le tiroir d'un claquement sec. Non, elle n'oserait jamais. Elle se recoucha, attendit. Ses mains empoignèrent son propre corps, passèrent sur ses hanches, attrapèrent sa poitrine. Alice se redressa, pantelante. Ce n'était pas un petit objet en plastique qui allait lui faire peur !

Elle appuya sur le bouton. Manuela avait raison, c'était exceptionnel. Elle décolla en quelques minutes. *Oh my Gode* un orgasme !

Cela faisait si longtemps, elle avait oublié que c'était si… bon ! La main encore crispée sur l'objet magique, repue, un demi-sourire aux lèvres, Alice se laissa enfin terrasser par le sommeil.

Quarante ans et cinq mois

Lundi 11 février 2013

Ce matin, Alice s'est réveillée très tôt, alors qu'il faisait encore nuit, avec une envie dévorante de voir son fils, son Simon, son tout-petit devenu grand, mais pas tellement. Il vient juste d'avoir dix-huit ans, cela fait déjà six mois qu'il a quitté la maison, et depuis, Alice a perdu le goût de vivre. Alors elle a pris sa voiture au petit jour pour le surprendre avant qu'il ne parte en cours, traversant la campagne aux champs couverts de brume. À Paris, dans la nouvelle boulangerie préférée de Simon, elle a acheté des pains au chocolat.

Quand elle sonne au quatrième étage, Simon lui ouvre la porte.

— Maman ! Merci pour les pains au choco ! dit-il en lui sautant au cou. Viens, on était justement en train de prendre le petit déjeuner.

Max, pieds nus dans ses tongs, porte un de ses éternels jeans 501. Ses cheveux gris encore mouillés sont soigneusement coiffés vers l'arrière. Il lui offre un café et l'invite à s'asseoir. Alice se pose sur une chaise Napoléon III qu'elle trouve anachronique dans une cuisine, surtout avec une table bistrot... mais son père a toujours mélangé les styles et les époques sans aucun discernement. Simon lui raconte que c'est l'ébullition au 19 bis boulevard Montmartre : tous les locataires risquent de se faire expulser par la Banque générale, actuelle propriétaire de l'immeuble. À moins d'acheter son appartement, ce qui est impossible, Max devra partir dans quelques mois. Alice pince les lèvres pour ne pas faire de remarque désagréable mais n'en pense pas moins : il fallait bien que ce genre de mésaventure arrive un jour. Son père a toujours été tellement imprévoyant, il a claqué son argent sans jamais rien mettre de côté. Éric le lui a suffisamment fait remarquer.

— Heureusement, Max a créé une association de locataires pour sauver l'immeuble. Tu as vu la banderole sur la façade ?

Alice ajuste son serre-tête sans rien dire. La probabilité qu'une bande de locataires naïfs déjoue les plans d'une banque aussi puissante est totalement nulle. Le choc sera rude pour Max qui vit là depuis quarante ans. Dire que cela arrive justement l'année où elle lui confie Simon. Décidément, jusqu'au bout, il sera incapable d'assumer ses responsabilités familiales ! Quoique, Alice ne peut s'empêcher de penser que s'ils se font expulser, Simon reviendra peut-être vivre à la maison.

Elle observe son père et son fils manger côte à côte, tranquilles et complices, chevelure grise bien peignée contre chevelure brune explosée. La relation qui s'est nouée entre Simon et Max l'a surprise. Elle qui espérait des tensions, du sang et des larmes en est pour ses frais. Si les débuts ont été un peu compliqués, ils s'entendent désormais comme larrons en foire. À chacun de ses séjours à Vineuil-Saint-Firmin, son fils raconte combien Max est cool et sympa, et combien il se sent bien sur les Grands boulevards.

— Salut les gars !

Alice se retourne pour découvrir, horrifiée, Doria qui se tient sur le pas de la porte, en tee-shirt trop court sur ses jambes trop fines avec la tête typique des lendemains de fête bien arrosés, yeux de panda compris. Son sang ne fait qu'un tour.

— Mais elle est là, elle ?

— Doria habite ici, maman.

Elle note que Simon avait soigneusement omis de lui communiquer cette information. Doria colle un bisou tendre sur le crâne de son père et s'assoit en face d'Alice.

— Je suis venue squatter quelque temps, confirme-t-elle en se servant une tasse de thé.

Alice calcule que Doria doit avoir vingt-huit ans, c'est un peu tard pour vivre comme une ado chez son papa et se bourrer la gueule jusqu'à pas d'heure. Elle espère qu'elle n'aura pas une mauvaise influence sur Simon. Max tend à Doria une tartine beurrée en couvant son corps maigrelet d'un regard inquiet qui crucifie Alice de jalousie. Comme d'habitude en leur présence, Alice se sent exclue, rejetée, mal aimée. Mais le pire est que son fils semble totalement intégré à la bande. Pour couronner le tout, c'est Doria qui vit maintenant avec Simon, la prunelle de ses yeux, la chair de sa chair.

— Bon... Heureusement que je suis passée ce matin pour découvrir le pot aux roses. Puisque personne n'a jugé bon de m'informer.

— Je ne vois pas de quel pot tu parles, Alice, dit Max en dépliant son exemplaire de *Libération*. Il me semble que je peux accueillir ma fille chez moi sans te demander la permission.

— Ce n'est même pas vraiment ta fille !

La remarque est partie toute seule, dictée par la peine et l'aigreur.

— Ma pauvre Alice, ce que tu peux dire comme conneries ! soupire Max en levant les yeux au ciel.

Doria lâche brusquement sa tartine et quitte la cuisine. Simon, horriblement mal à l'aise, indique qu'il doit prendre sa douche et lui colle un baiser maladroit sur la joue avant de s'éclipser. Alice balbutie qu'elle doit y aller. Son père secoue la tête, affligé.

— Il faudrait quand même t'y faire un jour. J'ai deux filles.

— Pourquoi tu mets des chaises Napoléon III dans une cuisine ? C'est ridicule !

Sans savoir comment, elle se retrouve au comptoir du Broadway Boulevard.

— Un whisky ? demande Karim, le barman tatoué.

— Oui, s'il vous plaît.

Elle remarque à nouveau ses traits virils et réguliers, et se dit qu'il doit la prendre pour une alcoolique. C'est plus fort qu'elle, Max la met dans tous ses états.

Quand elle le voit, elle a quinze ans et le cœur brisé par son indifférence. Karim la sert sans poser de question. Elle vide son verre cul sec et en demande un autre.

— Je suis venue voir mon fils, ça me rend triste.

— Vous n'avez pas à vous justifier. C'est dur quand l'enfant quitte le nid, dit-il en souriant.

Elle secoue la tête, les larmes aux yeux.

— J'ai été nulle. Je ne peux pas m'en empêcher, dès que je les vois, je suis odieuse.

— Qui ça ?

— Mon père, ma pseudo-sœur… Je suis incapable d'avoir une relation apaisée avec eux, surtout quand ils sont ensemble. J'ai le sentiment qu'ils se liguent contre moi, qu'ils me trouvent chiante et coincée.

Il l'écoute avec attention, comme si son histoire était passionnante. Comme s'il était concerné. C'est sans doute ridicule, parce que le job des barmans est aussi de prêter l'oreille aux cœurs qui s'épanchent, mais avec lui, elle a l'impression d'être vraiment entendue. Éric trouve qu'elle accorde bien trop d'importance à Max, Doria et tout ce qui touche à sa famille paternelle, mais elle ne peut s'empêcher d'y retourner encore et toujours. Qu'est-ce qui lui a pris de confier Simon à Max ? C'est comme gratter une cicatrice pour la faire saigner.

— Je comprends, dit Karim, c'est toujours désagréable comme sensation. Qu'elle soit justifiée ou non…

Ça l'encourage à poursuivre :

— Dès que Doria est arrivée, j'ai compris qu'il l'aimerait plus que moi. Depuis, je n'existe plus pour lui.

— Mais attendez, vous êtes la sœur de Doria Dahan ?

Elle lève les yeux au ciel :

— On ne peut pas tout à fait l'affirmer.

Karim continue, comme s'il mettait en place les pièces d'un puzzle.

— … la fille de Max ?

— Oui !

— Et donc la mère de Simon !

— Vous les connaissez ?

— Évidemment ! J'habite dans l'immeuble… et je fais partie de l'association des locataires. J'espère qu'on va réussir à sauver nos peaux. J'ai mis tout mon capital dans cette affaire.

Alice prend soudain la mesure de tout ce qu'implique la vente de l'immeuble, des dizaines de vies bouleversées.

— Je vous souhaite de réussir.

— Ça va le faire ! J'ai confiance. Et vous travaillez dans le quartier ?

— Euh, non, j'habite près de Chantilly, je venais juste voir Simon…

— J'adore ce gamin, il a de bonnes valeurs. On voit qu'il a été bien élevé, dit-il en lui souriant chaleureusement.

Sous son regard sombre, elle sent des petits picotements courir sur sa peau et demande un troisième verre. Il la sert avec hésitation.

— Qu'est-ce que vous faites dans la vie ?

Alice déteste cette question. Quand on la lui pose, elle a l'impression d'être un échec vivant. Une femme sans aucune autonomie ni personnalité. Elle vide son whisky, s'essuie la bouche du revers de la main.

— Je m'occupe de ma maison et de ma famille.

— On ne se rend jamais assez compte du boulot que ça représente. Rassurez-moi, vous ne prenez pas la route tout de suite ?

— Ne vous inquiétez pas, j'ai l'habitude.

— Si j'étais votre mec, je vous demanderais de m'envoyer un texto en arrivant.

Il a prononcé ces mots d'une voix étonnamment tendre, et elle frissonne comme sous une caresse.

— Combien je vous dois ? demande-t-elle un peu trop vivement.

— Quinze euros.

Elle lui tend un billet de vingt.

— Gardez la monnaie. Je dois y aller, mon mari va s'inquiéter.

— Oh, vous êtes ce genre !

— Quel genre ?

— Pas mon genre.

Elle lève les yeux au ciel. Comme s'il pouvait être le sien !

Il la regarde partir, emmitouflée dans sa veste en fourrure, avec son sac Dior, les clés de sa grosse voiture à la main, le serre-tête de velours rouge sur ses longs cheveux blonds.

— Une vraie princesse ! lance-t-il quand elle franchit la porte.

Elle ne peut s'empêcher de sourire.

De retour chez elle, Alice embrasse sa chienne qui lui fait la fête comme si elles ne s'étaient pas vues pendant des mois, range la cuisine où Éric a abandonné sa tasse de café vide, son assiette pleine de miettes et son couteau plein de beurre. Ça fait presque vingt ans qu'elle est mariée. Un mariage sans histoire. Elle aime sa maison, son jardin, son cocon, mais elle a le blues. Il faut qu'elle cherche un nouveau sens à sa vie.

En attendant de trouver lequel, elle prépare le dîner. Quand Éric rentre de la clinique, il lui raconte qu'il a effectué une nouvelle réduction de l'estomac. Il est devenu le spécialiste de cette opération appelée « sleeve gastrectomie », car elle consiste à retirer la poche pour ne conserver que la partie supérieure de l'organe. L'estomac prend alors l'apparence d'un tube, ce qui réduit drastiquement sa capacité d'absorption.

— La patiente était obèse, l'opération va sans doute lui sauver la vie. Quand j'ai ouvert, l'estomac était tellement énorme qu'on aurait dit celui d'une vache. Je ne te raconte pas le boulot. Il y en avait partout !

Alice fait poliment semblant d'écouter, mais elle n'en peut plus de ses détails sanglants de carabin. Son esprit s'évade. Elle se demande si c'est le bon moment pour planter ses semis de tomates ou s'il vaut mieux attendre encore un peu…

— Et toi ta journée ? demande-t-il quand ils sont allongés l'un à côté de l'autre dans leur grand lit, lumière éteinte.

— Je suis allée voir Simon.

— Comment il va ? Il travaille bien ?

— Ma sœur s'est installée avec eux !

— Et ? Elle empêche Simon de travailler ?

— Tu ne comprends pas ! Cette conne vit avec MON fils.

Éric soupire, agacé. Combien de fois ont-ils eu ce genre de conversation ?

— Quand vas-tu arrêter de prendre la tête avec eux ? Tu ne vois pas qu'ils sont toxiques ?

Les réflexions de son mari sont toujours pragmatiques et ne tiennent jamais compte de son ressenti. Son manque de Simon ? Elle doit le laisser vivre, il faut couper le cordon. Doria ? Il trouve sa fixette vis-à-vis de sa demi-sœur un peu ridicule. L'indifférence de son père ? Il est temps de s'y faire, elle n'est plus une petite fille.

Alice ferme les yeux et murmure :

— Bonne nuit.

12

Elle en était tellement convaincue qu'elle a bien failli me convaincre

En apprenant que sa fille s'était installée boulevard Montmartre, Annick avait manifesté l'envie de jeter un œil curieux à l'appartement. Malgré les années, elle avait conservé un passif vis-à-vis de Max. Ce n'était pas du regret, peut-être juste l'envie de se dire, encore et encore, qu'elle s'en était bien sortie.

Alice était fière de sa mère. Après avoir vu ses rêves et ses projets fauchés net par sa naissance, Annick s'était construite, à la force du poignet, une trajectoire professionnelle et personnelle qui forçait le respect. Aujourd'hui, à soixante et onze ans, après une carrière à la Banque générale où elle avait gravi un à un les échelons, c'était une retraitée active qui travaillait bénévolement pour un établissement d'accueil mère-enfant et vivait avec Michel, son compagnon depuis près de vingt ans, dans une jolie maison à Montgeron dans l'Essonne.

Quand Annick sonna à la porte pour un déjeuner dominical mère-fille, Alice était en train de surveiller d'un œil anxieux la cuisson de ses lasagnes. À chaque fois qu'elle tentait de reproduire la recette de sa Nonna, il manquait quelque chose. Personne n'avait jamais réussi à égaler les lasagnes d'Anita Martini. Alice regrettait infiniment de ne jamais lui avoir demandé sa recette. Les plats de sa grand-mère, elle se contentait de les manger…

— Mmm, ça sent les lasagnes de maman !

— Je ne te garantis pas le résultat, mais j'ai encore essayé ! répondit Alice en embrassant sa mère.

Annick traversa la grande entrée pour se rendre dans le salon et regarda autour d'elle avec intérêt. La pièce aux murs blancs couverts de tableaux témoignait des goûts éclectiques de Max en matière d'art et de mobilier. Un trône masaï du XIXe siècle côtoyait une table roulante des années 1970. Au mur, un tableau représentait les Grands boulevards sous le second Empire, à l'apogée de leur gloire. Sur la table basse, Alice avait préparé une bouteille de rosé qui rafraîchissait dans un seau à glaçons. Annick se laissa tomber sur le fauteuil moelleux et posa ses jambes sur le repose-pied. Par la fenêtre grande ouverte, les arbres frémissaient doucement sous le vent de juillet et les étourneaux gazouillaient dans les branches. Alice aimait les oiseaux de Paris, les seuls animaux que l'on pouvait voir en liberté dans la capitale.

— Tu veux boire quelque chose ? demanda-t-elle.

— Du Minuty, c'est parfait ! Je te trouve très en forme ! ajouta sa mère en la couvant d'un regard chaleureux.

— Je me suis remise au sport ! Je propose qu'on mange sur la table basse, c'est plus cool.

— Cool ? Toi ? plaisanta sa mère.

Alice se mit à rire.

— C'est l'influence de Doria ! On dirait qu'elle ne connaît pas l'utilité d'une salle à manger !

Elle avait raconté à sa mère leur récent rapprochement. Depuis leur discussion, Doria passait toujours à l'improviste pour lui demander une bricole, lui poser une question ou simplement boire un verre, quand elle ne la trouvait pas installée dans le salon en train de jouer au backgammon avec Elias ! Elle l'avait également invitée plusieurs fois à dîner et Alice avait trouvé sa conversation et celle de Léo son mari fantaisiste et passionnante, très éloignée des sujets de préoccupations d'Éric et leurs amis de Chantilly. C'était comme si Doria veillait à ce qu'elle ne se sente pas seule et ne se laisse pas sombrer dans la déprime. Depuis qu'elle était arrivée dans l'appartement, il ne s'était quasiment jamais passé une journée sans une petite attention de sa part. Sauf depuis qu'elle était partie en vacances, emportant avec elle son fils, son mari, sa vivacité et sa gentillesse. Et Alice devait bien s'avouer qu'elle lui manquait.

— Je suis contente que tu t'entendes enfin avec ta sœur, dit Annick.

— C'est terrible à dire, mais elle est vraiment... adorable ! Je réalise que je ne la connaissais pas du tout.

— J'ai toujours rêvé d'avoir une sœur. Mon grand regret était d'être fille unique. Mes parents disaient qu'ils étaient trop âgés pour avoir un autre enfant. Parfois, je m'inventais une petite sœur à qui je confiais tous mes secrets.

Alice se leva pour aller chercher le plat de lasagnes. Il était tellement chaud que le fromage du dessus continuait à gratiner. Une délicieuse odeur lui caressa les narines.

Était-il possible qu'elle ait enfin réussi ? Sa mère goûta une bouchée, les yeux fermés.

— C'est délicieux ! Presque comme celles de maman. Mais... pas encore tout à fait !

— On n'y arrivera jamais !

— Elles resteront dans nos souvenirs. Comme eux.

Elles dégustèrent silencieusement leurs lasagnes, en pensant tendrement à Amadeo et Anita qui, à leur manière, avec leur cœur, leur cuisine, leur culture italienne et leurs préjugés, les avaient protégées et aimées toute leur vie.

— Ils n'ont pas toujours été faciles... soupira Annick.

— Non, mais ils étaient solides.

Alice but une gorgée de rosé et sourit. Ses relations avec sa mère, qui avaient souvent été tendues, s'étaient apaisées au fil du temps et étaient curieusement au beau fixe depuis qu'elle était séparée d'Éric. Elle soupçonnait Annick de n'avoir jamais pu le sentir.

— Au fait, les locataires de la maison de Marseille ont donné leur congé. Je vais sans doute la mettre en vente. Les Bianchi m'ont dit que le quartier est devenu super branché, un repère à bobos. Je pourrai t'aider un peu avec l'argent de la vente, si les choses ne s'arrangent pas avec Éric.

— Oh, maman ! Merci ! Ça va nous faire drôle, quand même, de ne plus l'avoir... mais bon, ça fait des années qu'on n'y va plus.

— Ça va, le boulot ?

— Oui, mais ce n'est pas encore suffisant. Pour développer mes revenus, je pense diversifier mes ventes... Je te raconterai.

Pour donner une ultime touche italienne à ce déjeuner, Alice avait acheté des *pasticciotti*, petits desserts de la région des Pouilles, composées d'une pâte sablée fourrée de crème pâtissière. Elle les disposa dans des assiettes anciennes en terre de fer, à motif d'oiseaux.

— Max est un imbécile, mais il faut reconnaître qu'il a du goût ! dit Annick en admirant la sienne. Au fait, c'est à lui, tous ces disques ?

— Oui. Il a une collection de dingue.

Annick se leva pour observer les vinyles alignés dans la bibliothèque. Sur une étagère se trouvait une photo de Max et Sacha Volcan, prise le soir de l'anniversaire de celle-ci, en décembre dernier. Ils se tenaient la main et leurs deux visages irradiaient de bonheur, comme si une ampoule les éclairait de l'intérieur. Elle observa longuement le cliché puis le reposa sur l'étagère.

— C'est sans doute idiot, mais j'ai été soulagée d'apprendre, même après toutes ces années, que Max ne m'avait pas menti. Il était vraiment amoureux d'une autre femme.

— Oui. D'ailleurs, j'ai découvert quelque chose de fou, dit Alice.

Elle entraîna sa mère dans la chambre de Max pour lui monter un tableau accroché au mur près de la cheminée, le portrait d'une écolière en blouse grise et nattes ébouriffées, au regard clair et profond.

— Elle a l'air pauvre… et triste, commenta Annick.

— C'est Sacha, âgée de douze ans, peinte par son père. J'ai cru comprendre que Max l'a connue à cette époque.

— Incroyable ! Quelle histoire d'amour, quand même !

Elles passèrent au café. Annick tourna pensivement sa cuillère dans sa tasse.

— Tu sais, au fond, je n'en veux pas à ton père de ne pas m'avoir épousée. J'en veux au patriarcat. J'ai vécu dans une société qui nous faisait encore croire qu'une femme sans mari n'était pas respectable, un monde qui faisait d'une mère célibataire un objet de mépris. J'en veux à ma mère, qui m'a traitée de fille perdue. Elle en était tellement convaincue qu'elle a bien failli me convaincre. J'ai haï ton père parce qu'il a osé être libre. Mais c'est ma mère que j'aurais dû détester, parce qu'elle a arrêté de m'aimer le jour où je suis tombée enceinte.

— Nonna t'aimait, enfin ! En revanche, elle haïssait Max. Moi aussi, je lui en voulais de t'avoir rejetée. Je rêvais que vous vous remettiez ensemble.

— Au fond, les plus virulents gardiens du patriarcat, ce sont les femmes. Elles éduquent leurs filles à plier. À rentrer dans le rang.

— Pas toujours. Tu as voulu m'apprendre à être libre, et moi, je me suis précipitée dans un mariage super traditionnel, en croyant qu'il allait me sauver.

— L'ironie du sort...

Elles restèrent silencieuses, en dégustant leur café ristretto, bien serré, très fort, à l'italienne.

— Il y a un homme qui me plaît, en ce moment. Je suis sûre que Nonna ne l'aurait pas aimé du tout.

Un grand sourire éclaira le visage d'Annick.

— Alors… Fonce, ma fille ! La page de ton avenir est blanche. Tu peux y écrire ce que tu veux.

Quarante ans et sept mois

Jeudi 11 avril 2013

CETTE FOIS, C'EN EST TROP. Dans son 4 × 4 de luxe roulant à 130 en direction de Paris, Alice fulmine.

Tout à l'heure, en passant dans la chambre de son fils, elle a entendu l'ordinateur ronronner. Il avait oublié de l'éteindre lors de sa dernière visite à la maison le week-end dernier. Alice a bougé la souris et la page Facebook de Simon est apparue sur l'écran. Elle n'est pas « amie » avec son fils sur ce réseau social qui rend les gens fous. Alors elle a regardé... pour en savoir plus sur sa vie loin d'elle.

Sur son dernier post, Simon est hilare, en tenue de croupier dans une salle de casino, derrière une table de black jack. La légende de la photo est « dealer de cartes ». Le sang d'Alice n'a fait qu'un tour ! Non seulement il n'en fout pas une, mais en plus il travaille dans un tripot louche, sans doute tenu par la mafia corse. Il y a du Gégé Giacobbi là-dessous, elle en est sûre, le vieux pote de son père qui lui faisait si peur autrefois ! Alice a des sueurs froides en imaginant son Simon, son agneau, dans les pattes de mafieux sanguinaires. Elle a maintenant la confirmation de la mauvaise influence de Max et Doria sur son fils. Mais à quoi s'attendait-elle ? Il est temps qu'il rentre à la maison, en sécurité, près de sa mère. Elle jubile à l'idée de le revoir chaque jour, de retrouver leurs échanges, leurs câlins. Elle appuie sur l'accélérateur, bien décidée à le ramener par la peau du cou.

— Il rentre immédiatement à Chantilly avec moi ! Il ne reste pas une seconde de plus dans cette maison, hurle-t-elle en assommant Max à coups de sac à main.

Son père n'a pas eu le temps de prononcer un mot, elle lui est tombée dessus de toute sa colère. Il n'a pas été capable de prendre soin de son petit. Elle s'en veut et lui en veut.

— Maman ? Qu'est-ce que tu fais ? Ça va pas ? demande Simon en voyant Max les bras repliés devant son visage.

Alice se tourne vers son fils, rajuste son serre-tête, respire profondément. Elle n'en peut plus de ce petit merdeux qui fait n'importe quoi.

— Dégénéré, pervers ! balance-t-elle à Simon qui pâlit de surprise. Va préparer tes affaires. On s'en va.

Doria, qui a débarqué comme une flèche, les regarde d'un air ahuri, ce qui décuple la rage d'Alice. Max l'attrape par le bras et l'entraîne vers le salon. C'est pire que ce qu'elle imaginait : l'apéritif est prêt, le Chivas attend son fils sur la table basse.

— Calme-toi, Alice, s'il te plaît. Prends un verre.

Il lui sert un whisky avec de la glace. Elle le lui jette au visage.

— Alcoolique !

Doria la fayote se précipite vers son père plié en deux, du whisky plein les yeux, et lui tend une serviette en papier.

— Mais enfin, Alice, qu'est-ce qui se passe ? Tu vas nous expliquer, à la fin ? s'énerve Max.

Alice se tourne vers son fils.

— La dernière fois que tu es venu passer le week-end à la maison, tu as oublié de quitter Facebook. J'ai tout vu ! Tu es CROUPIER !

— Mais c'est un enfer, cet Internet ! gémit Max. Vous vous rendez compte que vous n'avez plus aucune vie privée ?

— Je ne suis pas croupier, je suis juste allé jouer au poker avec des potes...

— Simon, ne prends pas ta mère pour une conne ! gronde Max. Oui, Alice, Simon est croupier, plusieurs soirs par semaine au Club Cadet. Je connais le patron, c'est un de mes amis.

— Je t'ai dit qu'il devait étudier, et toi, tu lui trouves un job chez tes copains mafieux ! Mais tu ne vas jamais t'arrêter de faire des conneries ?

— Ce n'est pas Max qui m'a trouvé ce taf, c'est Karim !

Elle encaisse l'info en écarquillant les yeux. Il va l'entendre aussi, celui-là.

— Il n'y a pas de danger, c'est un club très sérieux, la rassure Max. En plus, ils sont très contents de Simon.

— Pas de danger ? Et la mafia ? Et l'addiction au jeu ? Tu veux qu'il finisse comme toi à tenir tripot ? Ou pire, ruiné dans le caniveau, comme un clochard ? Et qu'est-ce que c'est que cette réunion de putains en bas de l'immeuble ?

En passant sous le porche, elle a vu la boutique Oh My Gode illuminée comme pour une orgie, et des femmes en chaleur en train de boire du champagne dans la cour.

— C'est une vente de sex-toys, c'est un peu comme une réunion Tupperware… explique Doria.

— C'est ça, l'influence que vous avez sur Simon ? L'inciter à jouer ? Lui filer de l'alcool tous les soirs ? Fréquenter une vendeuse de godemichés ? Il va toujours en cours, au moins ?

Doria se verse un whisky et Simon un grand verre de Coca. Ils échangent un regard complice qui lui brise le cœur. Elle sent qu'ils la détestent, qu'elle les saoule.

— Bien sûr, qu'il va en cours ! dit Max. N'est-ce pas, Simon ?

— Euh, oui, oui, je vais en cours !

Alice se lève, époussette sa jupe.

— Bon, ça suffit comme ça. Simon, on s'en va. Tu rentres à la maison. Tu prendras le train chaque jour pour aller à la fac. Ça ne te tuera pas.

— Non, maman. Je ne vais nulle part. Je reste.

— Pardon ?

Simon s'est redressé. Les mains dans les poches de son jean, il la défie du regard.

— Je suis très heureux ici. J'ai découvert mon grand-père, que tu m'avais dépeint comme vieil égoïste, mais qui est un homme d'une humanité extraordinaire. Je me marre ici, la vie est cool. On se prend pas la tête. Il est hors de question que je quitte cet appartement. J'ai dix-huit ans, je te signale ! Après tout, c'est toi qui as forcé Max à m'accueillir.

Alice n'en revient pas. Elle se rassied lentement, comme si elle venait de se prendre une balle en plein cœur. Son fils la renie publiquement. Qu'a-t-elle fait pour mériter ça ? Pourquoi a-t-elle eu l'idée diabolique de le confier à Max ? N'en finira-t-elle jamais avec ce cauchemar ? Elle regarde tour à tour son père, son fils, sa sœur, et se sent rejetée, horriblement seule. Les sanglots lui malmènent la gorge, les larmes jaillissent de ses yeux. Elle plonge son visage dans ses mains.

— Regarde ce que tu as fait, papa, chuchote-t-elle. Regarde. Tu m'as volé mon fils. Il t'aime. Tout le monde t'aime. Et toi, tu aimes tout le monde, sauf moi !

— Qu'est-ce que tu vas t'imaginer, Alice ! Évidemment que je t'aime ! Tu es ma fille, dit Max qui tente de la prendre dans ses bras.

Mais elle tremble toujours de rage et le repousse.

— Moi aussi je t'aime, maman ! Max n'a rien volé, enfin ! Je suis toujours ton fils !

Elle les regarde tous les trois. On dirait une bande de gamins pris en faute. Sur la platine tourne un disque de Jerry Lee Lewis. Une partie de backgammon entamée est posée sur le repose-pied du fauteuil Eames, les glaçons tintent, le Coca de Simon pétille dans un long verre embué. Max est pieds nus, le jean de Doria est déchiré, le tee-shirt de son fils vante les mérites du cannabis. Elle sent qu'ils n'ont qu'une envie, qu'elle se tire vite pour reprendre le cours de leur vie, sans elle. À ce moment précis, elle les envie violemment. Que lui est-il arrivé ? Elle aussi a été rock'n'roll autrefois, mais elle a eu peur d'elle-même. Soudain, elle n'en peut plus de faire attention à tout, de se brider, de se renier. Tout le monde a le droit de se lâcher de temps en temps.

— Moi aussi, je veux m'éclater, j'en ai marre d'être toujours sérieuse. Je ne parle plus à personne, j'ai plus de copines, je ne joue plus au poker…

Max saisit la balle au bond.

— Alors, jouons au poker ! Tous ensemble… en famille !

Alice se sert un whisky pendant que son père installe la table de jeu en un tournemain, et garde son verre près d'elle.

— Tu vas voir de quoi ta mère est capable, mon petit ! dit-elle à Simon en avalant une grosse lampée de Chivas.

Elle gagne la première main et se sent revivre. Elle a envie de tout oublier, de se défoncer.

— Ah ! Ah ! Je sens que la soirée va être bonne ! Simon, donne-moi un de tes trucs à fumer !

— Ah mais non ! Je ne fume pas, je n'ai rien !

— C'est ça, prends-moi pour une conne !

— C'est vrai qu'il n'a rien, Alice. Je vais chercher la mienne, dit Max d'une voix apaisante.

Il revient avec son herbe. Doria roule le joint avec une dextérité qui affole Alice. Elle aspire lentement la fumée, comme si elle avait un besoin urgent de se détendre, puis elle le tend à Max. Son père ferme les yeux, il tire tellement fort sur le bedo qu'il grésille. Alice ne veut pas être en reste et aspire goulûment la fumée chaude avant de passer le joint à son fils. Max distribue une nouvelle main et ils se mettent à jouer sérieusement. Les parties s'enchaînent, Jerry Lee Lewis s'éclate sur la platine, les jetons cliquètent, les cartes glissent, les pétards tournent, Alice vide souvent son verre et Max rafle souvent la mise, le tas de jetons grandit devant lui, Simon fait sa poker face, Doria paye pour voir. Alice a une paire de valets. Soudain, une crampe abominable lui tord le ventre.

— Ah mon Dieu, j'ai faim, c'est terrible…

— C'est la weed, maman !

— Je meurs de faim ! Vite, il faut que je mange !

Ils lâchent les cartes pour courir dans la cuisine. Max a préparé un rôti de veau aux champignons qui attend dans une cocotte en fonte. Il fait bouillir des tagliatelles fraîches qu'il accompagne de crème liquide ajoutée à la sauce du rôti. À les voir tous assis autour de la table bistrot, on dirait une vraie famille, sauf que ce n'est pas vrai. Affamée, Alice se jette sur la nourriture. C'est absolument délicieux. Les trois autres la fixent bizarrement pendant qu'elle mange. Soudain, elle comprend tout ! Ils l'ont droguée ! Ils lui veulent du mal. Elle a la tête qui tourne, elle est triste et complètement défoncée. Il n'y a plus rien dans son assiette. Où est passée toute la nourriture ?

— Je vous vois ! s'exclame-t-elle en brandissant sa fourchette. Je vois tout. Je sais comme vous êtes complices…

Et elle s'écroule sur la table.

Quand elle se réveille, il fait nuit. Elle est dans la chambre de sa grand-mère, et Doria est allongée à côté d'elle. La masse noire et soyeuse de ses cheveux dépasse du drap, exactement comme quand elle était petite. Pendant un instant, Alice a l'impression d'être projetée dans le passé, avec le sentiment vague d'avoir été odieuse. Sa mémoire est trouble, mais le mélange cannabis-whisky a développé les capacités cognitives de son cerveau. Elle perçoit les choses avec une acuité d'extralucide, comme si elle s'était dédoublée. Doria bouge légèrement et remonte le drap.

— Tu es réveillée ? demande Alice.

— Non, grogne sa sœur.

Alice se demande par quelles galères est passée Doria pour se retrouver chez Max à l'âge où on vole de ses propres ailes. Est-ce qu'il l'a foutue en l'air, elle aussi, pour qu'elle éprouve le besoin de se rapprocher de lui ? Doria paraît désinvolte et fêtarde, toujours joyeuse et curieuse de la vie des autres, mais que se passe-t-il vraiment dans la sienne ? Qu'est-il arrivé à la petite fille aux cheveux bruns qui regardait sa grande sœur avec admiration ? Elle tend doucement la main vers une longue mèche étalée sur l'oreiller.

— Je suis désolée, Doria, chuchote-t-elle. Je sais que j'ai été souvent injuste avec toi. J'ai dit des choses très moches que tu ne méritais pas de recevoir.

Doria se tourne brusquement vers elle. Ses grands yeux la dévisagent avec intérêt.

— Pourquoi ?

— Quand tu es arrivée, j'ai été tellement jalouse… Papa n'en avait que pour toi. En plus, tu t'appelais Doria, comme ma grand-mère !

— Tu l'as connue ? demande Doria, ébahie.

— Évidemment ! J'avais quatorze ans quand elle est morte. On s'adorait. Elle s'est occupée de moi toute mon enfance.

— Je ne savais pas...

— Ben si ! Quand je venais là pour le week-end, Mamika s'installait ici et gérait tout. Après sa mort, Max a été tellement désespéré qu'il a refusé de me voir pendant plus d'un an. Quand j'ai enfin eu le droit de revenir à l'appartement, il avait les cheveux gris, et une petite fille de quatre ans dormait dans la chambre de ma grand-mère. Faut voir comme il te chouchoutait. Tout ce qu'il n'avait pas fait pour moi – me préparer à manger, m'habiller, me donner le bain... Il le faisait pour toi.

Doria l'écoute avec avidité.

— Pourquoi dis-tu que j'avais quatre ans ? Je n'étais pas un bébé ? Je n'habitais pas ici avec Max et maman ?

— Pas du tout. Je t'ai connue à l'âge de quatre ans, je m'en souviens comme si c'était hier ! Je n'ai jamais vu ta mère ici, même pour un week-end !

— C'est bizarre, ce n'est pas ce qu'ils m'ont raconté...

La lune apparaît soudain par-dessus les toits de zinc. Les rideaux de la chambre sont restés ouverts.

— Tu sais, continue Alice, mon fils était tellement insupportable l'année dernière, dans le genre ado en ébullition, que j'étais sûre qu'il allait pourrir la vie de papa. J'avoue que je me réjouissais un peu à cette idée. Et puis il est tombé sous le charme, lui aussi.

Doria se met à rire :

— Mais enfin, on parle de Max Dahan !

Alice sourit dans le noir. Un sourire un peu triste quand même. Ses yeux se ferment doucement.

Le lendemain matin, quand elle se réveille, il fait sombre dans la chambre. Les rideaux sont fermés, un léger jour perce entre les tentures. Il n'y a personne à côté d'elle. Sur la table de chevet, un verre d'eau l'attend. Elle le vide d'un trait et son mal de tête se dissipe un peu.

Il faut qu'elle réfléchisse à ce qui est le mieux pour Simon. Son fils n'aura jamais sa première année de médecine. Il s'est inscrit à Descartes sous la pression d'Éric qui le prépare depuis l'enfance à suivre ses traces, mais elle sait qu'il n'est pas fait pour ça. Un élève de première année n'est pas censé lever le nez de ses études, ni se trouver un job de nuit. Aujourd'hui, Simon a besoin de tracer sa propre voie, et Alice sent qu'il doit être loin de chez lui pour le faire. S'il rentre à Vineuil-Saint-Firmin, Éric lui reprochera de l'avoir déçu, il le traitera de fainéant, de bon à rien, avec ce ton méprisant qu'il sait si bien prendre. Il obligera Simon à rester enfermé pour travailler, lui prendra des professeurs particuliers, planifiera des horaires, et cela entraînera des conflits sans fin, comme l'an dernier. Son mari, qui a pourtant souffert du regard de son père, reproduit exactement le même schéma avec son fils… en pire. Quand elle le lui a fait remarquer, il a répondu que ça n'avait rien à voir.

Alice veut que son fils s'épanouisse, qu'il trouve son chemin et échappe à l'avidité d'Éric pour l'argent et les apparences. La veille, Simon l'a étonnée quand il s'est dressé contre elle, mais elle a aimé la maturité de son discours et la fermeté dans sa voix. Contre toute attente, Max, avec sa liberté de pensée, sa débrouillardise, sa façon positive d'envisager la vie, a peut-être fait du bien à Simon.

Elle se lève pour se rendre dans la cuisine et croise Doria qui sort de la douche, les cheveux encore mouillés. Max et son fils sont en train de prendre le petit déjeuner. Ils ont le visage grave. Alice s'assoit à la table, imitée par Doria. La cuisine a été rangée, il ne reste aucune trace de leurs agapes de la veille. Elle se sert un croissant frais que son père a dû descendre acheter de bonne heure. Max se racle la gorge.

— J'ai bien réfléchi hier soir, et effectivement, je pense que tu as raison, Alice. Je suis sans doute incapable de m'occuper correctement de Simon. Mon influence sur lui est mauvaise, et à mon âge, je ne peux plus changer, même pour lui. Il est encore temps d'en faire un *mensch*. On en a parlé avec Simon. Il vaut mieux qu'il rentre chez ses parents...

— Tu me chasses, quoi ! grince Simon, les larmes aux yeux.

Doria retient une exclamation accablée. Alice pose son croissant.

— J'ai réfléchi aussi, et j'ai changé d'avis. Simon a mûri, il devient un homme ici. Il découvre un certain art de vivre, « *the good life* », comme tu disais, papa ! S'il n'en profite pas maintenant, quand le fera-t-il ?

Elle regarde son fils avec tendresse :

— Tu peux rester ici, avec Max et Doria, si tu le souhaites.

— C'est vrai ? Putain, j'ai l'impression d'être un candidat nominé de *Secret Story* sauvé par le public ! Je reste dans la maison !

— Tu continues l'aventure ! sourit Doria.

— Jusqu'à ce qu'on se fasse tous virer par la Banque générale ! ajoute Max.

Simon se lève et enlace sa mère. Alice l'embrasse, le serre fort contre elle. Il ne saura jamais combien cette décision lui coûte.

— Profites-en bien. Je te laisse savourer ce que je n'ai jamais eu la chance de vivre...

Dès qu'elle arrive au Broadway Boulevard, Karim lui balance son grand sourire. Elle lui jette un regard noir.

— C'est vous qui avez proposé à mon fils de travailler dans un cercle de jeu ? Vous êtes malade ?

— Oh là ! On se calme, Madame la Râleuse ! J'ai juste rendu service. Simon voulait bosser pour aider son grand-père si on se retrouve à la rue. Je trouve ça très honorable. Je lui ai trouvé ce job. Mais je lui ai bien dit de ne surtout pas lâcher ses études. Il a promis. C'est pas donné à tout le monde, les études. Moi, j'ai dû abandonner les miennes.

— Ah bon ? Qu'est-ce que vous avez étudié ?

— Le droit.

Alice ne peut cacher sa surprise.

— Ça alors ! Comme moi ! Vous étiez dans quelle fac ?

— À Marseille, répond-il sèchement.

Il s'éloigne pour passer un coup de torchon sur le zinc rutilant. Elle a remarqué qu'il est un peu maniaque.

— Vous connaissez Marseille ? demande-t-elle.

— J'y suis né.

— J'adore cette ville. Mes grands-parents avaient une maison dans le quartier de la Pointe-Rouge.

Elle se racle la gorge. Amadeo est parti le premier en 2008, Anita l'a suivi de près, et c'est tout un pan de sa vie qui s'est refermé. Sa mère a mis la maison en location après leur mort. Il ne se passe pas un jour sans qu'elle pense à eux. Karim sert un café à un client, puis revient vers elle.

— Ils vous ont encore fait des misères, là-haut ? Je peux m'en mêler, si vous voulez.

— Surtout pas ! Vous en avez assez fait.

— Qu'est-ce que vous prenez ?

— De l'eau.

— Mais que se passe-t-il ? Pas envie de vous noyer dans le whisky ? Vous allez bien ? Vous n'avez envie de tuer personne ce matin ?

Elle sourit.

— Si, vous ! Ne vous avisez plus d'envoyer mon fils dans un tripot tenu par la mafia.

— Tout de suite les grands mots ! Vous êtes vraiment la reine du drame.

Karim lui apporte une carafe d'eau, elle demande une demi-Évian. Il lève les yeux au ciel en déposant la bouteille devant elle.

— Tenez, princesse.

— Je préfère déjà être princesse de l'eau que reine du drame. C'est quand même fou, dès que je viens ici, j'ai l'impression d'être la chieuse de service.

— Un peu quand même. Vous adorez râler, on dirait.

— Pas avec tout le monde. C'est le contact de Max qui me rend irascible. Dès qu'il est dans les parages, j'ai envie de mordre.

Il rit et plonge ses yeux dans les siens. Un regard direct et sans équivoque.

— Remarque, ça vous va bien. On dirait un volcan prêt à jaillir. Le feu sous la glace, genre Hitchcock. C'est très sexy !

Déstabilisée, Alice boit son verre d'eau sans répondre. Karim serait-il en train de la draguer ? C'est vrai qu'il est assez torride, dans le genre costaud au regard de braise. Il lui rappelle un peu les bad boys de Marseille, tchatcheurs et musclés, qui la faisaient craquer quand elle était jeune. Mais quand même… il a du culot. Elle est mariée ! Elle pose son verre, rajuste son serre-tête et décide de changer de sujet.

— Comment va Simon ? Il ne me raconte plus rien.

— Il est en plein chagrin d'amour ! Sa petite amie Angélique l'a quitté. Il a le cœur brisé. Max ne sait plus quoi faire pour lui. Il lui prépare ses plats préférés midi et soir et raconte n'importe quoi dans l'espoir de le faire sourire. Moi aussi, ma copine est partie, ajoute-t-il.

— Vous êtes triste ?

— Moins que Simon. Maintenant, je suis libre comme l'air !

Cette fois, c'est sûr, il lui fait des avances. Le cœur d'Alice se met à battre plus vite. Cet homme la trouble, elle doit bien se l'avouer. C'est la première fois que ça lui arrive en dix-neuf ans de mariage, et c'est dangereux.

— Vous pensez que Simon peut se rabibocher avec sa petite amie ?

— Possible…

— Ça me rend si triste de le savoir malheureux. Si seulement je pouvais faire quelque chose.

Alice consulte sa montre. Son rendez-vous avec le jardinier est dans deux heures, elle ferait mieux d'y aller. Peut-être qu'Éric passera déjeuner. Il a paru surpris quand elle est partie à Paris pour la soirée, et s'est un peu énervé qu'elle ait découché. Elle pose ses lunettes de soleil sur son nez et un billet de cinq euros dans la coupelle.

— Et sinon, vous ne travaillez toujours pas ? demande Karim.

— Non…

— Je peux vous trouver un job, si vous voulez. Je suis super bon, il paraît !

13

Avec leur libido rangée au frigo

Alice avait fait ses comptes : même en maintenant un rythme de cinq ateliers par mois, elle ne s'en sortirait pas après le retour de Max. Elle frissonna à l'idée de retourner dans son studio. Paris était si cher… Elle ne pouvait toujours pas compter sur une pension d'Éric pour le moment. À force de réfléchir, elle en avait conclu que l'offre de Manuela était une opportunité et était retournée la voir pour discuter sérieusement. La boss d'Oh My Gode avait pris le temps de lui expliquer les différentes gammes de produits et les typologies de clientes. Un groupe d'institutrices n'allait pas acheter par les mêmes articles qu'une bande d'avocates. Les unes seraient tentées par des accessoires softs et ludiques, les autres par des choses plus hard. Une bonne animatrice devait sentir quoi proposer… et Manuela lui avait révélé ses petits secrets.

— Mais je n'ai pas envie d'y aller en BCBG coincée… lui avait avoué Alice.

— Comment veux-tu t'habiller ?

— Comme toi !

Moulée dans un jean slim noir appartenant à sa sœur et perchée sur des escarpins de même couleur piqués à Manuela, Alice se sentait très fraîche. Elle portait également une chemise blanche nouée à la taille dont elle avait relevé les manches, et ouvert un bouton supplémentaire.

— Waouh ! Où tu vas comme ça ? demanda Mira en la voyant passer sous le porche.

— À une vente Oh My Gode !

— Attends ! Je te prête une paire de boucles d'oreilles pour compléter ton look.

Alice la suivit dans sa loge de concierge, aménagée comme une loge d'opéra, avec des murs d'un rouge profond et des fauteuils crapaud Napoléon III assortis. Sur un guéridon à trépied noir reposait un superbe samovar. Des affiches des récitals de Maria Callas et un portrait de Mariah Carey complétaient la décoration. Mira disparut dans sa chambre au fond et en revint avec une grosse boîte à bijoux en satin pourpre.

— Je pense que celles-ci feront l'affaire. Ce sont des Emanuel Ungaro vintage.

— Elles sont magnifiques ! s'exclama Alice en s'emparant des pendants d'oreilles composés d'une chaîne terminée par un cabochon rubis.

— Elles te vont au top ! Tu verras, elles sont magiques, chuchota-t-elle. Mais tu devrais peut-être enlever le serre-tête…

— Ah non ! Je ne me sens pas à l'aise sans lui.

— Alors, c'est lui qui est magique !

Ainsi parée, Alice décida de s'offrir un verre au Broadway boulevard. Karim, qui servait une bière au comptoir, ouvrit des yeux ronds.

— Tu as pillé le placard de Manuela ?

— Tu ne crois pas si bien dire ! Ce soir, je fais ma première vente pour elle !

— Tu embarques la foufoune géante ? demanda-t-il avec son sourire moqueur.

— Je peux avoir une demi-Évian, s'il te plaît ? coupa-t-elle, agacée.

Sa réaction n'était pas du tout celle qu'elle attendait. Elle but son verre d'eau en silence, soudain persuadée qu'elle serait ridicule et n'y arriverait jamais. Elle avait révisé son argumentaire, s'était entraînée à parler d'un air décontracté, à toucher les godemichés et les sex-toys bizarres sans frémir. Elle avait même regardé Manuela lui présenter un plug anal sans s'enfuir à toutes jambes. Mais toute confiance l'avait abandonnée. Comment être crédible alors qu'elle n'avait pas fait l'amour depuis… très longtemps ? Une bouffée de chaleur terrible l'acheva. Le lance-flammes lui brûla le haut des cuisses et toute la surface du ventre. Elle colla la bouteille d'eau froide contre son visage cramoisi pour trouver un peu de fraîcheur. Karim se pencha vers elle :

— Eh ! Désolé, je plaisantais, dit-il en lui relevant doucement le menton pour la regarder dans les yeux. Tu vas tout déchirer.

— Je serai mal à l'aise, ça va être une catastrophe… Je n'aurais jamais dû accepter.

— Bien sûr que si ! Ce sont juste des produits comme les autres. Imagine que tu vends des pots de yaourt ou des chiffons en micro fibre.

— Avec ou sans vibreur ?

Il éclata de rire.

— Je n'ai qu'un conseil à te donner. N'essaie pas d'imiter Manuela. Sois juste toi-même. Tu es sympa, tu es drôle, tu vas les mettre dans ta poche.

— Je suis drôle ? Moi ?

— Tu as des punchlines hilarantes, tu ne t'en rends même pas compte. Go !

Reboostée par ces paroles, Alice arriva chez son amie Camille vers 18 heures. Les Perrin vivaient dans un de ces sublimes hôtels particuliers en bordure de l'hippodrome du château de Chantilly. Elle les avait beaucoup fréquentés avec Éric, à l'époque où Jérôme Perrin, cardiologue, était encore associé dans la clinique de Condé. Depuis qu'il s'était retiré pour exercer dans un hôpital parisien, les deux hommes ne se voyaient plus, mais Alice était restée proche de Camille. C'était même une de ses rares véritables amies, et c'est pourquoi elle l'avait appelée pour lui demander d'être hôtesse de cette première vente Oh My Gode.

Camille avait dressé une grande table sous sa tonnelle couverte de vigne vierge et prévu quelques amuse-bouche avec du champagne pour faire pétiller l'ambiance et lever les inhibitions. La soirée était chaude, des hirondelles volaient au ras du toit, sans doute avaient-elles construit leurs nids dans les parages. L'air embaumait l'herbe chauffée par le soleil d'été et les roses de jardin.

Les premières invitées arrivèrent vers 19 heures. Camille avait convié des femmes de son premier cercle, qu'Alice connaissait depuis longtemps. C'était le groupe de ses plus proches amies cantiliennes, avec lesquelles elle avait partagé dîners, soirées et même vacances pour certaines, ainsi que ses premiers ateliers Aqua Home. Même Geneviève, propriétaire du haras des Gattières, était venue, et Alice se demandait si elle devait s'en sentir flattée ou inquiète. Elles avaient toutes de belles maisons, des coupes de cheveux impeccables, étaient décoratrice, pharmacienne, prof ou femmes au foyer, âgées de quarante à cinquante ans, et c'était leur première réunion sex-toys.

Pendant qu'elles buvaient une coupe en grignotant des petits fours, Alice se demandait comment démarrer l'atelier. Elle avait apporté le clitoris géant, mais ne se voyait pas le déballer ni le présenter avec l'autorité incontestable de Manuela... Au moment où les conversations entre les différentes convives devinrent fluides et chaleureuses, elle les invita à passer à l'intérieur. Elles avaient convenu avec Camille que la partie vente se déroulerait dans le salon, à l'abri des regards.

Sur la table basse, Alice avait déjà installé toute sorte d'accessoires, des huiles de massage aux lubrifiants, des godemichés aux sex-toys, des boules de geisha aux anneaux vibrants... Son cœur battait à se rompre et elle avait peur de ne plus pouvoir parler. Il lui semblait avoir tout oublié, les argumentaires se mélangeaient dans sa tête. Elle respira profondément. *Tu es comme une animatrice télé, c'est ton job, Tu peux le faire !*

Sur un coup de tête, elle décida de commencer de manière intimiste... en racontant sa propre expérience avec le Womanizer.

— Imaginez-vous que mon expérience avec les sex-toys est très récente... Il y a quelques semaines, j'ai été quasiment obligée d'en utiliser un ! Et comme tous les nouveaux convertis, je suis tellement enthousiaste que j'ai maintenant envie de partager la bonne nouvelle avec le reste de la Terre.

Elle raconta sa séance de boxe avec un type baraqué comme un gladiateur, les rapprochements, les frôlements et sa frustration le soir venu. Puis elle leur révéla comment elle en était arrivée à sortir son sex-toy de sa boîte, ses hésitations, et enfin… la révélation ! Elle espérait provoquer des rires complices mais réussit à peine à leur arracher quelques sourires circonspects et une curiosité polie.

Elle décida de passer sans attendre à la présentation des produits et s'empara d'un Womanizer.

— Je commence donc par ma petite star personnelle, un véritable bijou de technologie… dit-elle après s'être raclé la gorge.

Face à un silence de plus en plus pesant, elle s'efforça d'imprimer à sa voix toute la conviction et la légèreté dont elle était capable pour présenter les godemichés qu'on pouvait placer au congélateur ou au micro-ondes selon l'effet désiré.

— J'ai une question à te poser… interrompit Gabrielle, la pharmacienne. Ça ne te dérange pas de flirter avec autre homme et de vendre des articles olé olé alors que ton mari risque la prison ?

— Pardon ?

— Éric se morfond tout seul chez lui en priant le ciel que tu reviennes, et tu t'exhibes à ta vente en racontant que tu as envie de coucher avec un boxeur. Je trouve ça très limite.

— Si Éric Lambert est officiellement dispo, je me mets sur les rangs ! lança la grande Emmanuelle Cottencourt, que tout le monde appelait Manou.

— Franchement, je suis venue parce que Camille me l'a demandé, mais tu es tombée bien bas, asséna Geneviève Gattières d'un ton dédaigneux qui lui fit l'effet d'un uppercut.

Elle avait tellement admiré cette femme élégante et sûre d'elle. Faire partie de ses intimes avait été une de ses réussites sociales. Quelle désillusion ! Alice les regarda toutes, complètement sonnée. L'intervention de Gabrielle avait déclenché un brouhaha sans nom : des exclamations choquées, des messes basses, des regards de travers, des rires discrets. Il y avait des détractrices, mais aussi des partisanes qui débattaient sans qu'Alice puisse prendre la parole pour se défendre. Apparemment, les mésaventures d'Éric et leur séparation étaient le sujet de conversation favori en ville. Tout le monde était au courant des tempêtes que traversait sa famille.

— Quelle déchéance ! Pauvre Éric ! grinça Hélène Henry en la regardant comme si elle s'était transformée en godemiché géant.

Hélène tenait un magasin d'antiquités où Alice s'était rendue des centaines de fois. Sommes-nous ce que nous vendons ? s'interrogea Alice face à son dédain. Dans ce cas, devait-elle considérer Hélène comme un vieux meuble du passé ? Elle était en train de se demander comment reprendre le contrôle de la situation quand Camille monta sur la table basse et siffla très fort entre ses doigts. Les conversations s'interrompirent net.

— Éric Lambert bénéficie dans toute cette ville de la présomption d'innocence. Je pense que la moindre des choses serait de faire preuve de la même indulgence pour Alice. Avez-vous idée de ce qu'elle traverse ? Savez-vous pourquoi elle est partie ? Êtes-vous à l'intérieur du couple pour juger qui a raison, qui a tort ? Nous, les femmes, sommes bien placées pour savoir que nous ne partons *jamais* par hasard. Alice est mon amie. J'ai organisé cette vente chez moi pour que nous passions toutes un bon moment… et pour la soutenir. Faisons donc preuve d'un peu de sororité, au lieu de la clouer au pilori.

Certaines femmes se rassirent, un peu gênées de s'être emballées, d'autres recommencèrent à débattre, outrées d'avoir été rappelées à l'ordre.

— S'il y en a qui souhaitent partir, n'hésitez pas, dit Alice qui n'appréciait pas plus la pitié que le mépris.

— Ma foi, si tu nous y autorises, ce sera sans moi, déclara Geneviève Gattières en ramassant son sac.

Avec son haras, son manoir, son mari richissime et son élégance classique, elle faisait figure d'autorité dans leur petit cercle.

— Sans moi non plus, confirma Hélène Henry.

Deux autres personnes quittèrent la pièce à leur suite. En les regardant partir, Alice se demanda quelle aurait été sa réaction quelques années plus tôt, quand elle se sentait encore fière d'être l'épouse respectée du docteur Lambert. Aurait-elle déserté ? Elle se rappela son propre air choqué en découvrant l'existence d'Oh My Gode dans la cour de l'immeuble et espéra qu'une once de bienveillance à l'égard d'une femme en difficulté l'aurait poussée à rester… mais elle n'en était pas totalement sûre.

— Pour celles qui veulent continuer l'expérience, je propose une petite coupe de champagne avant de reprendre l'atelier… tenta-t-elle.

— Je vais y aller également. J'ai un mari. Pas besoin d'un de ces trucs effarants, déclara Gabrielle en ramassant ses affaires.

— Oh, mais vous pouvez vous amuser ensemble, j'ai des objets très ludiques qui mettront à coup sûr du piment dans ton couple…

La pharmacienne lui lança un regard glacial.

— Ne te mêle pas de mon couple, s'il te plaît ! Je t'en foutrais, moi, du piment ! ajouta-t-elle en levant les yeux au ciel.

— C'est vrai que tu n'es pas très bien placée pour donner des conseils matrimoniaux ! glissa Manou Cottencourt.

Alice, qui l'aimait beaucoup, faillit s'étrangler avec son champagne. Les larmes lui piquèrent les yeux, elle se mit à tousser.

— Hum… Malheureusement, je dois rentrer préparer à dîner pour ma tribu, désolée, lança Marine, une mère de famille joviale qui semblait pourtant assez libre d'esprit.

— Désolée, moi aussi ! glissa la timide Marie-Christine, le rouge aux joues. Bon courage avec ton divorce…

Tant pis pour elles ! Qu'elles crèvent, avec leur libido rangée au frigo ! songea Alice en les regardant décamper, la rage au cœur. Elle se mit debout sur une chaise.

— Au revoir ! Et surtout, allez bien vous faire foutre ! hurla-t-elle, provoquant un départ précipité de la queue du peloton.

Camille la regarda, atterrée, puis partit dans un fou rire nerveux, sans pouvoir s'arrêter. Alice contempla le salon déserté avec ses godemichés en débandade et se mit à glousser comme une folle.

— Oh putain ! Quel échec ! pouffa Camille en s'essuyant les yeux.

— C'est pas gagné pour la sororité ! confirma Alice en se laissant tomber sur le canapé sans s'arrêter de rire.

— Un peu de champagne pour fêter ça ?

— Évidemment ! dit-elle en tendant sa coupe vide.

Elles vidèrent consciencieusement une bouteille de veuve-clicquot sans que rien ne vienne calmer leur hilarité. À chaque fois qu'Alice se remémorait la façon dont elles avaient toutes détalé comme des lapins apeurés, elle repartait de plus belle.

— Ce n'était pas une bonne idée d'organiser cette vente avec elles, déclara Camille. On se connaît toutes trop, on connaît nos mecs, c'est hyper gênant d'acheter un gros gode devant les autres. Elles n'ont pas assumé.

— Tu veux dire un machin comme ça ? demanda Alice en brandissant un énorme pénis en latex rose fuchsia.

L'objet provoqua une nouvelle salve d'hilarité qui les plia en deux sur le canapé. Une fois calmées, elles grignotèrent le reste des petits fours avant de ranger le matériel. Alice offrit un Womanizer à Camille.

— Avec ça, tu vas t'éclater ! hoqueta-t-elle.

— Eh ! Je suis sûre que la Clicquot était une veuve joyeuse.

De retour vers Paris, Alice fonça sur l'autoroute déserte qui glissait sous ses roues, fenêtres ouvertes dans la nuit d'été. La radio à fond, avec *La Grenade* de Clara Luciani dans les enceintes, elle enleva son serre-tête et le balança dans le vent. Il était temps de l'envoyer par-dessus les moulins et de commencer à vivre.

Quelques jours plus tard, Alice reçut un appel. C'était Gabrielle, la pharmacienne, qui lui demandait si elle pouvait lui faire parvenir un godemiché en verre, celui qui allait au congélateur et au micro-ondes. L'envoi pouvait-il être discret ? Puis Manou Cottentourt lui réclama un Womanizer. Au total, elles furent sept à lui passer commande en secret.

Alice prépara les paquets en souriant. Finalement, même les plus gros échecs pouvaient se transformer en petits succès.

Quarante ans et huit mois

Mardi 21 mai 2013

DANS LA CUISINE DE RÊVE de leur maison de rêve, Alice et Éric Lambert dînent en tête à tête. La chienne entre eux guette un morceau de pitance. Le docteur Lambert vient de rentrer d'une longue journée au cours de laquelle il a enchaîné les opérations. Il est fatigué mais satisfait. Depuis qu'ils ne sont plus que deux associés dans la clinique, l'argent rentre à flots. Le cardiologue et le neurologue sont partis pour d'autres aventures. Il ne reste plus que Pascal Ruiz, l'anesthésiste, et lui, à la tête de la structure hospitalière. Le partage des tâches est simple et efficace, celui des dividendes également. La clinique de Condé est maintenant spécialisée en chirurgie bariatrique, et sa réputation va en grandissant.

— Quand on aura fini de rembourser les deux lâcheurs, on sera au top ! dit-il à Alice.

Celle-ci a préparé un gigot d'agneau qui a longtemps mijoté au four. Elle regarde son mari dévorer la viande tendre. Pour sa part, elle se sert des flageolets et de la salade. Alice ne peut plus avaler une bouchée de veau ou d'agneau. À force de les voir brouter dans les champs avec leurs yeux tendres et leurs pattes fragiles, elle est devenue, elle, incapable de manger des bébés. Elle a déjà tenté de partager son point de vue avec Éric, qui s'est contenté de lever les yeux au ciel. Alice n'a pas insisté. Pour l'heure, sa préoccupation est ailleurs. Depuis le départ de Simon, elle est pleine de questionnements. Sa mission de mère est presque terminée. Certes, elle est là pour guider et protéger son fils, mais il ne vit plus avec eux au quotidien. Il en est de même pour la rénovation de la maison qui est maintenant totalement achevée. Le moindre espace habitable, le moindre recoin de jardin a été revisité par ses soins. Alice se retrouve donc avec du temps et des idées déprimantes qui tournent en boucle. Elle s'est consacrée aux autres, a mis ses années et son cerveau à leur disposition. Mais au fond, qu'a-t-elle accompli ? Qui est-elle ? Pour quoi est-elle douée, à quoi pourrait-elle être utile ? Elle a besoin de donner un nouvel élan à sa vie… et justement, elle a trouvé exactement vers quoi s'orienter.

Elle débarrasse les assiettes et pose le dessert sur la table, des fraises d'un producteur local et une véritable crème Chantilly.

— À propos d'argent, j'aurais besoin que tu me rendes celui que je t'ai prêté. J'ai un projet personnel et il me faut une mise de départ.

— Quel argent ? demande Éric qui semble tomber des nues.

Alice n'en revient pas. Son mari semble avoir oublié qu'elle lui a confié son bien le plus précieux, l'héritage de sa Mamika chérie.

— L'argent de ma grand-mère, celui que je t'ai prêté pour acheter la clinique !

— À t'entendre, c'est toi qui as financé l'intégralité du projet ! Je ne savais pas que tu dirigeais la Banque générale.

Éric affiche un sourire crispé, mais elle voit bien que la conversation lui déplaît.

— Je n'ai pas dit ça ! Tu avais besoin de cette somme à l'époque, je te l'ai prêtée, et tu avais promis de me rembourser. Aujourd'hui, j'en ai besoin.

— Pour quoi faire ?

Alice se force à respirer calmement. Elle pressentait que ce ne serait pas une partie de plaisir. Éric a un rapport étrange à l'argent, il est boulimique, il lui en faut toujours plus. Il aime amasser, investir, se développer, mais il n'aime pas lui en donner. Elle doit lui demander de quoi faire les courses, aller chez le coiffeur, s'acheter des vêtements. Souvent, elle se déteste de s'être mise dans cette situation inconfortable, et repense aux conseils de sa mère sur la sacro-sainte indépendance financière. Il est temps de les écouter.

— J'ai bien réfléchi. Je veux être fleuriste-paysagiste. J'ai énormément appris en travaillant notre jardin. J'adore les plantes, la terre, les arbres, je sais quand et quoi planter, je suis douée pour les bouquets, les compositions... j'ai envie de me lancer de manière professionnelle. J'ai repéré un local à la sortie de Chantilly...

— Mais enfin, Alice, c'est totalement ridicule. Tu n'as jamais travaillé de ta vie. Tu ne vas pas t'improviser fleuriste à quarante ans, encore moins paysagiste. Et puis, une boutique c'est du travail, de la gestion, de la comptabilité, tu en serais incapable. Ce serait de l'argent foutu en l'air !

— Peut-être, mais ça serait le mien ! Ma grand-mère m'avait bien dit de le garder pour un projet personnel qui me tiendrait à cœur. Et c'est ce que je veux faire.

Agacé, Éric se sert quelques fraises avant de répondre.

— Je ne comprends pas. On mène une vie de rêve, je t'offre les meilleurs restaurants, des vacances paradisiaques… et tu viens me réclamer tes trois biffetons ? Je pensais que c'était ta contribution à notre réussite.

Alice n'arrive pas à se contenir. Les larmes lui montent aux yeux.

— J'ai peut-être des belles vacances, mais pas un sou pour aller chez le coiffeur ou chez le médecin sans te le demander ! Je n'en peux plus ! Tu avais promis de me rembourser ! gronde-t-elle, frémissante de rage.

Éric frappe sur la table du plat de la main, faisant trembler toute la vaisselle. Stella aboie, furieuse contre lui.

— Légalement, on ne se doit pas d'argent entre époux. Si tu tenais tant à tes petites économies, tu aurais dû me faire écrire une reconnaissance de dette à l'époque. Tellement classe, après tout ce que j'ai fait pour toi !

Il se lève et quitte la pièce en claquant la porte. Alice reste là, totalement abasourdie, une pauvre fraise à la main. Son prince charmant est devenu un monstre.

14

Le monde mésestimait la puissance sensuelle du chocolat

BASILIC FRAIS, PARMESAN EN POUDRE, pignons... Le secret d'un pesto réussi, songea Alice, était de mettre juste une cuillère à soupe d'huile d'olive dans le mixer, puis d'incorporer le reste en filet au fur et à mesure, que le robot tournait. Ainsi la préparation montait, un peu comme une mayonnaise. Elle avait prévu des pennes au pesto et aux tomates cerises, accompagnés d'une salade de roquette pour le dîner du soir. En effet, Doria rentrait de vacances et lui avait clairement fait comprendre au téléphone qu'ils auraient « une grosse flemme » de se faire à manger ce soir-là. Alors elle avait invité la petite famille de sa sœur à dîner et elle se réjouissait de les retrouver, d'écouter le récit de leurs vacances en Espagne, et de faire une partie de backgammon avec Elias.

Le pesto terminé, elle hésita à dresser le couvert sur la table basse, puis se ravisa. *Ma maison, mes règles du jeu,* songea-t-elle en se dirigeant vers la salle à manger. Peu à peu, elle avait pris possession de l'espace chez Max. Elle qui se prenait pour une personne sédentaire, ancrée dans ses habitudes, s'était découvert une capacité d'adaptation surprenante. Devenue nomade, elle avait appris à recréer son monde avec quelques vêtements, de la musique et des recettes de cuisine. L'album *Space Oddity* de David Bowie tournant sur la platine la faisait agréablement planer. Elle était en train de choisir un service d'assiettes anciennes quand elle entendit sonner. L'avion de sa sœur n'avait pourtant pas atterri, ils ne pouvaient déjà être là, se dit-elle en ouvrant la porte. Karim se tenait sur le palier. Aussitôt son cœur s'emballa. Elle essuya ses mains moites sur sa robe à fleurs pour cacher son trouble. Il brandit une tablette de chocolat et une boîte d'œufs.

— Prête pour une session de pâtisserie ?

— Pardon ?

— Ton nuage au chocolat… Tu avais dit que tu me donnerais la recette.

Elle avait dit qu'elle y réfléchirait, mais Karim avait clairement décidé d'accélérer les choses.

— Tu veux qu'on fasse le gâteau… ensemble ? Là, maintenant ?

— Oui. Je profite de ta présence. Avec toi, je me méfie… tu es capable de disparaître pendant dix ans.

Alice sourit.

— Et c'est moi la reine du drame !

— Mais peut-être que je dérange, s'avisa-t-il tardivement.

— À vrai dire… Tu tombes à pic. J'étais en train de faire à manger et je n'avais rien de prévu pour le dessert.

— Alors, c'est parti, conclut-il en s'invitant à l'intérieur.

Elle se dirigea vers la cuisine en se recoiffant les cheveux. Depuis qu'elle ne portait plus de serre-tête, elle se sentait étrangement légère. Que voulait-il vraiment ? Son cœur battait toujours un peu trop fort. Elle inspira profondément pour se calmer et prépara les ingrédients : un saladier, un moule, un batteur, un fouet, de la farine, du lait, du beurre, du sucre et une tablette de Nestlé dessert.

— J'ai déjà apporté le chocolat ! s'écria-t-il.

— Il en faut une tablette et demie !

Il l'observait, nonchalamment appuyé contre le réfrigérateur, sculptural dans son tee-shirt blanc qui épousait la ligne de ses épaules. C'était un des rares hommes de sa connaissance à avoir un ventre plat et musclé à cinquante ans. Vive la boxe. Il portait un pantalon étrange, à mi-chemin entre le jogging et le jean, qui tombait à la perfection sur ses hanches. Sa présence était tellement imposante qu'il semblait occuper toute la cuisine. Soudain, elle eut l'impression de manquer d'air et ouvrit la fenêtre qui donnait sur la cour.

— D'abord, allumer le four à 180 °C, dit-elle en joignant le geste à la parole. Ensuite, faire fondre le chocolat avec un peu de lait.

— Laisse, je m'en occupe.

Alice le regarda casser avec dextérité le chocolat dans le saladier. Elle avait remarqué que ses grandes mains manipulaient n'importe quel objet avec une habileté troublante, que ce soit un couteau de cuisine, un sac de boxe, une tablette de chocolat… ou le corps d'une femme. Le souvenir de ces mêmes mains lui enserrant la taille dix ans plus tôt remonta comme une bulle éclatant à la surface.

Elle se racla la gorge. Ce n'était pas possible quand même, de se mettre dans des états pareils dès qu'elle le voyait. Elle avait quarante-neuf ans, pas quinze !

— Maintenant, on ajoute le lait, et on le met au micro-ondes...

— À vos ordres, chef, mais si tu permets, je préfère faire fondre le chocolat dans une casserole. Ça libère mieux les arômes...

— Ma grand-mère faisait comme ça.

— Je sais, j'ai un côté grand-mère que je ne peux renier.

Elle rit, ce qui rendit l'air un peu plus respirable.

— Pour le beurre pommade, en revanche, rien de tel que trente secondes au micro-ondes.

— Je te laisse le point !

Elle mélangea le reste des ingrédients. Karim retira le chocolat du feu. La cuisine embaumait le cacao, qui lui parut soudain le parfum le plus torride qui fût. Le monde mésestimait la puissance sensuelle du chocolat noir. Il versa délicatement le Nestlé fondu sur la préparation, elle ajouta la levure. En vingt-huit ans de mariage, elle n'avait jamais cuisiné un gâteau avec Éric.

— Moi, je suis restée mariée... mais toi, qu'as-tu fait pendant tout ce temps ? demanda-t-elle à brûle-pourpoint.

Elle avait très envie de savoir. C'était comme gratter une piqûre de moustique. On sait que ça peut saigner, mais ça démange tellement qu'on ne peut pas s'en empêcher. Il fouetta le mélange d'un geste d'habitué avant de répondre :

— J'ai eu quelques histoires...

— Des grandes histoires ?

— Des jolies histoires... courtes. C'est compliqué d'être en couple quand tu es restaurateur. On est quasiment sur le pont H24 : levé tôt, couché tard. Je suis marié avec le Broadway…

Alice plongea une petite cuillère dans la pâte onctueuse et la savoura lentement, avec délice. Elle remarqua avec satisfaction que Karim paraissait soudain un peu moins détendu. Ses yeux bloquèrent sur sa bouche en train de lécher le chocolat.

— Tu veux goûter ? demanda-t-elle en lui tendant une cuillère pleine.

Il se pencha pour gober la bouchée. Leurs regards se croisèrent, son ventre se crispa

— Qu'est-ce qu'on fait maintenant ? demanda-t-il en posant lentement le fouet dans l'évier.

Il s'était avancé d'un pas et elle le sentait trop proche, trop intense, mangeant tout l'espace. Elle passa l'ustensile sous l'eau froide d'une main un peu tremblante.

— Il faut battre les blancs… répondit-elle en s'éclaircissant la voix. Et donc, pas d'histoire sérieuse ?

Karim s'écarta pour allumer le batteur et faire monter les blancs en neige. Alice reprit son souffle.

— Je ne suis pas fait pour ça. À chaque fois que je rencontre une femme, elle s'installe à la maison, et puis elle réalise que je n'ai pas le temps pour une vie normale. Je travaille tard, je ne suis pas dispo pour passer la soirée avec elle… alors elle lâche l'affaire, et je la laisse partir.

— Il y a pourtant plein de restaurateurs qui ont une vie de couple…

Il sembla ne pas entendre ses mots couverts par le bruit du batteur. Les blancs formaient maintenant un gros nuage compact. Alice les incorpora lentement dans la préparation au chocolat. Depuis qu'elle était petite, c'était sa partie préférée, la plus délicate, celle qui transformait le fondant en nuage.

— Au fond, dit-il songeur, c'est comme si dans ma tête, j'étais simplement de passage à Paris, et que ma vie ne reprendrait son cours normal que quand je rentrerai à Marseille. Mais ça fait trente ans que je suis là !

Alice versa l'appareil dans un grand moule préalablement beurré, puis l'enfourna et s'appuya contre la porte du four.

— Je comprends. Moi aussi, j'ai l'impression d'avoir une histoire inachevée avec Marseille.

Elle le regarda droit dans les yeux, avant d'ajouter :

— Et avec toi.

Karim s'était encore approché, tellement près que son torse touchait le sien. Elle se dressa sur la pointe des pieds, ferma les yeux et sentit ses bras se refermer sur elle. Sa bouche fondit sur la sienne en un baiser intense et profond. Un baiser chocolat noir, onctueux et brûlant comme du cacao fondu. Le désir monta comme une vague, la ramenant des années en arrière. Elle glissa sa main sous le tee-shirt blanc, comme elle en rêvait depuis des jours, pour tâter ses tablettes personnelles. Ses doigts rencontrèrent la peau chaude et dure, dessinée en abdos affolants. Elle se sentit se liquéfier, se dissoudre et aspira de l'air pour reprendre son souffle.

— J'ai l'impression qu'on sonne, murmura Karim.

— Hein ?

— On sonne à la porte.

Alice mit quelques secondes à recouvrer ses esprits. Elle avait oublié où elle était, comment elle s'appelait, et le dîner avec sa sœur. Karim la tenait à bout de bras avec son sourire un peu moqueur et une lueur brûlante au fond des yeux.

— C'est Doria ! s'exclama-t-elle.

Désorientée, elle se passa les deux mains sur le visage, chercha machinalement son serre-tête qui n'était plus là, secoua ses cheveux. Derrière la porte, Doria s'acharnait sur la sonnette. Alice courut ouvrir. Ils étaient là, beaux, bronzés, joyeux.

— Alice ! hurla Elias en lui sautant dans les bras.

Elle le serra contre elle, étrangement émue. Avec ses boucles brunes, il lui faisait penser à Simon au même âge.

— Tu as passé de bonnes vacances, mon chouchou ?

— J'ai nagé dans la piscine ! Je sais nager sous l'eau !

Karim se fraya un passage vers la porte.

— J'y vais, merci pour la recette. Vous allez vous régaler avec le dessert.

— Appelle-moi… pour la boxe, glissa Alice avant qu'il ne reparte.

Elle se demanda si elle avait rêvé ces minutes de feu.

— Je mets l'eau des pâtes à chauffer et je suis à vous ! dit-elle à ses invités.

Doria la retint par le bras :

— Il se passe quelque chose avec Karim ?

— Pas du tout…

Mais elle ne put s'empêcher de sourire.

Quarante ans et neuf mois

Vendredi 7 juin 2013

SEULE DANS LES BOIS, Alice rumine sur son sort : elle voudrait s'enfuir, quitter sa prison dorée, sa peau de bourgeoise étriquée. Elle sent son âme battre des ailes sans pouvoir s'envoler, comme une hirondelle en cage. Stella gambade devant, la truffe au vent sans jamais vraiment s'éloigner, son regard brun et tendre posé sur elle. La terre est tapissée de jacinthes sauvages, une mer mauve et parfumée qui ondoie sous le vent léger. Alice en cueille une pleine brassée, il suffit de tirer dessus sans les casser et elles se laissent prendre toutes entières, de la tête fleurie à la racine pâle. Les mots d'Éric résonnent encore à ses oreilles. Elle étouffe sa rage, raconte à la forêt l'humiliation qu'elle ne peut confier à personne. Son smartphone sonne. C'est Simon qui l'appelle, la joie dans la voix.

— Maman ! On a gagné ! L'immeuble est sauvé. La banque a cédé !

Elle met quelques secondes à comprendre de quoi il parle, puis se souvient : l'association de locataires contre la Banque générale.

— Incroyable ! Je suis très heureuse pour vous.

— Viens nous rejoindre ! On est en train de fêter ça dans la cour, tout le monde est là. Et ensuite, on continue la fiesta au Broadway.

— Je ne te garantis rien, mon chéri… j'essaye.

— Viens, maman ! Je veux te présenter quelqu'un.

Alice raccroche et siffle sa chienne. Il est temps de rentrer.

La maison est vide. Sur la terrasse, les jardinières en terre cuite attendent qu'on enlève les premières fleurs fanées, mais ce n'est pas ce qu'Alice veut faire. Elle a envie de bruit, d'agitation, elle a besoin de voir du monde. Et puis son fils a réclamé sa présence, ça justifie de sauter dans sa voiture.

Quand elle arrive boulevard Montmartre à la tombée de la nuit, la fête bat son plein au Broadway. Un jeune rocker beau comme un ange met le feu au restaurant, sa guitare électrique en bandoulière. Manuela, la vendeuse de sex-toys, se déhanche debout sur le bar, tous les yeux rivés sur elle. Une bande de trentenaires en chemise pogote bruyamment. Bettina, la meilleure amie de Doria, danse avec son mari, sa petite fille dans les bras. Alice se dirige vers le bar où Karim sert bière sur bière en criant : « On a gagné ! » À chaque fois, une ovation lui répond, on se croirait à la troisième mi-temps d'un match de foot. En la voyant, il sourit.

— Whisky ?

— Oui ! Félicitations pour l'immeuble. C'était David contre Goliath.

— On a eu chaud. Et c'est grâce aux Dahan qu'on est sauvés !

Évidemment, l'évocation de cette complicité, dont elle est à nouveau exclue, lui procure un pincement au cœur. Mais tous les locataires ont conservé leur logement et ce serait moche de ne pas se réjouir.

— Où sont-ils, d'ailleurs ? Max, Doria, Simon ?

— Max est parti dîner quelque part avec Mira, Doria a filé au Grand Rex où elle démarre un nouveau job, et Simon est là-bas, dans le fond.

Elle prend son whisky et se dirige vers son fils qui est assis sur une banquette, le bras passé autour des épaules d'une adolescente aux yeux bleus et à la bouche rouge cerise. En la voyant, il se lève d'un bond :

— Maman, je te présente Angélique.

Les joues de la jeune fille rosissent d'un coup, elle offre un sourire adorable à Alice en lui tendant la main, un peu gênée. Touchée, Alice se penche vers elle et l'embrasse. La petite sent le muguet et la bière. Elle s'assied en face d'eux et pose son verre sur la table.

— J'avais cru comprendre que vous étiez séparés, je suis ravie pour vous.

Angélique éclate d'un rire de fée clochette.

— C'est Karim qui nous a réconciliés.

— Il nous a piégés comme un pro ! ajoute Simon d'un air réjoui.

Alice boit une gorgée de whisky, troublée. Le beau gosse au micro a attaqué une reprise toute personnelle et très lascive de *Like a Virgin*. Dans le bar, les gens sont déchaînés.

— Sacha Bellamy, le sex-toy chantant ! hurle Karim, très en forme.

Alice pose son verre et se lève pour danser. Sur la banquette, Simon embrasse Angélique à pleine bouche, elle détourne le regard, gênée. Une mère n'est pas programmée pour ça. Un couple d'hommes très élégants, sans doute des Italiens, vient danser à côté d'elle. L'un d'eux se penche vers elle en souriant.

— Vous êtes très belle.

— Arrête, Vittorio, madame va croire que tu la dragues ! Il voulait dire que vous êtes très classe.

— Je dis ce que je veux, Massimo ! Vous êtes tout simplement somptueuse. Vous habitez dans l'immeuble ?

— Pas moi, mais mon père…

Elle n'a pas le temps de poursuivre. Le dénommé Massimo murmure à son oreille, l'air conspirateur :

— C'est grâce à nous si l'immeuble est sauvé.

— On a quasi tout fait, renchérit Vittorio. Heureusement qu'on est arrivés.

Alice rit et continue à danser. Simon et Angélique l'ont rejointe sur la piste improvisée. Elle vide son verre et en commande un autre au bar, ainsi que deux bières pour les jeunes. L'infatigable rocker continue son show. La nuit est tombée et les morceaux s'enchaînent à la lumière des spots. Les Italiens offrent leur tournée. Alice ne sait plus combien de whiskies elle a bus. Elle danse, elle oublie tout, sa rage, sa solitude, ses chagrins. Son corps vibre sur la musique. Elle se sent bien, entourée d'inconnus qui ne peuvent pas la juger. Le regard de Karim la caresse pendant qu'elle se déhanche et se balance, tous ses complexes dilués dans le whisky. Soudain, il est près d'elle, ses deux mains posées sur sa taille. Dans un éclair de lucidité, elle se réjouit de s'être changée après sa balade dans les bois. Elle aurait eu l'air fine avec ses godillots de marche et son coupe-vent. Sa robe en dentelle anglaise est bien plus appropriée. Les doigts de Karim glissent dans le creux de ses reins et une petite langue de feu s'allume dans son ventre. Elle se retourne et se colle contre lui, dos contre son torse large. Il lui passe une taffe de son joint. Elle aurait presque envie de lui rouler une pelle comme à une boum d'ados. Sacha Bellamy a entamé une reprise très rock de *La Décadanse* de Gainsbourg. Les yeux fermés, elle se laisse aller contre lui. Quand elle les rouvre, il n'y a presque plus personne dans le restaurant.

— Tu viens danser chez moi ? murmure Karim à son oreille.

Sa voix la traverse de la tête aux pieds. Cet homme la trouble depuis le premier jour, et Alice le veut ce soir comme elle n'a jamais voulu personne. Plus rien n'existe que cette envie.

— Oui ! s'entend-elle répondre le souffle court.

Un autre jour peut-être, elle aurait fait taire son désir. Elle se serait ressaisie et serait rentrée. Mais la blessure qu'Éric lui a infligée est encore cuisante. Rien ne peut la retenir.

Karim lui prend la main et l'entraîne doucement alors que la musique s'arrête et que les serveurs entament la valse du rangement. Il vit au premier étage, juste au-dessus, elle n'a pas le temps de calmer sa fièvre, pas le temps de penser, elle est déjà dans sa grande chambre aux draps bleu pâle comme l'aurore. Sa fermeture Éclair glisse le long de son dos, sa robe tombe sur le parquet. Karim pose la main sur son épaule, et cette main se met à descendre doucement. Sa caresse épouse la courbe de sa poitrine, de sa hanche, délicate, confiante, rassurante. Le corps d'Alice frémit tel un oiseau qui s'éveille. Du plus profond d'elle-même jaillit une vague incendiaire qui la fait chavirer sur le lit, agrippée à Karim comme à une planche de salut. Sa bouche se pose sur la sienne, lui apportant l'oxygène dont elle a besoin. Il est torse nu et sa poitrine mate couverte de poils noirs est douce sous ses doigts. Elle sent ses mains qui lui agrippent les fesses, son slip en dentelle s'envole, il parcourt son corps de baisers, des petits souffles de soleil qui la font mourir et renaître. Puis son corps recouvre le sien, et elle se laisse aller sous lui. Sa bouche s'ouvre sur des gémissements qu'elle ne retient pas. Karim se meut au-dessus d'elle, c'est le grand huit, le bouleversement des sens. La volupté les emporte jusqu'au sommet du plaisir, Karim foudroyé s'abat sur elle, elle referme ses bras autour de lui avec bonheur. Il roule sur le côté, en gardant sa main dans la sienne.

Quand Alice se réveille le lendemain, une migraine terrible lui martèle les tempes et elle ne veut penser à rien. Pas encore. Karim lui a laissé un petit mot sur la table de nuit : *passe prendre le petit déj, les croissants sont chauds*. Elle froisse le papier, prend une douche pour se remettre les idées en place, se rhabille. En sortant de l'appartement, elle prend garde à ne croiser personne. Surtout pas son fils (horreur), son père ou Doria ! Elle s'enfuit en courant et rentre à Chantilly en tremblant d'effroi. Qu'a-t-elle fait ? Elle a trompé son mari ! Personne ne doit jamais savoir !

Karim

Samedi 5 octobre 1991
14 h 41

La Golf roule, fenêtres grandes ouvertes. L'air est doux, le ciel légèrement pâli par l'automne. Malik conduit, lunettes de soleil sur le nez, Kevin allume le pétard, l'habitacle se remplit d'une fumée épaisse. Dans l'autoradio, Barry White chante *Let the Music Play* de sa voix somptueuse. Les trois garçons rient et se vannent sur un vieux souvenir de soirée, heureux de ce moment improvisé ensemble. Malik tourne à droite et s'engage sur le boulevard de la Blancarde. Karim consulte sa montre, c'est parfait, il arrivera même un peu en avance.

— Ça va, la princesse va pas s'envoler ! se moque Kevin.

Ils s'arrêtent au feu rouge, à l'embranchement du boulevard de la Libération. Une voiture se glisse à côté d'eux. Karim reconnaît vaguement des gars de la Castellane, un quartier toujours en rivalité avec Frais Vallon. Les occupants de la voiture vocifèrent en les voyant. Malik blêmit et appuie sur l'accélérateur, faisant vrombir le moteur.

— Démarre, putain démarre ! hurle Kevin.

— J'peux pas, le feu est rouge !

Soudain, comme dans un cauchemar, un des gars pointe une arme dans leur direction. Le coup part dans un bruit de pneu qui explose. Assis à l'arrière de la voiture, Karim voit avec horreur Kevin recevoir une balle en plein cœur. Terrifié, il se recroqueville sous le siège. Des cris aigus lui déchirent les oreilles, il réalise avec effroi qu'ils sortent de sa propre bouche. La voiture voisine a détalé, emportant les assassins. Karim est couvert de sang, comme le pare-brise, comme le corps de Kevin, comme le visage de Malik. Celui-ci démarre en trombe et fait demi-tour en direction de Frais Vallon. Karim reste roulé en boule comme un cloporte. Le sang de Kevin traverse peu à peu le siège. Karim continue à crier et sangloter sans comprendre ce qui s'est passé. Il n'ose pas se relever, il tremble, il a envie de vomir.

Arrivé au parking du quartier, Malik court chercher son père. Saïd se penche sur Kevin et l'examine brièvement

— Il est mort, annonce-t-il.

Karim se remet à hurler pour ne pas entendre cette voix, ces mots définitifs. Ce n'est pas possible. Deux minutes plus tôt, son pote le vannait sur sa copine.

— Qu'est-ce qu'il fait là ? demande Saïd à son fils en désignant Karim, toujours recroquevillé derrière le siège.

— On l'emmenait en ville...

— Les gars l'ont vu ?

Les cheveux de Karim se dressent sur sa tête. Il sait ce que ces mots signifient. Il a été identifié par les tueurs, il est désormais en danger. Il s'imagine déjà se laisser pousser la barbe et porter en permanence une casquette de baseball vissée sur le crâne.

— Oui, répond-il, ils sont de la Castellane, ils m'ont reconnu.

Saïd s'adresse à lui d'un ton sec.

— Tu dois te tirer immédiatement.

— Où ça ? Chez moi ? demande Karim, hébété.

— Non, fils ! Tu quittes Marseille ! Tu ne peux plus rester ici. C'est trop dangereux.

— Mais... C'est pas possible ! Je dois retrouver ma copine et j'ai mon premier contrôle dans trois semaines.

— Tu comprends ce qui se passe ? Les armes sont sorties. La mort de Kevin doit être vengée. C'est la guerre. Marseille, c'est fini pour toi, pendant un bon moment.

Le temps que ses paroles atteignent le cerveau de Karim, lui signifiant que sa vie ne sera plus jamais la même, un attroupement s'est constitué autour de la voiture. Les gens découvrent le corps sans vie de Kevin. La rumeur commence à enfler, mais le quartier retient ses larmes et ses hurlements. Il faut s'organiser. Saïd se tourne vers son fils et pose ses deux mains sur ses épaules.

— Va prévenir sa mère.

Malik s'éloigne sans flancher. Monsieur Saïd ouvre la portière et aide Karim à descendre. Le sang a transpercé le siège avant et souillé ses vêtements. Le père de Malik lui glisse une liasse de billets dans la main.

— Écoute-moi bien, Karim. Monte chez toi, prend une douche, dis au revoir à tes parents, puis file à la gare Saint-Charles. De là, tu prends le premier TGV pour Paris. J'ai un cousin qui viendra te chercher et t'hébergera quelque temps. Il travaille dans une grande brasserie parisienne près des Champs-Élysées. Il va te trouver un job.

Des cris de désespoir parviennent de l'autre bout du parking, la rumeur enfle. La mère de Kevin court vers le corps de son fils. Elle s'avance, entourée de ses enfants, ses sœurs, ses neveux, ses amies et tous les Comoriens du quartier, et s'effondre devant la portière ouverte. Kevin est encore assis sur le siège du passager. Le sang forme une fleur pourpre sur sa poitrine. Karim sent à nouveau les sanglots le déchirer. Il ne pourra même pas assister à l'enterrement de son ami.

— Bouge ! ordonne Saïd.

— Mais... Malik ?

— Il part aussi. Je l'envoie au bled quelque temps.

15

Mais qui est Alice Dahan ?

Août 2022

En cette nuit d'été caniculaire, Amanda avait organisé une de ces soirées de filles dont raffolaient les femmes de l'immeuble. Il y avait chez elle un vieux chat roux, nommé Scott, qu'elle adorait et à qui elle passait tout. Comme il squattait le canapé et crachait si on voulait le déloger, les filles s'étaient installées par terre autour de la table basse, sauf Alice qui avait réussi à se poser à côté de Scott, mais n'osait bouger de peur de le déranger. On mangeait n'importe quoi avec les doigts, on buvait du rosé glacé et on débriefait joyeusement les sujets du jour. Le dernier en date était les vacances. Doria, Amanda et Bettina rentraient d'Espagne où elles avaient été invitées par Violette. Manuela partait à Grasse rejoindre ses filles et Mira s'envolerait pour l'Italie avec

Dimitri à la fin du mois. Alice, quant à elle, se rendait à Marseille chez son amie Sandrine Bianchi pour la deuxième année consécutive. Un des bénéfices de sa séparation avait été de renouer avec sa ville de cœur.

— J'ai tellement le blues d'être revenue, se plaignit Doria. Je partirais bien avec toi, mais je dois travailler sur tous les événements de la rentrée au Grand Rex.

Alice ne lui fit pas remarquer qu'elle n'était pas conviée. Ce genre de contingence ne semblait jamais préoccuper sa sœur.

— Je te rappelle qu'à ton retour, tu organises une nouvelle vente Oh My Gode ! dit Manuela. Pendant que vous vous doriez le cul au soleil, Alice et moi avons débuté une collaboration qui, je l'espère, deviendra fructueuse.

— Mon premier apéro coquin n'a pas été une franche réussite !

— Tu as quand même récolté pas mal de commandes…

— Il y a une actu bien plus croustillante concernant ma sœur, lança Doria.

Toutes les têtes se tournèrent vers elle. Alice hésitait entre étrangler l'indiscrète et la bénir. Elle n'avait pas eu de nouvelles de Karim depuis leur baiser et ça la démangeait de parler de lui.

— Karim… murmura mystérieusement Doria.

— Quoi ? s'exclama Amanda

— Et tu ne nous dis rien ? s'indigna Bettina.

— Mais il n'y a rien à dire. On s'est embrassés une fois, et depuis, plus de news.

— Pour info, Karim est quand même assez dragueur, glissa Manuela.

— Pas vraiment… ce n'est pas un gros lourd, contra Doria.

Alice s'était décomposée au mot dragueur. Et si elle s'était trompée et qu'il n'y avait rien de spécial entre eux ? Elle pensait à lui sans arrêt, mais que savait-elle de lui ? Karim se confiait peu. En général, elle parlait, il écoutait, solide et apaisant. Elle réalisa, un peu honteuse, que c'était la base de leur relation : elle était Madame la Râleuse et lui Monsieur l'Oreille qui savait si bien lui redonner la pêche. Mais lui, qui l'écoutait quand il avait envie de se plaindre ?

— Il n'était pas là cette semaine, intervint Mira. Il est descendu à Marseille pour une urgence familiale. Il est rentré ce matin.

Un petit souffle d'espoir souleva le cœur d'Alice.

— En tout cas, il ne m'a pas contactée.

— Pourquoi attendre qu'il t'appelle ? demanda Amanda. On n'a qu'à descendre ! Girl Power !

— Yes ! En plus il fait super doux, c'est un temps à sortir, dit Doria.

Alice hésitait. Elle n'allait pas lui courir après alors qu'il n'avait pas envoyé un message de la semaine. Mais une petite enquête camouflée en sortie de filles, ça pouvait se faire.

— Arrêtez tout ! lança Bettina. Alice tu ne peux pas descendre comme ça, avec ton pantalon sept huitième en toile et tes mocassins. C'est mort !

— J'avoue, on va te trouver un nouvel outfit. Enfin, si tu veux bien… suggéra Doria

— Pourquoi ? Qu'est-ce qu'il a, mon look ?

— Nos vêtements racontent une histoire dont nous sommes l'héroïne. J'ai l'impression que ceux que tu portes parlent encore d'Alice Lambert, pas d'Alice Dahan, dit Amanda.

De l'ado en colère aux fringues sexy-destroy à la femme mariée parée de tenues classiques, elle avait fait un grand écart vestimentaire. Sa véritable personnalité devait se situer quelque part entre ces deux extrêmes. Mais où ?

— Mais qui est Alice Dahan ? s'exclama-t-elle.

Oui, qui était-elle donc si elle n'était plus la femme d'Éric, la fille de Max, ni la mère de Simon ? Elle n'avait jamais pris le temps d'y penser.

— C'est la grande aventure d'une vie, de découvrir qui on est, déclara Mira.

— Réfléchis... qu'est-ce que tu aimes vraiment ? demanda Bettina.

Alice se mit à cogiter. C'était une bonne question.

— J'aime surtout me sentir utile, protéger la nature et si possible aider les animaux, voir la justice rendue, éveiller les consciences à la pollution lors de mes ateliers, m'occuper d'un jardin, marcher en forêt...

— Je parlais en termes de vêtements, précisa Bettina.

— Oh ! pardon...

— Pas de souci, Miss France, balança Manuela.

Elles se mirent à rire comme des folles. Alice faillit se vexer, puis choisit de s'amuser avec elles. Parfois, elle prenait vraiment les choses au premier degré !

— J'aime bien vos jeans super larges, osa-t-elle.

— Ça tombe bien, je vais t'en prêter un !

En quelques minutes, Alice se retrouva dans un tourbillon de chiffons. Doria descendit chercher quelques vêtements dans ses propres affaires, Mira ses chemises de créateur vintage. Bettina fit une descente au quatrième pour fouiller dans l'armoire d'Alice, Amanda proposa des chaussures. Manuela la fit asseoir pour s'occuper de ses cheveux, créant un effet semi-bouclé, dit « *wavy* », en quelques tours de fer à friser. Alice essaya trois pantalons, une dizaine de tops et presque autant de vestes, sans parler de cinq paires de chaussures, des baskets les plus plates aux stilettos les plus hauts. Finalement, elle se retrouva vêtue d'un jean clair droit et large, d'une paire de très hautes mules beiges, d'un débardeur blanc appartenant à Max et d'une veste en lin beige à boutons dorés, type Chanel, dénichée par miracle dans ses propres affaires ! Mira accrocha autour de son poignet un gros bracelet manchette orné d'un aigle aux ailes déployées.

Debout face au grand miroir de la chambre d'Amanda, Alice se regardait d'un profil à l'autre en souriant timidement, admirait sa silhouette affirmée, le mélange cool et classique du jean et de la veste, la coupe sexy du débardeur assez large pour dissimuler son petit ventre et assez décolleté pour dévoiler la naissance de sa poitrine… Bettina l'avait maquillée, et tout son visage avait pris un coup d'éclat étonnant. Elle ne savait pas si la femme dans le miroir était vraiment Alice Dahan, mais elle avait drôlement envie de lui ressembler.

— Merci ! Vous êtes fantastiques.

— Maintenant, il faudra tout le temps t'habiller comme ça !

Un soudain découragement la saisit. Tous ces vêtements étaient coûteux et bien coupés. Ces mules à hauts talons carrés sentaient le luxe à plein nez. Ce n'était pas avec l'argent de ses ateliers qu'elle pourrait s'offrir ce genre de fringues.

— Ça doit coûter cher… murmura-t-elle.

— Heureusement, il y a une solution pour ça, sourit Mira. Les sites de ventes de vêtements de seconde main ! Tu pourras te saper super stylé pour pas grand-chose ! Je te montrerai comment ça marche.

— En plus, c'est bon pour la planète, ajouta Manuela.

— Et moi, je t'aiderai à faire le tri dans tes fringues, dit Doria. Je suis sûre qu'il y a des pièces que tu peux garder.

— On y va ? lança Bettina.

Le Broadway semblait swinguer dans la nuit, baigné de musique lounge. La guirlande d'ampoules suspendue à la tenture blanche lui donnait une allure de guinguette. Quelques clients avaient commandé des chichas et dans l'air flottait une vapeur sucrée de pomme et de caramel. Les filles trouvèrent une grande table en terrasse et commandèrent des cocktails. Dans la douceur de ce soir d'été, boostée par son look classieux et par le soutien de ses amies, Alice tremblait d'excitation. Quel changement par rapport à sa solitude et son désarroi quelques mois plus tôt ! Où était Karim ? Elle voulait voir sa réaction en découvrant la nouvelle Alice Dahan.

— Bonsoir les filles ! Vous êtes en beauté, ce soir ! Voilà vos cocktails !

Alice se retourna au son de sa voix. C'était bien lui, sanglé dans un de ses éternels tee-shirts noirs. À ses côtés, une jeune femme brune et bouclée au regard déterminé, tenait le plateau de boissons à bout de bras. Elle les disposa habilement sur la table, sans se tromper sur la destination de chaque cocktail. Alice s'empara nerveusement de son Manhattan.

— Je vous présente Sabrina, qui arrive de Marseille et vient travailler à Paris. Elle habite à la maison. Je compte sur vous pour bien l'accueillir.

Karim passa un bras affectueux autour des épaules rondes et dorées de la jeune fille qui le couvait d'un regard d'adoration sans retenue.

— Et voici Doria, Bettina, Amanda, Manuela et Alice. La fine fleur du 19 bis boulevard Montmartre ! Dès que tu vois une de ces femmes, tu arrêtes tout et tu viens la servir, expliqua Karim sans lâcher Sabrina.

Celle-ci s'appuya familièrement contre lui.

— C'est noté ! La fine fleur peut compter sur moi.

— Bienvenue Sabrina, je suis Mira, la gardienne de l'immeuble. Si tu as besoin de quoi que ce soit, n'hésite pas à venir me voir.

— Merci.

À la table d'à côté, une bande de vieux habitués suivaient la conversation avec intérêt.

— Karim, toujours sur les bons coups ! Tu pourrais penser un peu aux copains ! lança un homme aux longs cheveux blancs.

— Dis donc, petit cachottier, la prochaine fois que tu vas à Marseille, tu peux m'en ramener une comme ça ? brailla un type au teint rouge brique assis à côté de lui.

— Si elle dort chez moi, ça ne sera pas dans la baignoire ! s'esclaffa son pote, un chauve à la barbe bien taillée.

Sabrina bondit sur le type et l'agrippa à la gorge avant que quiconque ne puisse réagir.

— Toi, mon gars, tu parles plus jamais de moi comme ça !

— Mais elle est folle ? Qu'est-ce qui lui prend ? Karim, dis quelque chose ! suffoqua le chauve.

— Je n'y peux rien, tu vois ça avec Sabrina !

— J'attends des excuses... dit celle-ci sans relâcher sa prise.

Autour d'eux, les convives des autres tables regardaient ce qui se passait, curieux et vaguement amusés.

— Oh, ça va ! Je plaisantais ! Désolé si j'ai blessé la susceptibilité de mademoiselle.

Sabrina relâcha sa prise.

— Excuses acceptées.

— On ne peut plus rien dire de nos jours, ajouta l'homme rouge brique.

Karim et Sabrina les saluèrent rapidement et s'éloignèrent sous le regard abasourdi d'Alice qui avait l'impression d'avoir sauté sur une mine.

— Quelle badass, apprécia Amanda.

— Un peu brutale à mon goût, fit Alice. Mais je comprends pourquoi je n'ai pas eu de nouvelles.

— Tu crois qu'ils sont ensemble ? sursauta Doria.

— Elle est bien son genre, on en a vu passer un paquet, des comme ça, confirma Bettina.

— Je n'en mettrais pas ma main à couper... déclara Manuela.

— Hmmm... fit Mira sans qu'on puisse déterminer ce qu'elle voulait dire.

— En tout cas, elle vit chez lui... et vu comme elle le regarde, c'est lui qui ne dort pas dans la baignoire ! conclut Amanda.

Elles burent leurs cocktails en silence. Le charme de cette belle soirée était rompu. Doria regarda sa sœur vider la fin de son Manhattan. Elle posa la main sur son genou dans un élan désolé.

— Tu peux garder mon jean, je te l'offre !

Le lendemain, Alice reçut un texto de Karim :

Désolé ! J'ai dû descendre en urgence à Marseille pour régler un gros souci familial. Entre mon voyage express et l'arrivée de Sabrina, je n'ai pas eu trop de temps pour t'appeler. Tout est très compliqué en ce moment. J'avoue que je suis un peu dépassé. Tu étais superbe hier soir. À très vite. Biz.

Quarante-trois ans

Mercredi 2 septembre 2015

Dans le grand salon blanc des Feldman à Apremont, Alice se sent parfaitement à sa place, épanouie comme elle ne l'a pas été depuis des années. Son amie chérie, Sandrine Bianchi, est venue fêter son anniversaire et assiste à son atelier du jour. Une dizaine de femmes assises autour d'elle l'écoutent parler des différentes gammes Aqua Home. Depuis un an, elle est animatrice pour cette marque de produits de ménage écologiques et adore ce job qui est arrivé dans sa vie sans prévenir.

Elle avait déjà assisté à différentes ventes à domicile et apprécié leur atmosphère conviviale, et puis une amie l'a invitée à un atelier Aqua Home. Une révélation pour Alice. Les produits présentés ont trouvé en elle une résonance profonde. Cela faisait longtemps qu'elle pensait à prendre soin de sa maison d'une manière moins polluante : moins de plastiques accumulés dans sa poubelle de recyclage, moins de détergents toxiques envoyés dans l'eau des rivières. Elle a acheté trois microfibres magiques, puis s'est proposée pour devenir hôtesse à son tour. Curieuse, elle a longuement discuté, avec Régine l'animatrice, du statut des Vendeuses à Domicile Indépendantes – les VDI. Un travail qui ne demande ni investissement, ni local commercial, ni diplôme particulier. Une aubaine ! Régine a proposé de la marrainer et de la former. Alice a eu droit à une formation d'une semaine. C'est ainsi qu'elle s'est lancée.

Elle organise désormais environ quatre à cinq ateliers par mois. Une vente, c'est dix heures de travail, de l'organisation avec l'hôtesse à la livraison, en passant par les déplacements, l'atelier en lui-même, et la préparation des commandes. Elle s'est aménagé un bureau dans une des petites dépendances de son jardin. Depuis, elle revit. Ces ateliers la remplissent d'une énergie fantastique. Elle se sent utile, vit des moments d'échanges intenses avec des femmes adorables, transmet des valeurs avec lesquelles elle est totalement alignée et, surtout, elle gagne de l'argent. Oh, pas de quoi pavoiser, c'est toujours beaucoup moins qu'Éric ! Mais quel soulagement. Sa mère avait tellement raison, elle a mis si longtemps à l'écouter ! L'amère leçon a été apprise, même s'il est trop tard pour la vraie indépendance.

— N'oubliez pas que le ménage peut et doit être : facile, efficace, rapide, économique et... écologique ! Éponges et microfibre permettent de tout laver à l'eau !

Savon noir, vinaigre blanc, pierre d'argile, bicarbonate de soude, cristaux de soude, percarbonate : avec six produits naturels et non toxiques, votre maison est propre du sol au plafond.

— J'ai fait ma lessive au savon noir, intervient une participante. Effectivement, le linge est nickel, mais il manque la bonne odeur de lessive.

— Ce n'est pas l'odeur qui lave ! dit Alice avec passion. Les lessiviers nous ont fait croire que le linge propre doit sentir bon, c'est faux. Si tu veux parfumer ton linge, tu peux y glisser des sachets de lavande ou des billes de cèdre antimite.

— Je vais en prendre quelques sachets pour essayer.

— Alors, on passe aux commandes...

Une heure et demie plus tard, elles sont dans sa BMW hybride et Sandrine ne tient plus en place.

— Tu déchires, Alice ! Mais waouh, ton discours sur l'écologie d'intérieur. Tu pourrais être avocate, sans déconner !

— Pour être convaincante, il fait être convaincue. Et je le suis !

— Tu m'as retournée, meuf. Je n'avais jamais pensé à des trucs pareils, je vais tout changer chez moi ! Enfin... quand j'aurai un nouveau chez moi.

Sandrine traverse une période de turbulences. Après six ans de mariage et une petite fille, elle est en instance de divorce. Alice frissonne à l'idée des galères qu'elle subit. Quitter son joli appartement marseillais, se retrouver seule avec sa fille, continuer à bosser comme une folle avec la tête en vrac et son ex qui la harcèle. Elle la trouve tellement courageuse. Pour sa part, elle ne pourrait jamais tout lâcher, elle tient trop à la vie qu'ils ont construite avec Éric. Son nouveau job a beaucoup amélioré les choses entre eux. Sa petite vengeance aussi... un doigt d'honneur qui, à l'époque, l'a aidée à ne pas se voir en victime. Cette nuit unique avec Karim est désormais enfouie au fond de sa mémoire. Un secret brûlant qui revient parfois la hanter, mais qu'elle repousse bien vite. Comme elle se sent mieux dans sa peau, elle se sent mieux avec son mari. Il faut juste éviter de repenser aux détails qui fâchent et aux mots qui blessent.

— Merci, Sandrine. Je suis contente de te prouver que moi aussi, je peux faire quelque chose de ma vie.

— Mais tu en as fait des tonnes ! Déjà, sans toi ton mec ne serait pas où il est, ta baraque ne vaudrait pas ce qu'elle vaut, ton fils serait devenu la victime de son père au lieu d'être ce futur architecte épanoui, ta chienne et une centaine d'oiseaux seraient encore en cage, et des dizaines de foyers continueraient à polluer la planète avec des détergents chimiques. C'est beaucoup.

Alice sourit. Sandrine est son rayon de soleil marseillais, sa plage privée, son jardin secret. Leur amitié a résisté aux années, à la distance et à leurs styles de vies diamétralement différents.

— On est arrivées. J'ai une tête pas possible... s'inquiète Alice.

— T'inquiète, on va aller se faire une beauté aux chiottes. À l'ancienne !

Elles doivent retrouver Éric et quelques amis à La Table du Connétable, un restaurant gastronomique situé dans l'ancien jeu de paume du château de Chantilly. Alice laisse sa voiture au valet et elles filent se maquiller dans les toilettes pour femmes, comme au temps des vacances à Marseille, des bouches scintillantes et des yeux charbonneux.

Quand elles arrivent, légèrement en retard et les joues rouges d'avoir trop ri, tout le monde est déjà installé à table. Éric se lève et l'embrasse.

— Joyeux anniversaire, mon amour ! Tu es sublime.

Dans ses yeux, elle se sent belle, et son cœur se réchauffe.

— Joyeux anniversaire, Alice !

Ils sont une dizaine, réunis autour de la table qui donne sur le sublime parc dessiné par Le Nôtre : Pascal Ruiz l'anesthésiste et sa nouvelle compagne Caroline, Gabrielle et Vincent Scotto, les pharmaciens, les propriétaires de haras Geneviève et François Gattières, ainsi que Manou et Philippe Cottencourt, un autre couple d'éleveurs de chevaux. Alice est heureuse d'emmener Sandrine dans ce restaurant étoilé à la décoration mélangeant classicisme et modernité. Elle espère qu'elle va passer une bonne soirée.

— Tu es très en beauté ce soir, murmure Pascal, son voisin de gauche

— Merci !

Son corps a conservé le bronzage acquis lors de ses vacances à l'île de Ré. Elle porte ses perles avec une robe rose et crème de chez Paule Ka, qui, elle l'espère, ne s'est pas trop froissée au cours de l'après-midi. Tout à l'heure, Sandrine lui a conseillé de la passer sous le souffle du sèche-mains, elles ont tellement ri qu'elles avaient vingt ans à nouveau. Un serveur en blanc apporte cérémonieusement les amuse-bouche, un velouté froid de tomate fraîche et légumes du jardin. À côté d'elle

Sandrine chuchote « Du gaspacho, quoi ! » et elle se retient de pouffer. La conversation roule sur le prix de l'Arc de triomphe qui se déroulera l'an prochain sur l'hippodrome de Chantilly, le temps que celui de Longchamp soit reconstruit. Une aubaine pour la ville. Tous les éleveurs de la région rêvent qu'un de leurs poulains dispute la course. Les entrées arrivent, accompagnées du premier vin. Alice déguste ses queues de langoustines pochées au yuzu et agrumes. Quelqu'un demande à Éric et Pascal des nouvelles de la clinique, les deux associés se rengorgent de leur succès. Les patients viennent même de Paris pour se faire opérer par le docteur Lambert ! Éric travaille sans arrêt, et il est parfois épuisé mais il s'autorise désormais des petites escapades pour se reposer. Pour la Toussaint, ils iront à Madrid.

— Et toi, Alice ? demande Philippe Cottencourt. Éric m'a dit tu travaillais, mais il n'a pas précisé dans quelle branche.

Elle sourit à l'éleveur de chevaux.

— Je suis vendeuse à domicile indépendante. J'organise des ventes chez des particuliers.

— C'est ce que font les femmes au foyer pour gagner un peu d'argent, non ?

Alice rougit sous le coup de l'humiliation. De l'autre côté de la table, Éric détourne le regard et se penche vers Geneviève Gattières pour lui murmurer quelque chose à l'oreille. Elle se demande s'il ne se moque pas d'elle et redresse fièrement le menton.

— C'est ainsi que tu le vois, mais le shopping à la maison est un modèle économique florissant. Le secteur a réalisé plus de 4 milliards d'euros de chiffre d'affaires en 2015 et emploie 640 000 vendeurs !

Avec ce genre de type, il faut balancer des chiffres. L'argent est leur seul langage, le seul marqueur de réussite. Elle a souvent entendu Philippe parler de ses chevaux comme de « produits », ce qui lui donne à chaque fois envie de l'étrangler.

— Bien envoyé ! chuchote Sandrine. Te laisse pas faire !

L'éleveur a un mouvement de recul, surpris par sa vivacité.

— Intéressant ! Et que vends-tu ?

— Des produits de ménage écologiques.

Son interlocuteur laisse échapper un rire moqueur, et lève légèrement le ton.

— Écologiques... Voyez-vous ça !

Les regards de tous les convives se tournent vers eux. Vexée par sa condescendance, Alice le regarde bien en face.

— Exactement ! Nous proposons des solutions d'entretien totalement naturelles. Beaucoup de problèmes de santé viennent des produits toxiques qui nous entourent : détergents, produits cosmétiques et pharmaceutiques. Il faut prendre conscience que la chimie pollue. Elle détruit la nature et nous détruit.

— J'ai peur ! Nous n'allons plus vendre de médicaments à cause d'Alice ! lance Vincent Scotto, le pharmacien.

— Il n'y aura plus de maladies, les médecins seront au chômage ! Éric, prenons notre retraite ! renchérit Pascal Ruiz.

Tout le monde se met à rire. Les serveurs apportent cérémonieusement les plats. Mais Alice, chauffée à blanc par leur mépris, n'a pas envie de se taire.

— On peut résoudre beaucoup de problèmes de santé en éliminant simplement les lessives et les détergents. Une de mes clientes faisait de la rhinite chronique, elle n'en fait plus.

— Et moi, j'avais des allergies terribles qui ont disparu, déclare Sandrine en attaquant son risotto au safran. Merci Alice.

— Je ne fais jamais la lessive ! Comme ça, pas de problème ! lance légèrement Geneviève Gattières.

— C'est la meilleure solution, en effet, dit Éric en jetant à Alice un regard furieux. Depuis qu'elle vend ses produits pour femmes de ménage, mon épouse est en colère contre le système. Elle adore ça, être en colère pour rien, mais elle vit en dehors des réalités. Les gens ont besoin de manger pas cher, de nettoyer leur maison avec des trucs qu'ils connaissent, de se soigner avec des médicaments prescrits par leur médecin… Le monde fonctionne sur un système économique et industriel qu'on ne peut pas remettre en cause, n'en déplaise à ces connards d'écolos. Qui veut un peu de vin ?

Il appelle un serveur pour remplir les verres et le sujet est enterré dans un silence glacé. Les joues rouges d'humiliation, Alice se mord les lèvres pour ne pas répondre à Éric et provoquer un scandale qui ferait parler d'eux dans toute la région. Pour le dessert, on lui apporte un éclair au chocolat déconstruit dans lequel est planté une bougie qu'elle souffle les larmes aux yeux, sa main serrant très fort celle de Sandrine sous la table.

16

Au degré ultime de la gêne

GRÂCE À MIRA, Alice savait désormais maîtriser les subtilités de Vinted, le site d'achat de vêtements de seconde main, et s'était constitué une petite garde-robe d'été dont elle était très contente. Doria avait participé à la sélection d'un œil exigeant, Amanda et Bettina avaient validé chaque tenue et maintenant, elle attendait Simon pour aller chercher tous ses paquets dans un point relais un peu plus haut sur les Grands boulevards. Il lui tardait d'essayer ses nouvelles acquisitions et de les mettre dans sa valise pour Marseille. Depuis la soirée ratée au Broadway Boulevard, elle avait hâte de partir. C'était si long et difficile de reconstruire une vie ! La mer et le soleil marseillais l'aideraient à se remettre de sa déception et à repartir sur de nouvelles bases avant la rentrée. Elle n'avait pas répondu au message de Karim. Que lui dire ? Si sa situation était compliquée, à lui de la simplifier ! Alice se retirait de l'équation et partait en vacances.

Elle avait donné rendez-vous à Simon dans un minuscule restaurant turc de la rue de l'Échiquier qui faisait des *böreks* extraordinaires. Max lui avait fait découvrir cet endroit l'hiver dernier, et depuis, elle aimait y retourner. Elle commandait une portion de *su boreyi* avec un *çai* et se régalait pour quelques euros en pensant à sa grand-mère.

Elle sourit en voyant son fils entrer, grand, bronzé et solaire après ses vacances dans le Midi avec des copains, occupant quasiment tout l'espace du petit salon de thé aux murs rouges. Il lui sauta dans les bras. Ses cheveux bruns sentaient le monoï. Tout en le serrant contre son cœur, elle se demanda s'il avait une copine. Simon restait secret sur ses amours.

— Au fait, j'ai vu papa à la maison, dit-il. La date du procès est enfin fixée. C'est pour le 12 septembre. Tu viendras ?

La patronne leur apporta leurs parts de *börek* et leurs thés.

— Bien sûr, je lui ai promis d'être là.

— Dis donc, tu es hyper stylée ! dit Simon en l'observant.

Elle portait le jean de Doria avec un tee-shirt blanc et ses vieilles espadrilles à talons.

— Oui, j'ai décidé de changer de style. Un peu moins Lambert, un peu plus Dahan…

— Ça te va bien, dit-il sans polémiquer, ce qu'elle considéra comme un progrès.

Elle aurait bien aimé avoir son fils à 100 % de son côté, mais c'était sans doute trop demander à l'univers. Pourtant, quand il était petit, combien de fois l'avait-elle protégé des paroles blessantes de son père ? Mais Simon n'avait pas été témoin de la violence verbale d'Éric à son égard, ni de sa faculté à la rabaisser. Devant lui, ils avaient toujours joué aux parents unis et amoureux. Comment pourrait-elle lui en vouloir ?

— Tu sais, ton père n'est pas l'agneau innocent qu'il prétend être... tenta-t-elle.

— Je le connais, maman, j'ai grandi avec lui ! Mmm ! Ce *börek* est une tuerie !

Elle sourit, émue.

— Je ne savais pas que tu aimais ça.

— Presque autant que les orecchiette au brocoli !

— C'était bien tes vacances ?

— Folie ! J'avais besoin de me vider la tête, on s'est bien éclatés. La fiesta continue. Depuis qu'on est rentrés, ça n'arrête pas. D'ailleurs hier soir, j'étais dans l'immeuble.

Elle fronça les sourcils, étonnée qu'il ne soit pas passé la voir.

— Ah bon ?

— Karim m'a demandé de montrer les soirées parisiennes à Sabrina, la nouvelle serveuse du Broadway.

Alice s'éventa nerveusement. Hop ! Une petite bouffée de chaleur.

— Je l'ai rencontrée l'autre soir. Elle est très jolie, dit-elle l'air de rien.

— Une bombe atomique. Mais elle est à fond sur Karim. Elle veut se marier avec lui !

— Je ne vois pas Karim se marier, lança-t-elle en s'éventant de plus belle.

— Moi non plus, mais là, c'est sérieux. Il connaît sa famille, et c'est lui qui est descendu la chercher à Marseille.

Alice se tut et termina son *börek* en silence. Karim était donc un enfoiré de première catégorie. Pourquoi l'avait-il embrassée si c'était pour aller chercher sa fiancée deux jours plus tard ? Pourquoi la boxe ? Pourquoi le gâteau ? Pourquoi était-elle tombée dans le panneau ?

— Tu fais une drôle de tête, qu'est-ce qui se passe ? demanda soudain Simon.

— Rien...

Il grignota un morceau de *simit* au sésame en la dévisageant d'un air réjoui.

— Tu as un crush sur Karim ?

— Mais pas du tout ! s'enflamma-t-elle, au degré ultime de la gêne.

— Sans vouloir te vexer, il ne sort qu'avec des bombasses de trente ans.

— Mais enfin, lâche-moi les baskets ! Tu t'es fait un film tout seul.

— Tu vois ! Qui dit encore « lâche-moi les baskets » à part une femme de presque cinquante ans... toujours mariée ?

Alice sentit la moutarde lui monter au nez, comme disaient les gens nés avant le nouveau millénaire :

— Ce n'est pas la peine d'être insultant. Je te signale que Karim a mon âge ! À cinquante ans, une femme n'est pas morte et enterrée. Il y a plein d'hommes qui me trouvent jolie.

— Tu es sublime, ma petite maman... Mais tu n'es pas du tout le genre de Karim. Tu es trop bien pour lui !

— Et pourquoi ? sursauta-t-elle.

S'il répondait qu'il était musulman ou patron de café, elle aurait vraiment raté son éducation.

— Parce qu'il n'a jamais eu une histoire sérieuse de sa vie ! Il est comme Max !

Elle recula sur sa chaise, assommée. C'était bien la dernière chose qu'elle avait envie d'entendre.

— Dans ce cas, pas de risque qu'il se marie avec Sabrina…

Simon secoua la tête, amusé, en la regardant comme s'il la découvrait.

— Bon, dit-il, on va chercher tes nouvelles fringues d'Alice Dahan ?

Quarante-sept ans

Lundi 2 septembre 2019

Alice se penche vers sa chienne avec inquiétude. Stella, roulée en boule sur le canapé du salon, respire avec difficulté. À quinze ans, elle a du mal à marcher et dort presque toute la journée. L'arthrose et le cœur, a dit le vétérinaire. Parfois Alice la met dans une poussette, lovée dans une vieille couverture, et la promène dans les bois. Elle se fiche du regard des gens, du moment que Stella remue la queue pour montrer son plaisir d'être dehors.

La chienne lève vers elle son regard d'amour pur. Dans ses yeux mordorés, Alice lit une grande fatigue, et peut-être de la douleur. Elle la caresse tendrement, l'embrasse sur son étoile noire, entre les oreilles. Stella ferme les yeux. Son souffle se calme, elle se rendort. Alice consulte sa montre, inquiète. Elle doit bientôt retrouver Éric au restaurant, mais hésite à laisser sa chienne chérie toute seule. D'ailleurs, elle devrait être en train de se préparer mais ne bouge pas du salon, les sens en alerte.

Et puis, qui a envie de fêter ses quarante-sept ans ? Un âge hybride qui semble filer tout droit vers la cinquantaine, la ménopause et la fin de la séduction. Dans le miroir, Alice ne voit pas de gros changement, mais le tic-tac du temps qui passe devient de plus en assourdissant. Elle reste assise, sans bouger, une main sur la tête de sa chienne, l'autre inerte sur l'accoudoir du canapé. Soudain son téléphone sonne. Éric.

— Ma chérie, désolé, je suis retenu à la clinique. Une urgence. Tu peux annuler le restaurant ? On ira demain.

— Pas de souci, je préfère rester avec Stella. Je ne la trouve pas en forme.

— Qu'elle se repose bien, ça ira mieux demain. Ne m'attends pas pour dîner.

Elle raccroche, pensive. En vingt-six ans, son mari n'a jamais loupé un seul de ses anniversaires... La clinique de Condé, spécialisée en chirurgie bariatrique, ne dispose pas d'un service d'urgence comme un hôpital. Le médecin de garde est chargé de veiller sur les opérés du jour. Les interventions d'Éric sont toujours programmées pendant la journée. Donc cette histoire d'urgence est louche.

Stella gémit dans son sommeil. Alice la caresse tendrement et va se chercher un verre de vin, un morceau de fromage avec des crackers et une grappe de raisin, puis pose le plateau sur la table basse. Une petite dînette, c'est exactement ce qu'il lui faut. Dehors, le soleil se couche, pile entre le tilleul et le cèdre du

Liban. Le ciel est rose comme l'adultère. Et si son mari avait une maîtresse ?

Leurs relations se sont distendues, à la manière d'un élastique trop lâche qui ne les ramène plus jamais l'un vers l'autre. Éric rentre de plus en plus tard, semble complètement ailleurs, ne s'intéresse pas à ce qu'elle raconte. Il méprise ses ateliers Aqua Home, ne lui pardonne pas d'avoir encouragé Simon à abandonner médecine. Leurs opinions divergent en tout. Il soutient la chasse, ne voit pas d'inconvénient à ce que les chevaux de course terminent à l'abattoir, adore le foie gras, défend l'élevage industriel et l'expérimentation animale… Tout ce qu'elle ne tolère plus. L'avenir de la planète et le dérèglement climatique l'indiffèrent, les féministes l'exaspèrent. Pour lui, le mouvement MeToo est une pitrerie, la France n'est plus ce qu'elle était et le monde ne tourne plus rond. Tout était mieux avant. Il est amer, agressif, soucieux. De plus en plus souvent il sent l'alcool.

Alice pose son verre de vin vide. Stella dort paisiblement, maintenant. Elle se lève sans la réveiller et monte à l'étage. La porte du bureau d'Éric n'est pas fermée à clef. La pièce est ordonnée, quelques livres de médecine sont alignés dans la bibliothèque de bois sombre à côté d'ouvrages sur le golf et sur les chevaux. Sur le grand bureau Louis-Philippe tapissé de cuir, sa cave à cigares côtoie un porte-crayon en loupe d'orme ayant appartenu à son père, une photo de leur couple prise des années auparavant à l'île de Ré. Alice fouille dans les papiers. Elle ne sait pas ce qu'elle cherche, mais sent qu'il lui cache quelque chose. Sur le dossier de la chaise est accroché un blazer dont elle fait les poches, sans rien y trouver, pas de mot doux, ni de note de restaurant suspecte. Rien d'intéressant dans le courrier non plus…

Continuant son exploration, elle allume l'ordinateur. Une photo de la clinique s'affiche en fond d'écran. On lui demande un mot de passe à quatre chiffres. Elle entre 0708, la date de naissance d'Éric, sans succès, tente celle de Simon qui ne marche pas non plus. Il ne lui reste qu'une chance… Alice est concentrée comme un chien policier sur une piste et ne veut rien lâcher. Elle tape 0209. Bingo ! l'ordinateur lui ouvre ses dossiers. Elle clique directement sur la boîte mail. Ses yeux parcourent avidement son contenu, à la recherche d'une destinataire suspecte, d'un objet licencieux. Mais c'est un courrier de son avocat, Me Ganem, datant de la semaine précédente, avec pour objet « tribunal judiciaire » qui attire son regard.

Alarmée, Alice clique et remonte le fil de la conversation pour comprendre de quoi il retourne. Le tout premier mail de l'échange entre Éric et son avocat date de mai dernier. Son mari lui a transféré la lettre d'une patiente, en lui demandant s'il doit s'en inquiéter.

10 mai 2019

Bonjour Docteur,

Je suis extrêmement surprise et tiens à vous en faire part. La Sécurité sociale m'accuse d'avoir subi une opération de réduction de l'estomac alors que mon cas ne correspondait pas aux critères requis pour être remboursée. Je fais actuellement l'objet d'une poursuite judiciaire simplement pour avoir subi une opération dans votre clinique.

Je ne comprends pas comment cela est possible. Vous m'aviez pourtant assurée qu'en vous payant le dépassement d'honoraires en espèces, je ne risquais rien.

Mon avocat contactera le vôtre.

Karine Dampierre

Dans le mail suivant, elle découvre effectivement le courrier que l'avocat de la patiente a adressé à celui d'Éric :

20 mai 2019

Cher confrère,

La Sécurité sociale a engagé des poursuites contre ma cliente Madame Karine Dampierre à la suite de son opération de l'estomac à la clinique de Condé. Ma cliente ne peut en aucun cas être tenue pour responsable des faits qui lui sont reprochés.

Elle avait fait appel au Dr Lambert en toute confiance sur le conseil d'une amie.

Comme vous le savez, le chirurgien est tenu à une obligation de conseil. Si une responsabilité est engagée, c'est uniquement la sienne.

J'envoie sur-le-champ toutes les informations nécessaires au Pôle social du tribunal judiciaire qui déterminera si le Dr Lambert pratique impunément des opérations de chirurgie bariatrique sur des patientes qui ne sont pas éligibles à ce protocole.

La réduction de l'estomac n'est pas une banale opération de chirurgie esthétique. C'est un traitement lourd qui demande une préparation et un suivi dont n'a d'ailleurs pas bénéficié ma cliente.

Attendez-vous à être contacté prochainement.

Bien cordialement,

Me Baudard

Avocat à la cour

Vient ensuite un courrier de l'avocat d'Éric envoyé le mois dernier.

16 août 2019

Cher Éric,

J'ai pu me procurer le courrier de mon confrère à l'attention du Pôle social du tribunal judiciaire. C'est chaud ! Non seulement sa cliente se décharge de toute responsabilité, mais elle insinue ne pas être la seule à avoir subi une réduction de l'estomac sans répondre aux critères exigés par la Sécurité sociale.

En agissant ainsi, mon confrère braque les projecteurs sur vous. Si effectivement Madame Dampierre n'est pas un cas isolé, il faudrait éviter que la Sécurité sociale plonge son nez dans les dossiers de la clinique. Sinon nous courons au procès !

Je vais tâter le terrain et te tiens au courant.

Bien à toi,

Charles Ganem

Avocat à la cour

Le dernier mail, datant de la semaine précédente est sans appel :

Cher Éric,

Cette fois, impossible d'y échapper. Ainsi que je le craignais, la Sécurité sociale diligente une enquête interne sur la clinique de Condé. Il faut se préparer à vous défendre. Je te propose une réunion à mon cabinet dans le courant de la semaine pour définir notre plan d'action. Donne-moi tes disponibilités.

Bien à toi,

Charles Ganem
Avocat à la cour

Alice agit très calmement malgré son cœur qui cogne pire que de la techno en rave-party. Elle imprime tous les échanges, les classe par ordre chronologique puis referme l'ordinateur et redescend au rez-de-chaussée. Le soleil est couché maintenant. Il fait noir dans le grand salon cathédrale. Sur le canapé, Stella n'a pas bougé. Alice allume la lampe et s'assied à côté de sa chienne endormie. Elle se penche pour écouter son souffle, puis se sert un verre de vin. Le décor autour d'elle lui paraît irréel, comme s'il venait d'être soufflé par une explosion. Tout son monde vacille dangereusement, peut-être même s'est-il déjà écroulé sans qu'elle n'en sache rien. Elle décide d'attendre le retour d'Éric pour entendre la vérité de sa bouche. En elle palpite un infime espoir que tout cela soit moins grave qu'elle l'imagine. Éric lui parlera, il expliquera tout. L'homme qu'elle a épousé est un travailleur acharné, ambitieux mais pas malhonnête. Elle pense au jeune homme qui voulait soigner des gens, sauver des vies. Où est-il passé ? Aujourd'hui, pour lui, seul compte l'argent. Soudain, elle comprend le comportement d'Éric ces derniers temps, ses silences, ses insomnies, ses envies de plus en plus fréquentes de cognac…

Stella gémit et ouvre ses beaux yeux d'ambre. Elle tente maladroitement de se lever. Alice la porte pour l'emmener dans le jardin et la pose par terre au pied du tilleul pour son pipi du soir. La chienne essaie de marcher seule et s'écroule dans l'herbe humide. Elle la prend dans ses bras et la ramène sur son canapé en se retenant de pleurer. Sa Stella, son bébé joli, son soleil, n'est plus que l'ombre d'elle-même. Alice reste prostrée à côté d'elle en attendant le retour d'Éric.

La clé tourne dans la serrure. Alice sursaute : elle s'est endormie sur le canapé en veillant Stella. La chienne se réveille aussi et remue mollement la queue en reconnaissant Éric sur le seuil du salon.

— Tu ne dors pas ?

— Quelle heure est-il ?

— Minuit passé. Un de mes patients a fait un malaise, je suis resté pour voir si tout allait bien.

— Ce n'est pas le médecin de garde qui est chargé de veiller les opérés ?

— Que veux-tu dire ? Tu crois que ça m'amuse de veiller jusqu'à pas d'heure au lieu de rentrer chez moi ?

Alice tend le bras pour attraper les papiers sur la table basse et lit :

— « *Cette fois, impossible d'y échapper. Ainsi que je le craignais, la Sécurité sociale diligente une enquête interne sur la clinique de Condé. Il faut se préparer à vous défendre...* »

Éric se précipite vers elle.

— Où as-tu trouvé ça ?

Elle relève le menton, prête à l'affronter :

— J'ai fouillé dans ton ordinateur.

— Quoi ? Mais comment tu as osé ? C'est une intrusion inadmissible !

Éric semble à la fois fou de rage et totalement épuisé. Il se laisse tomber sur le canapé en face d'elle et se passe la main sur le visage.

— C'est tout à fait admissible, Éric ! Je suis ta femme ! Quand comptais-tu m'en parler ?

— Je pensais régler ça tout seul, sans t'inquiéter.

— Je suis déjà inquiète ! Sinon, je n'aurais pas fait ça ! Comment t'es-tu mis dans une situation pareille ?

— C'est venu comme ça. Je me suis spécialisé dans le domaine de la sleeve, et peu à peu, des patientes ont commencé à affluer... On n'a fait que répondre à la demande. Je ne pensais pas à mal. Je reçois des lettres de remerciement chaque jour. Mes patientes sont vraiment plus heureuses. Leur vie a radicalement changé après l'opération. Elles ont trouvé des jobs, rencontré des compagnons...

Alice veut bien croire que la quête de la minceur conduise à des extrémités terribles. La pression est terrible sur les femmes : il faut être jeune, mince, épilée, manucurée. La graisse, les plis, les rides, les cheveux blancs, les poils, les vergetures, sont traqués, pourchassés, éliminés, comme des ennemis de l'intérieur. Une guerre sans fin contre soi-même qui demande de l'énergie, du temps, de l'argent.

— OK, mais si elles n'étaient pas éligibles, pourquoi as-tu fait payer la Sécu ?

— Mais je ne suis pas seul à le faire ! C'est une pratique courante. Il y a tant de femmes qui veulent perdre du poids. Si je ne le faisais pas, elles seraient allées voir quelqu'un d'autre.

Alice secoue la tête, horrifiée. Elle a l'impression de ne plus le connaître.

— Qu'est-ce qu'on risque ? demande-t-elle.

Éric la regarde dans les yeux. Les mots sortent avec difficulté :

— La ruine. On va sans doute me réclamer le remboursement de toutes les opérations réalisées en dehors du cadre légal.

Elle encaisse sans broncher, mais le choc est rude. Trois heures plus tôt, elle pensait fêter tranquillement son anniversaire au restaurant, et maintenant...

— Tu veux dire qu'on peut perdre la maison ? demande-t-elle.

— Peut-être même la clinique... Tout dépendra de la somme. J'espère ne pas être radié de l'ordre des médecins.

Alice se met à claquer des dents. Sa respiration s'accélère, elle se retrouve essoufflée comme après un *running*, en proie à une attaque de panique. Elle n'arrive pas à y croire, il doit bien y avoir une issue, une solution. À côté d'elle, la chienne gémit. Elle pose une main apaisante sur sa tête, la caresse lentement. Demain, elle l'emmènera chez le vétérinaire.

— Pourquoi tu as fait ça ?

— Je l'ai fait pour toi, pour nous ! Pour qu'on ait une belle vie, pour être au même niveau que nos amis, les recevoir avec luxe, partir en vacances dans des beaux hôtels...

— Arrête, Éric, je n'ai jamais demandé tout ça. Tu l'as fait pour toi, parce que tu en veux toujours plus !

Éric l'écoute sans la contredire. On dirait qu'il est soulagé qu'elle soit au courant.

— Cette semaine, je dois voir mon avocat. Viens avec moi. On va affronter ça ensemble.

Du fond du canapé, Stella tend soudain le cou vers le ciel et pousse un hurlement de loup. Ses yeux sont révulsés, elle a la bave aux lèvres. D'un bond, Alice et Éric sont près d'elle, paniqués. Éric pose ses doigts sur sa gorge pour tâter son pouls.

— Oh non ! pleure Alice, il faut la conduire immédiatement à la clinique vétérinaire…

Éric secoue la tête, il sanglote sans retenue.

— Regarde-la, dit-il. Ne la lâche pas du regard, il faut qu'elle sache qu'on est avec elle. Elle s'en va.

17

Elle souffrait d'un chagrin d'amour inattendu

ALLONGÉE SUR UNE CHAISE LONGUE dans le petit jardin des Bianchi, Alice laissait le soleil lui chauffer la peau, les os, le cœur. Les parents de Sandrine les avaient invitées à déjeuner et maintenant elles digéraient leurs délicieux spaghetti *cacio e pepe* sous la tonnelle pendant que les anciens somnolaient à la fraîche en face de la télé. Une semaine après son arrivée à Marseille et une cure de bains de mer quotidiens, elle se sentait bien, excepté le fait qu'elle souffrait d'un chagrin d'amour inattendu.

Lors de son dernier séjour, un an plus tôt, elle était arrivée aussi vaillante qu'un pneu crevé. Cette fois, Sandrine l'avait trouvée pimpée et pimpante. La pelote embrouillée de son existence s'était un peu démêlée.

Elle y voyait plus clair, même si tout restait toujours en suspens jusqu'à l'issue du procès. La procédure du divorce pourrait alors débuter, et elle récupérerait sa part de la vente de la maison. Pour l'heure, Alice n'avait pas encore décidé dans quelle direction orienter la suite, mais pour la première fois, elle l'envisageait avec l'excitation d'une page blanche et non comme les cendres de tout ce qu'elle avait construit. Oui, la vie était bien plus belle qu'un an plus tôt. Elle s'était même offert un vrai beau crush d'adolescente. Une folie amoureuse s'était emparée d'elle. Son cœur avait vibré, son corps avait tremblé. Elle y avait cru très fort, avant que tout se dégonfle comme un gâteau pas cuit, sans même avoir commencé. Pourtant, elle était sûre que ça aurait pu marcher avec Karim… Ils s'entendaient si bien ! Après tout, en dix ans et une seule nuit, il n'était pas sorti de sa mémoire. Elle avait cru qu'il en était de même pour lui. Là était l'erreur. Jamais elle n'aurait imaginé que son amourette avortée la rendrait si triste.

Un soupir s'échappa de sa poitrine.

— Ah non ! Tu ne penses pas encore à lui !

— Non…

— Menteuse !

Sandrine posa son Coca sur le petit guéridon de jardin et se leva. Elle était toujours brune et bronzée, toujours aussi charismatique et grande gueule. Même si sa chevelure n'était plus aussi abondante et qu'un joli plissé soleil s'est installé autour de ses yeux, Alice la trouvait éblouissante et admirait sa force. Elle incarnait la puissance féminine, son amie prodigieuse.

— Tu voulais visiter la maison de tes grands-parents ? Allons-y avant la plage.

Un quart d'heure plus tard, elles sonnaient au portillon de la maison de sa jeunesse. Après la mort d'Amadeo et Anita, sa mère avait mis la maison en location. Une famille avec deux enfants l'occupait depuis des années. Les locataires les accueillirent chaleureusement. C'était un jeune couple charmant, avec leurs vélos garés sous le porche et des plantations d'herbes aromatiques dans la cour. Ils donnaient leur congé pour acheter une maison plus grande, un peu plus loin vers les Goudes. Avec le temps, le quartier populaire et excentré de la Pointe-Rouge, situé aux portes des calanques, était devenu un paradis bobo aux airs de station balnéaire, avec ses plages, son port de plaisance, ses guinguettes au bord de l'eau, ses restaurants branchés et sa vue sur la rade de Marseille et les îles du Frioul.

Alice retrouva avec émotion la petite entrée avec sa Vierge bleue et son sol aux carreaux de ciment colorés. C'était à la fois plus petit et plus grand que dans son souvenir, car les doubles portes avaient été enlevées pour faciliter la circulation entre les pièces. Les murs ainsi que l'escalier avaient été repeints en blanc et la cuisine refaite.

— Toutes les portes sont toujours à la cave, nous pouvons les remettre, la rassura la locataire.

— Ça ne sera pas la peine, c'est très bien comme ça.

— C'est super, ce qu'ils ont fait, commenta Sandrine. Avec un petit coup de peinture, elle est prête à vendre.

À l'étage, les trois chambres avec leurs meubles Ikea affichaient le joyeux désordre des familles heureuses. Elle ferma les yeux pour se remémorer la chambre de ses grands-parents, le grand lit et l'armoire en merisier, la tapisserie beige orangé aux murs, les petites tables de nuit encombrées de médicaments… Il lui semblait que la maison lui parlait. Elle dévala l'escalier, la gorge un peu serrée, et prit rapidement congé. C'est toujours étrange de retrouver des lieux qu'on a aimés. Elle se demanda si elle aurait un jour la force de visiter sa maison de Vineuil occupée par une autre famille.

— Merci beaucoup de nous avoir reçues.

— Nous avons été heureux ici. La maison a de bonnes ondes.

Elles empruntèrent le chemin d'autrefois pour se rendre à la plage. Alice avait emporté un grand panier qui lui cisaillait l'épaule, car elle aimait avoir tout son barda à portée de main : livre, linge et maillot de rechange, paréo, tongs, un sweat shirt et une robe longue pour la fraîcheur du soir, son portefeuille, son téléphone avec sa recharge... Sandrine portait un simple tote bag en toile. Comme chaque jour, elles s'installèrent au Bain des Dames, une petite anse tranquille caressée par la Méditerranée, qui abritait quelques authentiques cabanons marseillais.

Quelle semaine ! songea Alice tout en se tartinant de crème solaire. Marseille lui avait à nouveau ouvert ses plages, son trafic impossible, ses mecs en claquettes et ses rues grouillantes. Sandrine habitait maintenant avec son nouveau compagnon Marco et sa fille âgée de douze ans dans un grand appartement du Panier, au-dessus du Vieux-Port. La petite étant en vacances avec son père jusqu'à la fin du mois, elles avaient dîné chaque soir en terrasse, dans les multiples petits restaurants de ce quartier branché aux maisons colorées et aux ruelles pentues. Le week-end dernier, Marco les avait emmenées en bateau dans les calanques. Alice avait eu le mal de mer, mais la beauté de ces longues criques aux eaux turquoise, bordées de falaises plantées de pins parasols, en valait la peine. Avec 57 kilomètres de littoral, la nature était partie prenante de Marseille. Alice pourrait parfaitement s'imaginer vivre ici, entre terre et mer. Elle se tourna vers Sandrine qui sirotait un Coca zéro, le nez plongé dans l'écran de son smartphone.

— Si c'était à refaire, je n'aurais jamais laissé tomber mes études, ni arrêté de travailler !

Son amie la dévisagea, surprise.

— Allons bon ! On ne t'a pas dit qu'il ne faut jamais avoir de regrets ?

— Quand tu as divorcé, tu ne t'es pas retrouvée dans la merde comme moi. Tu avais un salaire, tu pouvais te payer un loyer et de quoi manger. Quoi qu'il arrive, tu as un métier dans les mains, une carrière. La preuve, tu as très bien su rebondir.

Après des années passées à la radio, Sandrine travaille maintenant pour les théâtres de Marseille et d'Aix-en-Provence.

— Il me semble que tu as un job aussi…

— Trop précaire quand on n'a que ça pour vivre. Régine, ma formatrice, gagne sa vie car elle est à la tête d'une équipe de vendeuses qu'elle a formées… mais je ne me vois pas faire ça.

Sandrine se retourna pour se mettre à plat ventre.

— Qu'est-ce que tu te vois faire ?

Alice hésita. L'idée lui trottait dans la tête depuis un moment, mais lui faisait très peur.

— J'aimerais reprendre mes études et passer le barreau pour devenir avocate ! lâcha-t-elle d'une traite.

Son amie la dévisagea, impressionnée

— Mais quelle bonne idée ! Voilà un projet qui a de la gueule !

— Tu crois que j'en serais capable ?

— Évidemment ! Tu as déjà bossé comme une pro sur le dossier de ton ex.

Alice reposa ses lunettes de soleil sur son nez et s'allongea pour offrir son corps au dieu soleil. La bombe lâchée, elle avait besoin d'y réfléchir.

— La rentrée, c'est bientôt, l'informa Sandrine.

Elle n'eut pas le loisir de lui répondre qu'elle était au courant, car son smartphone sonna. L'écran afficha le visage de Doria.

— Karim est à Marseille ! s'écria-t-elle.

D'une main tremblante, Alice mit le téléphone sur haut-parleur afin que Sandrine puisse entendre.

— Et attends la meilleure… il n'est pas avec Sabrina !

— Quoi ?! Mais comment tu sais ça ? demanda Alice d'une voix bien trop aiguë.

Doria se rengorgea.

— Je lui ai demandé cash. Il s'est marré et a répondu non : c'est la fille de son super ami d'enfance, genre sa nièce !

— Tu es sûre ? Mais elle habite chez lui !

— Il l'hébergeait juste pour la dépanner. Il y a quelques jours, ils sont redescendus à Marseille.

— Ensemble ?

— Sabrina devait retrouver sa famille. Karim a prévenu Mira qu'il serait chez sa sœur. On a son adresse. Tu la veux ?

— Oui ! souffla Sandrine

— Pour quoi faire ? demanda Alice.

Sandrine était déjà en train de s'habiller et sortait les clefs de voiture de son sac.

— Tu dois lui parler, la pressa Doria. Dis-lui ce que tu ressens. Si ça se trouve, il ne comprend pas pourquoi tu ne lui parles plus ! Go !

Sandrine ne lui laissa pas choix. Une explication en tête à tête valait mieux que tous les textos. Elles se rendirent donc à Noailles, l'un des quartiers les plus anciens et les plus multiculturels de Marseille, situé juste à côté de la Canebière. Kenza, la sœur de Karim, habitait rue de Rome. Alice regardait autour d'elle avec curiosité. Surnommé le ventre de Marseille, Noailles était réputé pour ses échoppes orientales et ses terrasses de cafés animées. Elles grimpèrent à travers les ruelles colorées de *street art* et arrivèrent devant un immeuble ancien, passablement délabré.

— Doria m'a dit que c'était au troisième, mais je crois qu'on fait une énorme connerie...

— Tais-toi et monte.

Kenza était une jolie femme brune et plantureuse d'une quarantaine d'années vêtue d'un jean et d'une tunique colorée qui mettaient en valeur sa silhouette féminine.

— Bonjour, balbutia Alice, je cherche Karim, est-ce qu'il est là ?

La jeune femme la dévisagea avec curiosité.

— Et vous êtes ?

— Oh pardon, je suis Alice... Alice Dahan, répondit-elle en se disant que le nom de son père lui serait peut-être familier.

— Dahan... c'est juif, ça ? prononça une voix de vieille femme au fond de l'appartement.

— Ta gueule maman, répondit calmement Kenza.

Un chausson en tissu bleu lui atterrit sur la tête, mais elle le balaya d'un revers de main. Alice s'apprêtait à faire demi-tour sans demander son reste lorsque Kenza la retint avec le même sourire solaire que son frère.

— Entrez, je vous en prie. Ne faites pas attention, malheureusement, elle perd la boule.

Sandrine poussa Alice en avant. Elles se retrouvèrent dans un salon moderne, à la déco blanc et argent.

— Vous voulez boire quelque chose ? Un jus de fruit, un verre d'eau ?

— J'avais des voisins Dahan à Casa !

Tournant la tête, Alice découvrit une vieille femme vêtue d'un jogging aux couleurs de l'OM, assise dans un fauteuil en face de la télé.

— On s'en fout, maman !

La seconde pantoufle bleue vola par-dessus son épaule.

— Comment tu parles à ta mère ?

— Euh… Karim n'est pas là ? demanda Alice.

— Non, il est à la capitainerie du Vieux-Port, en train de préparer son bateau. Il part pour une petite croisière. Il sera de retour dans quelques jours.

— Comment s'appelle son bateau ? demanda Sandrine

— Le *Mina.*

— Merci beaucoup, mais on doit y aller !

Une fois dans la rue, Alice envoya un message à Karim. Elle ne comptait pas jouer à cache-cache toute la matinée.

Hello, je suis à Marseille. Tu vas bien ?

Il répondit immédiatement.

Ah, génial ! J'y serai dans quelques jours. Je t'appelle dès mon arrivée.

— Oh non ! Il est parti ! Je vais encore moisir d'angoisse avant de le voir ! s'écria-t-elle en montrant la réponse à Sandrine.

— Il n'a peut-être pas encore levé l'ancre. On n'a qu'à y aller.

— C'est loin ?

— Non, il faut juste descendre la Canebière.

Elles se mirent à courir en zigzaguant parmi la foule, entre les arbres, les poussettes et les voitures, le grand panier de plage d'Alice lui cisaillant toujours l'épaule. Essoufflées, elles arrivèrent quai Marcel-Pagnol. À la capitainerie, Alice demanda où se trouvait le bateau appelé le *Mina*.

— Ponton numéro 8, avec les voiliers.

— J'en peux plus, je meurs de chaud, de soif et j'ai envie de pisser ! se plaignit Sandrine.

— On y est presque. Viens avec moi, s'il te plaît !

Heureusement, le *Mina* se trouvait toujours au port. C'était un grand voilier en bois vernis de type goélette, avec une large plage arrière habillée de coussins blanc crème. Une longue table à manger en bois entourée de fauteuils complétait l'ameublement.

— Eh ben ! Il est canon, ce *Mina* ! siffla Sandrine.

— On dirait qu'il n'y a personne à bord, dit Alice, déçue.

— Monte ! Il est peut-être à l'avant…

Alice emprunta la passerelle de bois. Le voilier de Karim avait le charme envoûtant d'un bateau de pirate. Elle longea l'étroite coursive et arriva sur le pont avant pour constater qu'il était également désert.

— Il n'y a personne. Qu'est-ce qu'on fait ? dit-elle en revenant vers Sandrine.

— Mon rôle s'arrête ici. Tu l'attends, et moi, je rentre.

— Mais j'ai le mal de mer. Même le ponton bouge !

— Prends un Mercalm !

Alice gardait une boîte de médicaments dans son panier géant depuis sa balade houleuse dans les calanques. Elle avala un comprimé avec un peu d'eau. Un homme avec une tête burinée de vieux loup de mer les héla du bateau voisin :

— Ils sont en train d'avitailler, ils ne vont pas tarder.

— Parfait, déclara Sandrine. Alors… bonne chance, et tiens-moi au courant ! À tout à l'heure !

Debout sur le pont, elle regarda partir sa meilleure amie.

— Sandrine… Merci !

Alice s'installa contre les cousins de la plage arrière. De qui parlait l'homme en disant « ils » ? Elle espéra que Karim ne lui ferait pas la mauvaise surprise de débarquer avec Sabrina ou toute autre femme à son bras…

Quarante-huit ans

Mercredi 2 septembre 2020

DANS UN APPARTEMENT PARISIEN du XVIe arrondissement, assise bien droite dans une bergère assez inconfortable, Alice écoute Clémence Beaufort. Son thé refroidit dans la tasse en porcelaine posée sur guéridon à plateau de marbre. Alice prend des notes en empêchant ses mains de trembler. Clémence est mince, élégante, bien coiffée et bien maquillée. Clémence souffre. Dix-huit mois plus tôt, elle a été opérée de l'estomac par le docteur Lambert. Une « sleeve gastrectomie » comme il en pratique chaque jour. C'est un très bon chirurgien dont le nom apparaît dès qu'on parle de réduction de l'estomac. L'intervention s'est bien passée, mais les suites ont été compliquées pour cette patiente.

— La préparation pour ce type d'opération est censée être très poussée, explique Clémence Beaufort d'une voix lasse. J'aurais dû être suivie plusieurs mois à l'avance par un psychologue, un diététicien et un nutritionniste. Cette étape a été négligée à la clinique de Condé, tout comme les suites postopératoires. Je n'ai pas suffisamment été préparée à ce nouveau moi. Mon estomac ne supporte plus rien. Je n'ai plus plaisir à manger et je suis maigre comme un clou. J'ai perdu mes pommettes, mon décolleté, mes seins. Dans le miroir, je vois une vieille femme toute plissée alors que j'étais plantureuse, sensuelle et gaie. Je prenais de la place, je parlais fort, je riais… j'existais. Aujourd'hui je me sens invisible. Je voudrais redevenir comme avant, mais l'opération est irréversible. Alors… je me remplis de calories comme je peux. Je mange de la glace et je bois du vin. Une addiction a remplacé l'autre.

Alice retranscrit soigneusement les mots de Clémence Beaufort. Elle a appris à taper sur son iPad à la vitesse de la parole.

— Savez-vous si vous étiez éligible à la chirurgie bariatrique, c'est-à-dire avec un Indice de masse corporelle supérieur à 40, ou à 35, avec des comorbidités ? demande doucement Alice.

— Mon IMC était de 30. Je n'avais pas assez de volonté pour tenir mes régimes, je me suis dit que c'était la solution à mes problèmes. Un autre chirurgien avait refusé de m'opérer. Le docteur Lambert m'a dit qu'il s'arrangerait…

— Que pourriez-vous dire de positif sur votre expérience à la clinique de Condé ? demande Alice.

C'est une des questions type qu'elle a préparées avec maître Ganem, l'avocat d'Éric. Quand, à l'issue de son enquête, la Sécurité sociale a intenté un procès à la clinique de Condé, l'avocat lui a demandé de recueillir des témoignages en faveur de son mari pour monter le dossier. En tant qu'accusé, Éric n'a pas le droit de contacter ses patientes et patients, mais son épouse le peut. C'est ainsi que, en quelque mois, elle a interviewé des dizaines de personnes. Aujourd'hui, c'est au tour de Clémence Beaufort, la dernière de sa liste. Celle-ci réfléchit longuement avant de répondre.

— C'était propre, dit-elle enfin.

Alice se lève et lui serre la main.

— Merci beaucoup de m'avoir accordé du temps. J'espère que vous voyez un thérapeute pour vous aider à surmonter cette épreuve.

La femme lui adresse un sourire triste.

— Ne vous inquiétez pas pour moi, madame Lambert, pensez plutôt à vous.

La phrase lui tourne encore dans la tête quand elle roule vers Chantilly pour livrer le compte rendu des derniers témoignages à l'avocat d'Éric.

Charles Ganem est un homme calme et méthodique aux cheveux gris et au visage marqué. Auprès de lui, Alice retrouve la tournure d'esprit rigoureuse découverte lors de ses études. En droit, chaque plaidoirie doit être solidement argumentée, et se référer soit à des articles du Code civil ou pénal, soit des jurisprudences. La première fois qu'Alice a rencontré l'avocat, c'était avec Éric. Depuis, elle revient souvent le voir et apprécie de réfléchir au procès avec lui. Sa méthode pour constituer un dossier solide et construire son argumentation est impressionnante.

— Ce dernier témoignage ne joue pas en notre faveur… Heureusement que nous en avons de plus intéressants.

— J'espère qu'elle ne se portera pas partie civile.

— Avec les délais auxquels nous sommes confrontés, tout peut malheureusement arriver.

Après avoir conclu que la clinique de Condé avait mis en place un véritable système d'escroquerie, la Sécurité sociale a saisi le procureur de la République de Senlis. Celui-ci a confié l'enquête à la police judiciaire de Creil, plutôt qu'à la brigade de gendarmerie de Chantilly, pour éviter le risque de pots-de-vin ou de connexions amicales. Éric Lambert a le bras long. L'affaire a été renvoyée devant le tribunal correctionnel. Il s'écoulera sans doute un très long moment avant d'avoir une date de procès.

— Vos comptes rendus d'entretien sont impeccables. J'avoue que je n'en attendais pas autant. Vous auriez fait une très bonne avocate.

— J'ai malheureusement arrêté mes études après ma licence, quand je suis tombée enceinte, pour m'occuper du bébé et d'Éric qui était encore interne.

C'est la première fois qu'elle exprime ce regret. Pendant des années, elle n'a jamais remis sa décision en cause. À l'époque, elle lui était apparue comme la seule option possible. Mais aujourd'hui, elle ne peut s'empêcher de se demander ce qu'aurait été sa vie si elle était devenue avocate…

Charles Lambert est attentif, méticuleux, amical. Peu à peu, une complicité s'est nouée entre eux. Elle a confiance en lui et ressent même un petit quelque chose qui ressemble à de l'amitié.

— Si je me suis impliquée aussi à fond dans ma mission, ce n'est pas seulement pour Éric, mais surtout pour moi, avoue-t-elle. J'avais besoin de découvrir la vérité. Pas sa version, ou la vôtre.

— Et quelles sont vos conclusions, madame Lambert ?

— Je pense qu'Éric est un excellent chirurgien. Il a sauvé des vies et a changé le destin de beaucoup de personnes véritablement obèses, qu'il a suivies avec beaucoup de conscience professionnelle. Mais la demande très forte pour ce genre d'opération lui est montée à la tête. L'attrait de l'argent lui a fait accepter des patientes qui prenaient la chirurgie bariatrique pour de la chirurgie esthétique. Pour ne pas attirer l'attention de confrères psychologues ou nutritionnistes sur leurs cas, il a négligé ces femmes-là et a mis leur santé en danger. Il n'aurait pas dû accepter de les opérer, et encore moins trafiquer leurs dossiers pour qu'elles soient éligibles.

— En somme, vous le déclarez coupable. Espérons que la cour sera plus indulgente.

— Et que votre argumentation sera plus solide que la mienne.

Un an plus tard, Alice ne s'est toujours pas habituée à l'absence de Stella. Le silence de la maison est à chaque fois un rappel douloureux de la disparition de sa chienne chérie qui l'accueillait avec des bonds de joie et des gémissements de bonheur. Elle pose la clé dans le vide-poche et se dirige vers la cuisine. Sa conversation avec l'avocat lui a laissé le cœur lourd. Perturbée, elle ressent un picotement brûlant sur le visage et le décolleté et se rince la figure à l'eau fraîche. Serait-ce une bouffée de chaleur ? Sa gynéco l'a prévenue qu'elle est en préménopause, mais Alice n'a pas voulu l'entendre. Ça ne peut pas déjà lui arriver ! Elle se sert un verre de vin puis se dirige vers le salon.

Éric rentre une demi-heure plus tard. En le regardant se pencher vers elle et l'embrasser sur le front, elle réalise qu'il a vieilli. Ses traits sont plus marqués, il a perdu du poids et quelques cheveux. Chaque matin, il vit dans l'angoisse d'être radié de l'ordre des médecins, et chaque soir, il remercie le ciel d'avoir pu travailler un jour de plus. Il s'installe face à elle, dans le rocking-chair près de la cheminée.

— Comment s'est passée ta journée ?

— J'ai interviewé la dernière patiente aujourd'hui. Clémence Beaufort.

— C'était bon ou pas bon ? demande-t-il en se servant un verre.

Elle se laisse aller contre le dossier confortable du canapé.

— Pas bon… et mon travail pour toi est officiellement terminé.

— Merci infiniment, tu as été exceptionnelle. Sans toi, je n'aurais pas eu tous ces témoignages favorables. C'est pas grave si une vieille conne n'a pas été satisfaite de mes services. On va gagner, je le sens.

Alice boit une gorgée de vin et repose le verre sur la table basse. Autour d'elle, le décor familier semble basculer dans le flou. Elle a un peu le vertige.

— Éric, dit-elle, je te quitte.

18

Alice se regarda droit dans les yeux et décida de se trouver belle

Un rayon de soleil sur sa paupière réveilla Alice. La nausée qui l'avait terrassée semblait s'être calmée. Tout à l'heure, en attendant Karim en plein soleil, le mal de mer l'avait rattrapée. Elle avait avalé un second Mercalm et s'était réfugiée à l'ombre, à l'intérieur du bateau. Surprise, elle avait découvert une grande pièce lumineuse composée d'une cuisine ouverte faisant face à une table à manger entourée de banquettes en bois clair. Curieuse, elle avait descendu quelques marches avec le sentiment d'être dans le ventre du bateau. De part et d'autre d'un couloir lambrissé, des portes se faisaient face. Alice avait poussé la première pour découvrir une cabine inoccupée, meublée d'un grand lit bateau. Elle s'était allongée avec l'idée de se reposer un petit moment.

Elle se redressa sur les coudes. Un casque de coton semblait lui compresser le crâne. Des profondeurs du bateau lui parvenait un battement mécanique, et la mer tanguait de plus belle. Serait-il possible qu'ils aient levé l'ancre ? Elle sauta du lit et ouvrit la porte. Effectivement, le bruit du moteur lui parvenait maintenant précis et amplifié. Un petit vent chargé d'embruns descendait des escaliers. Elle monta les marches d'un bond et se retrouva sur le pont. À sa droite, Karim, pieds nus, vêtu d'un bermuda bleu marine et d'un polo blanc, casquette de l'OM vissée sur la tête, manœuvrait un large gouvernail en bois. Au-dessus de lui, un jeune homme accroché à la structure métallique qui encerclait le pont arrière était en train d'y fixer une grande tenture blanche pour les protéger du soleil.

— On est loin de Marseille ? demanda-t-elle, paniquée.

— Ahhhh ! hurla Karim en la découvrant à un mètre de lui.

Le jeune homme, toujours occupé à fixer l'auvent, resta impassible derrière ses lunettes de soleil. Karim se reprit et lui offrit un sourire perplexe.

— Qu'est-ce que tu fais là ?

— Je me suis endormie… commença Alice.

Elle hésita, mal à l'aise. La situation prêtait à confusion, comme si elle avait voulu le piéger ou s'incruster sur son bateau sans son accord. La honte !

— Je voulais te parler…

— Ça ne pouvait pas attendre mon retour ? demanda-t-il.

Elle le sentait agacé, et cela la mortifiait plus que de raison.

— Écoute, je suis désolée. J'ai pensé que c'était une bonne idée de te voir avant de rentrer à Paris. J'ai voulu t'attendre à l'ombre et je me suis endormie après avoir pris deux Mercalm. Peux-tu me ramener à Marseille, s'il te plaît ?

— Impossible ! Ça fait plus d'une heure qu'on est partis. Ça me ferait perdre trop de temps. Il me reste encore beaucoup de navigation.

Le jeune homme avait terminé d'installer l'auvent et s'était posé sur la passerelle au-dessus de la mer pour fumer une cigarette.

— Où allez-vous ? demanda-t-elle.

Karim la dévisagea d'un air peu aimable.

— Tu as ton passeport sur toi ?

— Je ne sais pas ! Pourquoi ?

— On va à Tunis, via la Sardaigne. Si tu n'as pas ton passeport, ça va être la galère. Là, je devrais vraiment te ramener, et je perdrais au moins trois heures de navigation.

— Je n'ai aucune intention d'aller à Tunis !

Elle fit malgré tout demi-tour et se partit fouiller son panier qu'elle avait laissé dans la cabine. Sandrine devait être morte d'inquiétude ; elle lui envoya un texto pour l'informer de la situation ubuesque. Son passeport était bien là, au fond de son portefeuille, grâce à son habitude de se déplacer avec sa maison sur le dos. Elle hésita sur la conduite à adopter. Décidément, rien ne se passait jamais comme elle le prévoyait. La tentation de mentir pour l'obliger à retourner sur la terre ferme lui traversa l'esprit.

— Je l'ai, déclara-t-elle de mauvaise grâce en revenant sur le pont. Mais pourrais-tu me déposer quelque part à terre, sans faire demi-tour, bien sûr… Perpignan, peut-être ?

Karim se mit à rire.

— Regarde autour de toi ! Nous sommes à des kilomètres au large des côtes, et nous mettons le cap sur

Stintino, au nord-ouest de la Sardaigne. Perpignan, c'est totalement à l'opposé.

— Ah…

Elle se laissa tomber sur une chaise et se prit la tête dans les mains, en se forçant à respirer amplement. Son mal de mer refaisait des siennes, ravivé par le stress et la houle du grand large.

— Je ne me sens pas très bien, avoua-t-elle piteusement.

— Rayan ! appela Karim, je te présente Alice qui va faire la traversée avec nous. Tu peux nous préparer le déjeuner ? Je pense qu'elle a faim.

Alice était donc bel et bien coincée à bord. Ah, elle voulait voir Karim… Elle était servie !

Elle salua le jeune homme, un beau gosse coiffé d'un bob, qui avait environ l'âge de son fils. Il ôta ses lunettes de soleil Gucci pour lui serrer la main et descendit nonchalamment les escaliers. Alice le suivit pour ranger son passeport. Une porte dans la cabine menait à une mini salle de douche. Elle se rinça le visage à l'eau froide et s'observa dans le miroir. L'approche de la cinquantaine avait mis à mal son estime de soi. Elle vivait désormais avec filtre vieillissant dans le cerveau et s'imaginait toujours pire que la réalité. L'image que lui renvoya le miroir était celle d'une jolie femme blonde, dont les cheveux un peu décoiffés, encadraient un visage reposé et doré par le soleil. Le bronzage avait atténué ses cernes, et son séjour marseillais avait défatigué ses traits. Alice se regarda droit dans les yeux et décida de se trouver belle.

Quand elle remonta sur le pont, le couvert avait été dressé pour deux sur la grande table en bois. Karim l'attendait, assis à l'ombre de la toile blanche, face à une salade, une omelette et une corbeille de pain. Rayan avait pris la barre. Tout autour d'eux, à perte de vue, la Méditerranée étincelait sous le soleil.

— Ce soir, on aura peut-être du poisson, on a posé des lignes. Mange, ça te fera du bien.

Elle attaqua avidement le repas. Quelques bouchées de nourriture calmèrent son estomac malmené.

— Mmm ! Délicieux. C'est vrai que j'avais faim !

Il se servit le reste de l'omelette, et planta son regard dans le sien.

— Au fait… Comment as-tu fait pour me trouver ?

— C'est ta sœur qui m'a dit que tu étais sur ton bateau.

— Ma sœur ? Tu la connais ?

Alice se mordit les lèvres. S'il apprenait qu'elle l'avait traqué jusque chez Kenza, il la prendrait encore plus pour une psychopathe.

— Un peu… dit-elle légèrement avant de changer de sujet. Ton voilier est magnifique !

Karim lui offrit son plus beau sourire, et une petite flamme familière lui brûla le cœur.

— Trop content qu'il te plaise. C'est ma folie ! Je ne me suis pas acheté d'appartement rien que pour m'offrir ce bijou. Il vient de Bodrum, en Turquie. Ce sont les plus forts pour fabriquer de genre de voiliers, à la fois performants et hyper confortables.

— J'ai vu ! La cabine dans laquelle j'ai dormi est incroyable.

— Et encore, tu n'as pas vu la mienne ! balança-t-il avec son sourire en coin.

Il avait peut-être parlé de manière innocente, mais ces simples petits mots lui coupèrent le souffle. Elle but une gorgée d'eau fraîche.

— Que vas-tu faire à Tunis ?

— On a une mission à accomplir, dit-il d'un ton qui n'appelait pas d'autre question.

Karim adorait faire parler les autres, mais il était fermé comme une huître quand il s'agissait de se confier. À Paris, il savait faire rire et mettre de l'ambiance, mais Alice avait remarqué qu'il coupait court quand il ne souhaitait pas répondre. Il se leva pour débarrasser et elle le suivit. La cuisine était très fonctionnelle et possédait même un petit lave-vaisselle et une machine à café. Ils rangèrent les restes et burent deux expressos sur le pouce.

— Je dois reprendre la barre. Pose-toi quelque part et profite de la traversée. Il y a des matelas à l'avant si tu veux du soleil, des coussins à l'arrière si tu préfères l'ombre…

Longeant la coursive, elle se dirigea vers la longue plage avant, ôta sa tunique et s'allongea, en bikini, sur l'un des matelas de plage. Ainsi couchée, le visage caressé par le grand air, son mal de mer la laissait tranquille. La beauté du moment lui entra dans les yeux. Le bleu royal de la Méditerranée miroitait sous le soleil des derniers jours d'août. C'était une couleur profonde comme un velours, étincelante comme un saphir, qui donnait envie d'y plonger et de s'y perdre. Au-dessus de sa tête, le ciel indigo pailleté de lumière s'étirait à l'infini. Pas la moindre trace de littoral à l'horizon, juste une ligne en arc de cercle au bout de laquelle l'air et l'eau se confondaient. Dans ces bleus merveilleux se découpaient la blancheur de la voile battant au vent comme une aile de goéland.

De temps en temps, elle se retournait vers Karim, toujours debout à la barre, le regard dissimulé par des lunettes de soleil. La regardait-il ? Peu à peu, le ciel se teinta d'or, de rose et de mauve, dans un incendie céleste. Le soleil descendit vers l'horizon et, pareil à un ballon rouge, plongea dans l'eau devenue sombre. Alice alla retrouver Karim. Il se débattait avec un gros poisson argenté qu'il venait d'arracher aux flots. Elle fila dans sa cabine pour ne pas voir ça.

Quand elle remonta, douchée et vêtue d'une robe longue extirpée de son panier, le poisson grillait sur le barbecue, accompagné de tranches d'aubergine et de poivrons. Elle proposa de préparer une salade et mit le couvert. Rayan lâcha la barre un instant pour allumer des bougies sur la table.

— Il y a des bières au frais si tu veux, dit-il.

— Avec plaisir, merci !

Karim avait enfilé un jean à la place de son bermuda. Son polo blanc mettait en valeur son bronzage cuivré et il était l'incarnation du mot sexy. Il arriva avec le loup grillé sur un grand plat de faïence qui lui mit l'eau à la bouche. Ça sentait merveilleusement bon. Alice ne mangeait plus de poissons d'élevage depuis longtemps, révoltée par le traitement inhumain qui leur était réservé, mais celui-ci avait été pêché à la ligne. Karim découpa de beaux filets avec sa dextérité de restaurateur et s'installa en face d'elle.

— Tu voulais me dire quelque chose de particulier en venant me débusquer ici ? demanda-t-il à brûle-pourpoint, comme si leur conversation ne s'était jamais interrompue.

Le moteur continuait à émettre son tac-tac régulier, mais elle s'y était tellement habituée qu'elle ne l'entendait plus. En revanche, les battements de son cœur lui semblaient assourdissants. Elle se lança :

— Je voulais comprendre ce qui s'est passé après notre après-midi pâtisserie…

— Délicieuse, d'ailleurs... souligna-t-il.

— On s'est embrassés... puis tu as disparu de la circulation juste après ! Ensuite, je t'ai vu avec Sabrina, et j'ai cru que tu étais avec elle...

— Sabrina ? Elle est comme ma nièce. C'est la fille de mon meilleur ami.

Il n'avait pas réagi à l'évocation du baiser.

— Simon m'a dit que vous alliez vous marier...

Karim soupira.

— Elle s'est mis cette folie en tête parce qu'elle traverse une période très difficile. Tout s'écroule autour d'elle. Elle s'est imaginé que je pourrais lui apporter la sécurité dont elle a besoin.

Elle décida de mettre carrément les pieds dans le plat.

— Avoue que ça prête à confusion ! Surtout avec ton message bizarre disant que tu ne savais plus où tu en étais...

— C'est donc pour ça que tu ne m'as pas répondu ? Quand Mira m'a dit que tu étais à Marseille, je me suis dit que tu étais repartie pour dix ans !

Légèrement détendue, elle se mit à rire.

— Eh non ! Pas cette fois ! C'est pour ça que je voulais te parler face à face. Pour éviter les interprétations hasardeuses, de part et d'autre.

Il fit gicler un filet de citron sur son poisson.

— Je suis descendu en urgence à Marseille à la demande de mon ami Malik, qui a de très gros soucis. C'est mon pote d'enfance, il est comme un frère pour moi et m'a demandé d'emmener sa fille loin de Marseille pour quelque temps. Je ne t'ai pas contactée à ce moment-là, parce que j'étais trop perturbé par les événements.

Alice goûta le délicieux loup grillé et bénit intérieurement cette croisière imprévue qui leur permettait de se parler à cœur ouvert. Ici, ils étaient seuls, avec les oiseaux du ciel et les poissons de la mer. Elle allait peut-être comprendre qui il était vraiment.

— Que s'est-il passé ? demanda-t-elle.

Karim se racla la gorge, visiblement ému.

— Le père de Malik est mort. Monsieur Saïd. C'était quelqu'un de très important pour moi. Malik m'a demandé de répandre ses cendres au large de Tunis, la ville où il est né.

Alice n'osa pas demander quel rôle avait joué Saïd dans sa vie. Karim semblait bouleversé – et elle se sentait déjà gênée d'être à bord pour ce voyage très privé.

— Et Rayan... ? s'enquit-elle.

— C'est le fils de Malik.

Elle jeta un coup d'œil au jeune homme qui tenait toujours la barre, imperturbable, et s'émut de savoir qu'il accompagnait son grand-père jusqu'à sa dernière demeure.

Elle fronça les sourcils.

— Et pourquoi Malik n'est-il pas du voyage ?

— Tu veux vraiment le savoir ?

— Dis toujours...

— Parce qu'il est en prison.

Le sang d'Alice se glaça. Elle ouvrit la bouche pour lui demander des explications, mais il se leva pour rapporter les assiettes dans la cuisine, avec sur son visage cette expression fermée qu'elle avait appris à détecter. Karim n'en dirait pas plus ce soir. Elle soupira.

— Nous arriverons à Stintino vers minuit, dit-il en se dirigeant vers sa cabine. Je vais me reposer d'ici là, pendant que Rayan tient la barre. On mouillera dans une crique demain matin. Si tu veux, tu pourras te baigner.

Quarante-huit ans et quatre mois

Lundi 4 janvier 2021

LA CLEF TOURNE AVEC DIFFICULTÉ DANS LA SERRURE. Alice pousse la porte d'un coup d'épaule et entre, son fils à sa suite. Simon traîne la grosse valise à roulettes à l'intérieur et reste les bras ballants au milieu de la pièce, en regardant autour de lui.

Alice accroche son blaser dans l'armoire à peine capable de contenir la moitié de ce qu'elle a emporté. Le studio est plus petit que dans son souvenir. Des murs blancs, un parquet flottant aux lames plastifiées, une kitchenette Ikea collée à la porte d'entrée, un canapé clic-clac vert bouteille et une table basse en métal noir font face à un petit écran plat accroché au mur. Derrière le canapé, un muret surmonté d'une verrière atelier empêche la minuscule salle de douche de se trouver dans le salon. C'est tout ce qu'elle a trouvé de décent dans le quartier pour son budget – et encore, l'agence lui a fait une faveur car, avec son statut de VDI, son dossier n'était pas très solide. Sa mère a dû se porter caution. Jamais Alice n'aurait imaginé que les recherches seraient si difficiles et si déprimantes. Elle ouvre la fenêtre qui donne sur les toits de Paris. Cette jolie vue sur le ciel est la raison pour laquelle elle a choisi ce studio. Bientôt, elle plantera une jardinière de géraniums pour ajouter une touche de rouge dans tout ce gris, mettra des graines pour les oiseaux. Elle se force à sourire et se tourne vers son fils.

— Alors, ça te plaît ?

— Oh, maman... pourquoi tu t'infliges ça ? Tu es sûre que c'est ce que tu veux ?

— Parfaitement sûre, répond-elle fermement, de peur de flancher.

En réalité, elle a envie de fuir ce lieu à toutes jambes pour se réfugier dans les bras d'Éric, retrouver sa jolie maison chaleureuse, sa grande chambre aux draps doux, son jardin, ses oiseaux... Mais elle ne le fera pas. Autrefois, elle tenait profondément à leur relation, même si elle était souvent malheureuse. Aujourd'hui, elle se demande qui elle a épousé. Connaissait-elle vraiment Éric, ou l'avait-elle juste paré des attributs du prince charmant ?

Si elle a toujours soutenu son mari, lui l'a constamment entravée : il s'est opposé à son voyage en voilier avec Sandrine, a pris l'argent de sa grand-mère sans jamais le lui rendre, l'a encouragée à arrêter de travailler, a refusé de l'aider à devenir fleuriste, et a dénigré son activité de vendeuse indépendante. Désormais, il refuse d'enclencher la procédure de divorce, arguant que ce serait mauvais pour son image : si sa femme le quitte, le jury pourrait penser qu'il est coupable. Alice a accepté d'attendre jusqu'au jugement, mais veut tourner la page de son mariage. Ce studio est son premier acte d'indépendance. Le chemin sera long, mais dans son cœur palpite une folle envie de liberté.

— Max nous invite à dîner ce soir pour fêter ton arrivée à Paris, lui rappelle Simon.

— Super ! Alors je te retrouve tout à l'heure.

Il la serre fort dans ses bras comme pour lui donner de la force et l'embrasse tendrement sur les cheveux, car il la dépasse d'une tête. La porte claque derrière lui. Après son départ, elle ouvre son sac et, sur la seule table de l'appartement, elle pose ses cadres photos : son fils, sa chienne, sa mère, ses grands-parents, Mamika. La gorge serrée, elle contemple ces visages aimés et se laisse tomber sur le canapé dur. Son regard fait le tour de l'espace, quelques mètres carrés froids et impersonnels. Si sa maison de Vineuil lui faisait l'effet d'une cage dorée, son nouveau logement, lui, ressemble à une cellule.

19

Cinquante ans !

Septembre 2022

Les ruines de Carthage apparurent à l'horizon alors que le soleil commençait à décliner. Alice, éblouie, contempla la cité millénaire qui autrefois avait défié la puissance de Rome. Après plusieurs jours de navigation non-stop, son mal de mer avait totalement disparu et la Méditerranée l'avait ensorcelée. Elle se sentait euphorique, prête à rester à tout jamais sur la mer, à boire des yeux sa palette aux nuances infinies : velours bleu, satin noir, lames d'acier, or liquide, vif argent, turquoise, émeraude, aigue-marine… Elle voulait continuer à vivre au rythme des flots, admirer les couchers de soleil délirants, suivre le reflet argenté de la lune sur la mer, croiser des dauphins et des poissons volants, écouter le claquement de la voile, le chant des mouettes et des cormorans. Sur ce voilier en bois qui traçait vaillamment sa route d'écume, elle vivait une expérience transcendantale. La forêt lui avait enseigné la richesse du vivant, mais la mer lui rentrait dans les yeux et dans le cœur.

À bord, la vie était simple. Elle se levait peu après le soleil, enfilait un maillot, prenait une tasse de thé, une tartine ou un fruit. Rayan et Karim se relayaient à la barre, pendant que l'autre dormait. Alice s'installait sur les coussins profonds de la plage arrière, ou à l'avant sur les matelas de bronzage, et se laissait vivre. La journée était rythmée par le Soleil et la Lune, par la radio marine et les repas. Chaque jour, la mer leur offrait un poisson qu'ils faisaient griller sur le barbecue. Le vent emmêlait ses cheveux, le sel se déposait sur sa peau, elle était plus bronzée que jamais malgré les multiples couches de crème solaire. Avec Karim, ils parlaient de tout et de rien, mais surtout pas d'eux. Comme si le temps était suspendu jusqu'à ce que la mission soit accomplie. Il l'observait parfois sans rien dire, posté derrière son gouvernail. Étalée sur son paréo, elle se laissait caresser du regard, telle qu'elle était, avec son ventre un peu mou et la petite peau d'orange sous les fesses. Juste elle, sous le soleil. Parfois elle dormait ou lisait, souvent elle rêvait les yeux grands ouverts, et quand le bateau jetait enfin l'ancre après d'interminables heures de traversée, elle sautait dans la mer.

En arrivant à Stintino, aux petites heures du jour, ils avaient passé une journée merveilleuse aux abords d'une plage de sable blanc. Le bateau à l'ancre se balançait mollement sur les flots calmes. Alice s'était longuement baignée dans l'eau si claire qu'elle pouvait distinguer chaque algue, chaque poisson, chaque grain de sable. Fascinée par la nature sauvage de ce petit bout de terre préservé, elle avait vu des canards voler à fleur d'eau, s'était approchée d'un groupe de cormorans sur le sable, avait frôlé des bars tachetés, des sars rayés, des petits poissons sangliers aux écailles mauves. Puis ils avaient repris la mer pour une nuit complète de navigation, direction Carloforte, au sud de l'île. Au réveil elle avait découvert ce petit port coloré aux ruelles grimpantes, construit au XVIe siècle par une colonie d'habitants venus de Tabarka, en Tunisie. Avec son architecture mauresque et son dialecte mâtiné de mot arabes, Carloforte annonçait déjà l'Orient. Ils s'étaient arrêtés pour faire le plein d'essence et quelques courses avant d'aller jeter l'ancre dans une petite crique rocheuse, aux eaux d'émeraude, pour nager, manger et dormir. Vers minuit, ils avaient repris la mer ; et maintenant, au terme d'une traversée de dix-sept heures, ils abordaient enfin les rivages de la Tunisie.

Au port, il fallut passer la douane, comme dans un aéroport. Le passeport d'Alice se trouva orné d'un nouveau tampon tunisien. Puis, quand le bateau se retrouva face aux lumières de Tunis, Karim coupa le moteur et jeta l'ancre. Ils se changèrent tous les trois : l'heure était venue de jeter les cendres de Saïd Bellaoui à la mer. Karim et Rayan s'étaient vêtus de blanc, Alice avait enfilé son unique robe longue. Le jeune homme portait l'urne funéraire entre ses mains. Le ciel au-dessus d'eux lançait des flammes d'or.

Debout, tourné vers La Mecque dont il avait trouvé la direction sur une appli de son iPhone, Karim lut lentement le Salat Janaza, la prière mortuaire de l'islam. Puis Rayan ouvrit l'urne et versa les cendres par-dessus bord.

— Au revoir, papy, tu as été un grand-père génial. On a toujours senti ton amour. On a respecté tes dernières volontés et on t'a emmené jusqu'ici. J'espère que tu es heureux de retrouver la mer de la Tunisie où tu aimais te baigner quand tu étais petit. Bon voyage au paradis. *Amin.*

— Au revoir, Monsieur Saïd, merci pour tout, dit Karim.

Ils regardèrent les cendres voler dans le vent et danser sur les vagues. L'horizon flamboya une dernière fois avant de se couvrir de noir. Dans le ciel s'alluma la première étoile. Rayan partit téléphoner pour prévenir sa famille que Saïd avait rejoint sa dernière demeure.

— C'était magnifique, murmura Alice.

— Il le méritait, répondit Karim en essuyant une larme.

— Je croyais que l'incinération était interdite pour les musulmans ?

— Monsieur Saïd n'était pas homme à se laisser interdire quoi que ce soit… Et puis, comme il le disait lui-même, c'était un affreux mécréant !

Le bateau quitta la baie de Tunis pour aller mouiller dans une petite crique plus abritée. La nuit était complètement tombée. Pour alléger l'ambiance, Rayan mit un album de Soprano et ouvrit des bières. Karim se roula un joint qu'il fuma lentement, sans doute pour relâcher la pression. Ils dînèrent tous les trois dans un demi-silence pensif, ambiancé par le rappeur marseillais. Le but du voyage était atteint. Ils se sentaient comme vidés.

Alice coulait des regards discrets vers Karim qui s'était assis à côté d'elle. Son genou frôlait le sien, et elle sentait sa chaleur traverser le pantalon blanc. Elle le trouva très beau dans sa mélancolie, avec ses cheveux gris et soyeux tranchant sur sa peau bronzée. Rayan se leva pour débarrasser les assiettes et jeta les restes dans la mer. Aussitôt, des dizaines de poissons approchèrent, attirés par le festin. Karim continuait à fumer sans parler. Fascinée par sa présence, elle tendit la main pour toucher son avant-bras ; il se méprit sur son geste et lui tendit le pétard. Elle le remercia et tira une bouffée avec délice. Cela faisait si longtemps…

Elle fuma encore un peu, puis lui rendit le joint et se leva pour aller chercher des figues achetées en Sardaigne. Elles étaient fondantes et sucrées comme une confiture. Rayan en goûta une, en disant que son grand-père les adorait. Ils évoquèrent quelques souvenirs culinaires avec Saïd, son goût pour les *makroudhs* de datte frits et les cornes de gazelle, ses soixante-quinze ans fêtés dans un restaurant du vallon des Auffes réputé pour son extraordinaire bouillabaisse…

Soprano s'arrêta de chanter. Karim se leva lourdement et annonça qu'il allait se coucher. Alice rangea la cuisine pendant que Rayan éteignait et nettoyait le barbecue, puis elle descendit dans sa cabine, vaincue, elle aussi, par la fatigue.

Mais une fois sur son lit, le sommeil décida de la fuir. Par le hublot la nuit était noire, la lune descendante se cachait de l'autre côté du ciel. Là-haut, Rayan éteignit le générateur et la clim qu'ils allumaient chaque soir dans les cabines s'arrêta. Elle ferma les yeux. Malgré le caractère funèbre de ce voyage, ces journées sur la mer avaient quelque chose de merveilleux. Le visage de Karim passait et repassait sous ses paupières. Le voir chaque jour si taciturne, sans qu'il ne se passe rien entre eux, devenait une torture, et elle se demandait si elle n'avait pas tout gâché en venant le poursuivre sur le *Mina* plutôt que d'attendre simplement son retour.

Son lance-flammes personnel se réveilla, la parcourant du visage jusqu'aux cuisses. Sa peau se couvrit de sueur. Elle attendit sans bouger que la vague passe, mais la chaleur s'attardait sur elle, la faisant rôtir comme sur un barbecue. C'était insupportable. N'y tenant plus, elle décida de se jeter dans la mer pour éteindre l'incendie. Elle enfila son maillot, courut sur la passerelle et, sans plus réfléchir, se jeta d'un bond dans l'eau fraîche. Aussitôt, elle soupira de soulagement et fit quelques brasses dans le noir.

— Alice ? Qu'est-ce que tu fous dans l'eau ? demanda Karim, penché par-dessus le bastingage.

Elle se tourna vers sa silhouette éclairée par la lune avec un grand sourire

— Elle est suuuper bonne ! s'écria-t-elle, en surjouant l'enthousiasme. J'avais tellement envie d'un bain de minuit !

C'était idiot, mais plutôt mourir que lui avouer qu'une putain de bouffée de chaleur l'avait précipitée à la mer.

— Mais t'es dingue !

— Non je te jure, c'est génial ! Viens !

— Même pas en rêve !

— T'es pas cap !

Elle se mit à nager vers la côte. L'eau sombre était tiède et caressante sur sa peau surchauffée. Elle refusa de penser aux bêtes qui se cachaient peut-être sous la surface. Soudain, elle entendit un jet d'éclaboussures et se retourna. Karim avait plongé, provoquant une vaste gerbe d'écume phosphorescente. Elle se glissa vers lui en quelques brasses.

— Elle est froide ! s'exclama-t-il.

— Petite nature ! Tu veux que je te réchauffe ?

Elle s'arrêta à un mètre de lui et le regarda en souriant. Il planta son regard dans le sien. La mer brillait faiblement sous les lumières du bateau.

— Oui, dit-il en nageant vers elle.

Alice enroula doucement les bras autour de son cou.

— Comme ça ?

— Il faudrait venir encore un peu plus près, murmura-t-il en fondant sur sa bouche.

Jamais elle n'avait attendu un baiser comme celui-là. Elle s'agrippa à lui en battant doucement des jambes pour se maintenir à la surface. Il lui attrapa les cuisses pour les entourer autour de lui, et elle crut perdre la raison en sentant enfin son corps contre le sien. Elle glissa ses doigts dans ses cheveux mouillés, et il sourit contre ses lèvres.

— J'ai cru que tu ne le ferais jamais !

— Et moi, je croyais que je ne t'intéressais plus.

— Je préférais que tu fasses le premier pas. Je n'ai pas envie d'être encore celui avec lequel tu t'amuses avant de retourner vers ton mari…

— Plus jamais !

Il agrippa ses cheveux et l'embrassa avidement.

— T'es cap de venir dans ma cabine ?

Enveloppés dans d'épais draps de plage, ils ne se quittaient pas des yeux. La cabine de Karim, située à l'arrière du bateau, évoquait vraiment l'antre d'un pirate, toute en bois, avec un lit surélevé et immense qui faisait face à la mer.

La serviette d'Alice glissa sur le sol. Karim s'approcha et la fit lentement reculer. Elle tomba assise sur la couette. Il s'agenouilla près d'elle, enfouit son visage tout près de son ventre. Perdue dans une sorte de brouillard langoureux, elle contempla, comme fascinée, cette nuque puissante et savoura le contact de ce visage contre ses cuisses. Elle posa avec tendresse sa main dans ses épais cheveux d'argent. Un frisson moite la parcourut. Il releva la tête. Ses grands yeux brûlaient d'un désir terrible. Elle ouvrit doucement les jambes. Et il lui sembla qu'elle était comme la mer, toute en sombres vagues s'élevant et se gonflant, elle s'entendait gémir, renversée sur cette grande couchette de marin, son corps secoué par la houle puissante du plaisir, atteinte au plus profond d'elle-même. Et l'onde montait comme du fond de l'océan jusqu'à ce qu'une frémissante convulsion la laisse abandonnée, délirante sur le rivage, les larges mains de Karim crispées sur ses flancs. Il remonta vers son visage.

— Qu'est-ce que tu es belle, murmura-t-il avant de l'embrasser à nouveau comme s'il ne pouvait pas la lâcher.

Elle lui mordit le cou, referma ses bras autour de son dos pour l'attirer en elle et à nouveau ce fut la tempête, la plus douce des tempêtes. Un orage en pleine mer, un tendre naufrage.

Quand ils revinrent à eux, salés, luisants et apaisés, elle laissa tomber sa tête au creux de l'oreiller. Ses yeux se posèrent sur le réveil électronique et ses chiffres verts luisant dans la pénombre.

— Il est minuit sept, s'exclama-t-elle. On est le 2 septembre, c'est mon anniversaire !

Karim se redressa sur un coude et la contempla.

— Bon anniversaire ! Quel âge as-tu ?

— Cinquante ans !

Il plongea les doigts dans ses cheveux pour lui dégager le visage.

— Bienvenue au club des cinquantièmes rugissants.

— Merci.

Elle ferma les yeux pour s'empêcher de le dévorer du regard. C'était un sacré anniversaire, un jour glorieux célébré sur un voilier en Méditerranée, nue, échevelée, entre les bras d'un homme au corps chaud et généreux. Elle se sentait triomphante, heureuse comme jamais. Avec lui, elle s'était dissoute et était revenue à la vie.

— Pourquoi est-ce que Saïd était si important pour toi ? demanda-t-elle en posant la tête sur son torse.

Il caressa sa joue du bout des doigts.

— Tu as du temps ? Parce que c'est une longue histoire.

— J'ai tout mon temps.

Il resserra son bras autour d'elle et inspira profondément. Les yeux fixés au plafond de bois clair, peut-être pour ne pas la regarder, il raconta d'une voix neutre et sans pathos comment sa vie avait basculé le 5 octobre 1991 vers 14 h 45 au croisement du boulevard de la Blancarde et de celui de la Libération. Ce jour maudit, Kevin, son ami, son poto, son frère, était mort d'une balle en plein cœur, tué par un gamin qui avait grandi comme lui dans les quartiers Nord, qui avait sans doute eu le même parcours scolaire, s'était baigné dans les mêmes calanques, soutenait la même équipe de foot et s'était engagé dans le même trafic sanglant en imaginant s'en sortir. Kevin, le petit mioche turbulent, qui espérait tous les jours en sortant de l'école que son papa serait revenu à la maison. Kevin, le fou de foot et de rap, avec ses vannes à deux balles et son immense sourire effacé à jamais.

— Je ne me souviens plus comment je me suis retrouvé à bord d'un train pour Paris, ni ce qui s'est passé les jours suivants. En moins d'une heure, j'ai dit adieu à

Frais Vallon, à ma famille, à ma copine et à mes études. Comme prévu, le cousin de Saïd est venu me chercher, m'a recueilli chez lui et m'a trouvé un job de plongeur dans la brasserie où il travaillait. Pour mes parents le choc a été rude, mais ils préféraient me savoir à Paris qu'à Marseille. Kevin a été enterré au cimetière Saint-Pierre. Sa mort n'a jamais été déclarée à la police... mais je sais qu'il a été vengé. Malik m'a raconté que tout le quartier s'était déplacé pour l'accompagner dans son dernier voyage. Sa mère a reçu un peu d'argent de Monsieur Saïd chaque mois pour élever ses autres enfants. Je n'ai jamais voulu revenir vivre à Marseille. Même quand Malik est rentré, je n'ai pas pu.

Alice ne disait plus rien, pétrifiée d'horreur et de peine. Au fur et à mesure de son long récit, elle s'était dégagée de ses bras pour mieux l'écouter et le contemplait à demi relevée, le coude replié et la joue posée dans sa main. Ainsi donc, voilà ce qui se cachait derrière l'éternel sourire de Karim. Une vie qui dévie de sa trajectoire, un arrachement, des renoncements, puis sans doute beaucoup de travail et une sacrée dose de joie de vivre pour avancer malgré tout et en arriver là.

— Et Malik ? demanda-t-elle.

Karim esquissa un sourire désabusé.

— Après son retour, il s'est élevé dans la hiérarchie jusqu'à devenir lui aussi un caïd. D'ailleurs, la famille Bellaoui a fini par quitter Frais Vallon pour s'installer dans une villa dans les hauteurs, face à la mer. Il n'a jamais arrêté, même après son mariage, même après avoir eu Sabrina et Rayan. On en a souvent parlé, je voulais qu'il se retire, mais il ne m'écoutait pas. C'était sa vie, il ne savait rien faire d'autre...

— Jusqu'à la prison, murmura Alice.

Karim grimaça.

— Il a été arrêté il y a quinze jours. Il est en détention provisoire jusqu'au procès, mais il risque de prendre cher. Quand Inès, sa femme, m'a prévenu, je suis immédiatement descendu à Marseille pour aider la famille à s'organiser.

— C'était pour ça…

— Le choc a achevé Monsieur Saïd qui est mort d'une crise cardiaque quelques jours plus tard. Au parloir de la prison des Baumettes, j'ai promis à Malik d'emmener Sabrina à Paris et de respecter les dernières volontés de son père.

Karim se tut et se tourna lentement vers elle.

— Je n'ai jamais raconté ça personne. Tu es la première. Mais je ne veux pas que ça te pose problème… Tu es libre de sortir de ma vie si ça t'effraie ou te gêne. Je comprendrais très bien.

Elle secoua lentement la tête et tendit la main pour lui caresser le visage.

— Je ne veux aller nulle part.

Il soupira.

— C'est vraiment étrange… Une partie de moi était restée bloquée au 5 octobre 1991, condamnée à revivre éternellement cette journée fatale. J'ai l'impression qu'elle vient enfin de se terminer.

Alice songea qu'ils avaient chacun traversé cinquante années de vie, fait des erreurs, essuyé des tempêtes, pour se retrouver ce soir, dans les bras l'un de l'autre. Ils venaient de deux mondes différents et auraient pu ne jamais se rencontrer ; pourtant la vie les avait réunis sur ce bateau qui se balançait tendrement sur la Méditerranée. Le passé était derrière, et devant eux s'ouvrait un nouvel âge des possibles.

— Tu pourrais éventuellement revenir vivre à Marseille ? demanda-t-elle.

20

À la liberté !

La salle du Palais de justice de Compiègne bourdonnait de quelques légers bavardages dans l'attente de l'ouverture de l'audience. Les jurés et les témoins étaient en place. Un journaliste de l'AFP préparait ses notes, seul sur le banc réservé à la presse. L'avocat général était déjà installé, tout comme la greffière dans sa robe noire, prête à taper les attendus sur le clavier de son ordinateur. L'huissier, debout, bâilla discrètement en espérant que l'après-midi ne serait pas trop longue.

Assis sur le banc des accusés, dans une cabine en verre situé sur la gauche, Éric se pencha pour murmurer quelque chose à l'oreille de Charles Ganem. Celui-ci hocha vigoureusement la tête. Face à eux, le représentant de la Sécurité sociale et son avocat étaient installés à un bureau sur lequel se trouvait un épais dossier. Alice frissonna à sa vue. Assise sur un banc réservé au public, elle serrait la main de son fils pour calmer son anxiété.

Maître Ganem les avait prévenus, Éric jouait gros aujourd'hui. L'objectif numéro un était de lui éviter la prison. Même s'ils étaient séparés, Alice ne souhaitait pas ce cauchemar pour son ex, et surtout pas pour son fils. Elle se força à respirer calmement et regarda autour d'elle. La salle était une longue pièce imposante. Quatre lustres dorés pendaient du faux plafond.

Soudain, une sonnerie annonça l'entrée des trois juges. L'assemblée se leva pendant que les magistrats, vêtus d'une robe rouge et noire à rabat blanc, s'installaient sur les grands fauteuils de l'estrade. Ce protocole provoquait en elle une émotion étrange. L'exercice du droit était une recherche de vérité, qui la touchait profondément, même lorsque Éric en était l'objet.

— L'audience est ouverte, vous pouvez vous asseoir, déclara Virginie Grandier, la juge présidente de la séance, assise entre ses deux confrères.

L'assemblée s'exécuta. Le journaliste nota quelques informations sur son bloc. Simon, genoux sur les coudes, se prit la tête dans les mains et souffla doucement, les yeux rivés sur le carrelage beige.

— Accusé, levez-vous, ordonna la présidente d'une voix forte.

Éric s'exécuta lentement, le regard fixé droit devant lui. Ses traits étaient tirés. Il paraissait plus que ses cinquante-six ans.

— Quels sont vos noms et prénoms ?

— Lambert Éric, Jules, Henri.

— Date et lieu de naissance ?

— 7 août 1966 à Chantilly.

— Profession ?

— Chirurgien.

Les doigts de la greffière coururent à toute vitesse sur le clavier de son ordinateur portable. Virginie Grandier reprit la parole :

— Et vous êtes donc assisté par maître Ganem. Monsieur Lambert, vous pouvez vous rasseoir. Pendant cette audience, la cour vous posera des questions ainsi que les avocats. Vous ne serez pas obligé de répondre. Vous avez le droit de garder le silence ou de vous expliquer.

La greffière procéda ensuite à l'appel des jurés qui prêtèrent le serment de conserver le secret des délibérations, même après le jugement. L'audience commença. Plusieurs témoins furent appelés à la barre par les deux parties – certains membres du personnel de la clinique, ainsi que de nombreux patients et patientes qui furent longuement interrogés par les avocats des deux parties. La tendance générale était plutôt favorable à Éric. Pascal Ruiz dressa un portrait élogieux de son associé, tout en prenant soin de préciser qu'en tant qu'anesthésiste, il n'était pas responsable de la constitution des dossiers ni du suivi pré et postopératoire. La très grande majorité des témoignages de patients mettaient en avant ses qualités de chirurgien et son professionnalisme, même si évidemment quelques voix discordantes s'élevèrent, dont celle de Clémence Beaufort. Selon Charles Ganem, la grande chance d'Éric était que les patientes concernées par la plainte ne s'étaient pas constituées partie civile.

Après une pause, la seconde partie de l'audience fut consacrée aux plaidoiries.

L'avocat général exposa longuement le motif d'accusation, puis maître Bellier, l'avocate de la Sécurité sociale, prit la parole :

— La question après cet afflux de témoignages n'est pas de savoir si Éric Lambert est un bon chirurgien, mais plutôt s'il est un véritable escroc. Or, les conclusions de l'enquête interne que la CPAM a diligentée sont indiscutables : nous sommes face à une escroquerie de grande ampleur. Le docteur Lambert a floué la Sécurité sociale de plusieurs millions d'euros. Cet organisme que le monde entier nous envie est le bien commun de toute la société française. En volant la Sécurité sociale, il vole tous les contribuables. Comment s'est-il débrouillé pour accomplir son méfait ? En se rendant coupable d'une seconde infraction : de fausses déclarations. La CPAM considère que seules les personnes ayant un indice de masse corporelle supérieur à 40, ou 35 en cas de comorbidité, peuvent prétendre à une sleeve gastrectomie, tout en bénéficiant d'un suivi pré et postopératoire important, le tout remboursé par la Sécurité sociale. Or, le docteur Lambert n'a pas respecté ces bonnes pratiques médicales. Il a mis en place une véritable cash machine, en opérant de nombreux patients et patientes qui ne correspondaient pas à ces critères précis. Afin que ces opérés soient néanmoins remboursés, il a falsifié leurs dossiers médicaux. Pendant des années, la CPAM a payé pour ces actes de médecine abusifs. Mon client a subi un préjudice majeur et réclame le remboursement de toutes les sommes indûment payées. En outre, nous accusons le docteur Lambert d'escroquerie, de fausse déclaration et de mise en danger d'autrui. Nous requérons trois années d'emprisonnement.

Dans la salle on aurait pu entendre une mouche voler. Alice sentait que le jury avait été ébranlé par la plaidoirie de l'avocate et espérait que maître Ganem serait à même de répondre à ses arguments pourtant irréfutables. L'avocat de la défense se leva et ajusta ses lunettes dans un grand mouvement de manches.

— Faut-il s'interroger sur les agissements de mon client ou sur la société ? Une société qui pratique le culte de la minceur, de la jeunesse. Une société de consommation qui promet le bonheur à ceux qui entrent dans les cases et condamne les autres au malheur. Comment en vouloir à des personnes obèses, c'est-à-dire avec un IMC au-dessus de 30, de tout essayer pour perdre vraiment du poids ? Ces personnes souffrent au quotidien d'une discrimination sournoise qui porte un nom : la grossophobie. Mettez-vous dans la peau d'une personne grosse. A-t-elle les mêmes chances de rencontrer l'amour ? De trouver un travail ? Ou tout simplement de rester en bonne santé ? La réponse, mesdames et messieurs les jurés, est non. Mon client, le docteur Lambert, unanimement reconnu comme un excellent chirurgien, n'a fait que répondre à une demande de plus en plus importante. Ces femmes, ces hommes, sont venus le voir pour lui demander de l'aide. Leur démarche était un appel au secours, et en les opérant, mon client les a secourus. Vous avez au dossier une centaine de lettres de patientes, obèses de stades 1 à 4, opérées par le docteur Lambert, qui le remercient de son intervention et lui racontent combien leur vie s'est améliorée depuis leur opération. La question que l'on peut alors se poser est : pourquoi la Sécurité sociale a-t-elle arbitrairement décidé que seules les personnes ayant un IMC de 40 – abaissé à 35 en cas de comorbidité – ont le droit de se faire opérer ? Pourquoi ce droit ne s'applique-t-il pas à toutes les personnes considérées comme obèses d'un point de vue médical, c'est-à-dire avec un IMC égal ou supérieur à 30 ? Si vous regardez la liste des sleeve gastrectomies réalisées par le docteur Lambert, pas un seul patient, ni une seule patiente, n'était en dessous d'un IMC de 30. Dans ce cas, doit-on considérer le docteur Lambert comme un escroc, ou simplement comme un excellent chirurgien à l'écoute de ses patients obèses ? Ce sera tout, madame la juge.

— Le jury peut se retirer pour délibérer, déclara la présidente. L'audience est suspendue.

Alice se dirigea vers la sortie, accompagnée de Simon. Ils avaient besoin de prendre l'air après ces heures intenses et angoissantes. Son fils n'avait plus d'ongles à force de se les ronger ! Un petit vent frais se leva sur les marches du palais. Elle frissonna.

— Tu penses qu'ils vont l'envoyer en taule ? demanda Simon.

— Je n'espère pas. Une chose est sûre, si certaines patientes s'étaient portées partie civile, il n'y aurait pas échappé.

— Là, on était cuits !

Il s'éloigna pour aller se chercher un café au bar d'en face. Alice aperçut l'avocat d'Éric en haut des marches et se dirigea vers lui.

— Vous avez vu comme vos interviews ont été utiles ! lui dit-il en souriant.

— Vous pensez qu'il a une chance de s'en sortir ?

— Impossible de se prononcer.

L'avocat la dévisagea, l'air un peu gêné.

— Qu'y a-t-il ? demanda-t-elle.

— Vous envisagez toujours de divorcer après le procès ?

Alice se demanda soudain s'il ne comptait pas lui faire des avances. Certes, ils avaient sympathisé pendant la préparation du dossier… mais pas à ce point !

— Plus que jamais ! répondit-elle.

Il se racla la gorge :

— Écoutez, ce ne sont pas mes affaires, mais vous avez été vraiment exemplaire avec Éric, et je ne voudrais pas que vous tombiez de haut…

— De quoi parlez-vous ?

— Il m'a dit qu'il comptait vendre votre maison pour régler une partie de ses dettes. Et je me demandais si elle était bien à vos deux noms…

Un froid glacial l'envahit.

— Nous sommes mariés sous le régime de la communauté, elle est à nous deux, balbutia-t-elle. Nous avions créé une SCI à l'époque, dont nous sommes les deux seuls associés…

— Une SCI n'entre pas toujours dans les biens de la communauté. Quelle que soit l'issue du procès, je vous conseille de vous pencher rapidement sur la question, dit-il avant de s'éloigner.

L'attente dura encore une heure, puis on les informa que le jury avait délibéré. Alice et Simon se précipitèrent vers le tribunal. La sentence était tombée. Éric était condamné à rembourser l'ensemble des opérations illégales, une somme qui s'élevait à plusieurs millions d'euros, et à un an de prison… avec sursis. Simon se précipita vers son père encore assis sur le banc de l'accusation. Celui-ci bondit en apercevant son fils. Ils se tombèrent dans les bras et restèrent longuement enlacés. Après des années d'angoisse, c'était terminé. Il était ruiné, mais libre. Alice sortit de la salle d'audience, décidée à attendre son ex-mari à l'extérieur.

Elle le vit enfin sortir une demi-heure plus tard, entouré de Pascal Ruiz, de Simon et de maître Ganem qui venait de remettre la copie de toutes les pièces aux juges. Elle fit un signe discret à Simon pour lui dire de ne pas l'attendre pour rentrer.

— On peut se voir cinq minutes ? demanda-t-elle.

Un grand sourire éclaira le visage épuisé d'Éric.

— Alice ! Avec joie ! Tu veux qu'on aille dîner ?

— Non, juste un verre au café, ça ira.

Ils s'installèrent face à face à une petite table au fond de la salle et commandèrent deux verres de vin rouge. Éric posa sa main sur la sienne, qu'elle retira.

— Merci d'être venue me soutenir, ça m'a terriblement réconforté de te savoir dans la salle.

— J'avais promis, et je suis quelqu'un qui tient parole...

— C'est vrai. Tu es formidable.

Le garçon leur apporta le vin.

— À la liberté ! dit Éric en levant son verre.

— À la liberté !

Il avait échappé à la prison. Elle voulait désormais lui échapper.

— J'avais aussi promis de suspendre la demande de divorce jusqu'au procès...

Le visage d'Éric se ferma.

— Et tu comptes me faire replonger dans une procédure judiciaire maintenant, après l'enfer que j'ai traversé ?

— Exactement, répondit-elle.

Ils burent en silence. Combien de fois s'étaient-ils retrouvés face à face, un verre de vin à la main ? Ce soir c'était peut-être leur dernière fois.

— L'ordre des médecins va sans doute lever sa suspension, maintenant. Mais de toute façon, je pense vendre mes parts de la clinique pour régler une partie de ma dette.

— Et l'autre partie ? demanda-t-elle doucement.

Il détourna le regard.

— Je vais être obligé de vendre la maison.

Alice ferma les yeux. L'image de la ferme de Vineuil-Saint-Firmin apparut sous ses paupières, avec son grand jardin verdoyant. Son doux cocon, la maison d'un bonheur perdu.

— Je dois également récupérer ma part, vu qu'elle nous appartient à parts égales.

Éric se racla la gorge.

— En théorie, c'était le cas… mais en pratique, ça ne l'est plus.

— Pardon ?

— Étant donné que c'est toujours moi qui ai alimenté la SCI, en remboursant le crédit, en payant les impôts, les travaux, la femme de ménage… ma part dans la société a augmenté, au fur et à mesure que la tienne a baissé. Il t'en reste environ 5 % aujourd'hui.

— Tu te fous de ma gueule ?

— Malheureusement, non. Si j'avais pu faire autrement, je l'aurais fait, mais je suis obligé. J'ai besoin de tout l'argent que je pourrai en tirer.

— Cette maison ne vaudrait rien sans le travail que j'ai accompli !

— J'en ai bien conscience, c'est pour cela que je t'en laisse 5 %.

Alice le dévisagea, abasourdie. Décidément, il ne finirait jamais de la décevoir.

— Ça ne se passera pas comme ça ! Mon avocat t'en empêchera !

Il ne répondit pas et se contenta de boire en silence. Elle fit de même. Il ne servait à rien de crier, de vociférer. Il fallait d'abord vérifier s'il disait vrai, s'il avait le droit de se comporter de la sorte, et quels étaient ses recours. Elle se demanda si maître Ganem accepterait de la représenter contre Éric.

— Il paraît que tu fricotes avec un certain Karim ? demanda-t-il avec un sourire doucereux. Je ne savais pas que tu aimais les racailles.

Elle sourit, heureuse de penser qu'elle en aurait bientôt fini avec lui.

— Tu plaisantes ? dit-elle en se levant. J'en ai aimé une pendant vingt-cinq ans !

21

Renaissance

Lundi 26 septembre 2022

ALICE SORTIT DE LA DOUCHE, enroulée dans un drap de bain, et sourit en entendant Max et Sacha bavarder dans la cuisine. Ils étaient rentrés de Malibu quelques jours plus tôt car Max souhaitait fêter son anniversaire à Paris, et elle avait été curieusement émue de les retrouver. Elle se dirigea vers sa chambre, referma la porte puis dénoua la serviette qui retenait ses cheveux mouillés.

Face au miroir, elle se remémora la réaction de son père et ses yeux arrondis de surprise en la découvrant brune et bronzée. Tellement différente de la femme pâlichonne qui avait débarqué épuisée boulevard Montmartre, quelques mois plus tôt.

Le soleil et les bains de mer avaient eu raison de son blond historique, qui s'était transformé en un jaune paille peu flatteur. À Marseille, elle s'était offert une visite chez le coiffeur et avait brusquement décidé de retrouver sa couleur d'origine, celle qui apparaissait, mêlée à quelques fils gris, sur ses racines. La coiffeuse avait composé un châtain profond, adouci par quelques mèches plus miellées, et laissé s'exprimer les boucles qu'Alice avait disciplinées toute sa vie. Dans le miroir, Alice avait découvert une femme sensuelle à la peau cuivrée, une Italienne des Pouilles mâtinée d'une Sépharade de Turquie, une méditerranéenne. Elle avait dévisagé cette Alice nouvelle avec curiosité. Son regard paraissait moins rêveur, ses gestes plus affirmés. Cette femme lui plaisait.

— Tu es superbe ! avait dit Max. Tu ressembles à ma mère !

Il l'avait serrée dans ses bras et, pour la première fois depuis mille ans, elle n'avait pas eu envie de le repousser.

Alice enfila rapidement un élégant pantalon large en lin beige couvrant ses épaisses baskets blanches ainsi qu'un chemisier noir au décolleté profond. Elle se coiffa et se maquilla soigneusement. Le petit dîner initial imaginé par son père s'était transformé en soirée. Si la fête était un feu, Max était son étincelle, et Alice ne voulait pas être en reste. Elle s'appliqua quelques gouttes de parfum derrière les oreilles et rejoignit Max et Sacha dans la cuisine.

Tous deux disposaient un nombre impressionnant de petits fours et de verrines sur des grands plats en porcelaine ancienne. Elle fut frappée par l'intimité qui se dégageait de leur couple. Max, déjà bien conservé pour son âge, avait l'air rajeuni de dix ans. Il avait toujours été une nature heureuse, mais son regard brûlait désormais d'une flamme nouvelle. Avec Sacha, ils ressemblaient à deux vieux ados amoureux et un peu indécents. Ils se tenaient la main sans se lâcher, se regardaient dans les yeux comme s'ils ne pouvaient croire au miracle de s'être retrouvés, riaient et se racontaient mille souvenirs dans lesquels aucun membre de la famille n'avait de place. Pourtant, en les voyant se mouvoir dans la cuisine avec fluidité, tout en bavardant comme s'ils étaient seuls au monde, le cœur d'Alice se remplit de tendresse. Cette femme était le destin de son père, comme il était le sien. C'était une évidence, et Alice était heureuse qu'ils se soient retrouvés. Max leva les yeux et sourit en la découvrant dans l'encadrement de la porte.

— Que puis-je faire ? demanda-t-elle.

— Tu peux mettre les glaçons dans les seaux à champagne ? Ils sont dans le salon.

Tous les meubles des deux pièces de réception avaient été poussés. Alice versa des sacs pleins de glace dans les bacs king size disposés sur le grand buffet derrière lequel officiait un maître d'hôtel. On sonna à la porte : elle ouvrit à Doria, accompagnée d'Elias, venue donner un coup de main avant l'arrivée des invités. Le gamin courut en direction de la cuisine en appelant Max à grands cris.

— Mais quelle bombasse ! s'exclama sa sœur.

— C'est toi la bombe, répondit Alice avec affection.

Grâce à sa sœur et à sa curiosité légendaire, elle avait osé rejoindre Karim. Elle ne la remercierait jamais assez.

— Que vois-je ? Mes deux filles dans les bras l'une de l'autre ! Mais qui a réalisé ce miracle ? demanda Max débarquant de la cuisine, un grand panier de crudités dans les mains.

— C'est Doria ! répondit Alice en le suivant vers le salon. J'ai compris que j'avais une sœur fantastique, et franchement, ce n'est pas grâce à toi, papa. Tu n'as jamais essayé d'arranger les choses entre nous.

Le visage de Max s'assombrit. Il posa le panier sur le buffet et se tourna vers ses filles.

— Pendant que j'étais à Malibu, j'ai beaucoup pensé à vous, au passé… Quand vous m'avez appelé toutes les deux, ça m'a remué. Je suis conscient d'avoir fait beaucoup d'erreurs, j'ai été absent, souvent maladroit, et j'en suis désolé, mais je vous promets une chose : je vous ai toujours aimées.

Alice était prête à changer de sujet, mais Doria ne lâchait pas :

— Tu nous as mal aimées… mais suffisamment pour qu'on t'aime quand même !

Max tiqua, et Alice vit qu'il était blessé, malgré sa bonne humeur immuable. S'il était habitué à ses attaques, Doria lui avait jusqu'à présent épargné les siennes. Elle vit le regard de son père errer à travers la pièce à la recherche d'une issue de secours, mais il n'en trouva pas, et botta en touche avec son grand sourire charmeur.

— Nous en parlerons un autre jour, tous les trois, à tête reposée… On ira au fond des choses, mais ce soir, c'est mon anniversaire !

— Il faudra qu'on le fasse avant le départ de ma sœur, nota Doria.

— Vous en parlerez tous les deux ! dit Alice. Pour ma part, j'ai refermé les vieux dossiers. Je n'ai plus le temps de t'en vouloir. Au contraire, je voudrais passer enfin de bons moments avec toi.

— En ce qui me concerne, insista Doria, j'ai pas mal de dossiers encore ouverts…

Alice plaignit intérieurement Max. Si Doria décidait soudain de mettre le nez dans leur passé, elle ne donnait pas cher de sa peau !

— Quand est-ce qu'on commence à boire ? demanda Sacha en pénétrant dans le salon.

Elle s'était changée et portait une robe de couturier bleue assortie à ses yeux, qui la rendait encore plus spectaculaire. Max la regarda avec un sourire béat qui fit lever les yeux des deux sœurs au ciel, mi-agacées mi-attendries. Le maître d'hôtel leur servit quatre coupes de champagne.

— Je bois à la nouvelle vie d'Alice, dit Sacha en levant son verre.

En effet, Alice vivait désormais à Marseille où elle avait décidé d'écrire son avenir. Un avenir qui comportait certes une part de risque, mais dont les perspectives la faisaient vibrer. Paris n'était pas pour elle. Chantilly et sa région ne l'étaient plus. Marseille lui offrait sa mer, ses calanques, la douce beauté de son arrière-pays… et sa faculté de droit. Grâce à sa licence, Alice avait pu s'inscrire directement en master de droit pénal et sciences criminelles. Sandrine lui avait fait ironiquement remarquer qu'avec cette spécialisation, elle ne manquerait jamais de travail en ville.

Alice avait demandé à sa mère de lui louer la maison de la Pointe-Rouge plutôt que de la vendre. Elle projetait d'y réaliser quelques aménagements, d'acheter des nouveaux meubles, bref d'en faire un petit refuge à son goût. Quant aux travaux, Éric en ferait les frais. Maître Ganem avait en effet exigé une avance sur la future pension d'Alice, lui faisant comprendre qu'avoir laissé son épouse dans le besoin pendant deux longues années serait très mauvais pour son dossier. Pour Alice, cette somme correspondait symboliquement à l'héritage de Mamika. Ainsi, les économies de sa grand-mère seraient enfin, près de trente ans plus tard, utilisées pour un projet personnel qui lui tenait à cœur.

Si tout se passait bien, l'an prochain, elle pourrait s'inscrire à l'école des avocats du Sud-Est et passer le barreau. Et puis, il y avait...

— À Alice ! s'exclamèrent Max et Doria, interrompant sa rêverie.

Elle leva son verre, subitement très émue. C'était quand même un peu bête de les quitter au moment où elle avait juste l'impression de les avoir trouvés. Mais l'avenir était riche de futurs moments partagés, et Doria s'était déjà invitée à Marseille avec Léo et Elias. Sans oublier que Paris et ses Grands boulevards n'étaient qu'à trois heures de train.

— À ma renaissance ! dit-elle avant de vider sa coupe.

On sonna à la porte et les invités commencèrent à affluer. Léo tout d'abord, les yeux papillonnant d'avoir trop travaillé, puis Simon, grand, élégant et solaire, qui la serra très fort dans ses longs bras, les amis de toujours de Max, Maurice Ackermann et son compagnon, Joe et Eliane Boutboul, Gégé Giacobbi et sa femme, Mira et Dimitri, Manuela, Félix le propriétaire de l'immeuble, Amanda et Jonathan, Bettina sans Julien, et puis Karim. Il avait confié le Broadway Boulevard à Sabrina pour la soirée, et fonça vers elle dès qu'il la vit.

— Bonsoir Kakou, lança-t-elle, taquine.

Il lui balança son sourire ravageur.

— Ah, c'est comme ça ! Je te confie mes secrets les plus persos, et toi, tout ce que tu retiens, c'est ce surnom débile !

— J'avoue qu'il me plaît beaucoup !

Après avoir ramené Rayan à Marseille, ils s'étaient accordés quelques jours de cabotage supplémentaires le long de la côte. Des journées volées, à voguer de Cassis au Cap Nègre, durant lesquelles, entre deux siestes et trois bains de mer, ils avaient beaucoup parlé. Alice lui avait confié son envie de reprendre ses études et son désir de vivre dans la maison de ses grands-parents. Karim lui avait révélé que les récents événements avaient réveillé l'envie de renouer avec sa ville. Au retour, il était resté quelques jours à Marseille, tandis qu'Alice remontait à Paris juste à temps pour le procès d'Éric.

— Si tu continues à m'appeler Kakou, je te trouverai un surnom encore plus terrible ! dit-il en l'embrassant légèrement.

— Ouh, j'ai peur !

— Max, j'ai l'impression que ta fille se tape Karim, lança Joe Boutboul en passant près d'eux, une assiette pleine de victuailles à la main.

— La veinarde ! ajouta Maurice Ackermann depuis le canapé où il discutait avec Sacha.

Karim se mit à rire :

— Tu aurais dû m'en parler avant, Maurice ! C'est trop tard, maintenant.

— Je suis ravi pour eux, dit Max en bidouillant la playlist sur l'enceinte connectée avec Simon.

Son fils assistait à l'idylle avec un bonheur teinté d'une méfiance due au passé amoureux de Karim. Il adorait le restaurateur et espérait qu'il n'y aurait pas d'embrouille entre eux. Karim entraîna Alice un peu à l'écart :

— Au fait… la banque accepte de me suivre dans mon nouveau projet.

Elle fronça les sourcils, étonnée.

— Quel projet ?

— J'ai déniché un vieux restaurant avec une terrasse sur la mer. J'ai envie d'ouvrir un nouveau Broadway à Marseille.

— Et celui de Paris ?

— Sabrina va s'en charger.

Alice sentit un grand sourire s'épanouir sur son visage.

— On sera donc bientôt voisins à Marseille !

— On a déjà testé, voisins, et je ne trouve pas ça top…

— Ah non ?

— On n'est pas assez proches, je trouve, les escaliers, tout ça…

— Et que proposes-tu ?

— Que dirais-tu de colocs ?

— Colocs ? Tu veux dire deux chambres, et on partage les parties communes ?

— Je pensais plutôt à partager une chambre commune, un lit commun, une vie commune quoi… Qu'est-ce que tu en penses ?

Elle enroula les bras autour de son cou.

— Je pense que nous aurons une vie commune merveilleuse !

RECETTE DU NUAGE AU CHOCOLAT[1]

Préparation : 15 min – Cuisson : 40 min

Ingrédients :

4 œufs
250 g de beurre
3 verres de farine
2 verres de sucre
20 cl de lait + 5 cl
300 g de chocolat pâtissier noir
1 sachet de levure

Préparation :

Laisser ramollir le beurre en pommade.

Séparer les blancs d'œufs des jaunes.

Dans une casserole, faire fondre à feu doux le chocolat avec 5 cl de lait.

Dans un grand saladier, mélanger le sucre, les jaunes d'œufs, le lait, la farine et la levure.

Ajouter le chocolat fondu.

Battre les blancs en neige et les incorporer doucement au mélange.

Beurrer un grand moule et y verser la préparation.

Faire cuire pendant 40 minutes dans un four préchauffé à 180 °C (th. 6).

Bonne dégustation !

1. Merci à ma maman pour cette recette qui me régale depuis l'enfance !

REMERCIEMENTS

Je dédie ce roman à toutes les femmes de cinquante ans – un peu moins ou un peu plus – qui m'ont inspirée et que j'ai écoutées ou interviewées pour l'écriture de ce roman. Merci de m'avoir confié vos amours, vos succès, vos combats. Vous êtes la preuve que 50 ans est le nouvel âge des possibles !

Ma sœur Monica Seitz,

Muriel Roche, née un 2 septembre,

Olivia Roland, Isabelle Bastide, Nathalie Niel, Vanessa Ephrati, Patty Masri, Gila Kohen, Kleret de Toledo, Véronique Mathey, Rose-Hélène Chassagne, Françoise Buzzi, Olivia Zeltner, Laurence Gatier, Florence de Bonneval, Marine Le Feunteun, Nathalie Boyer, Marie-Sophie de Leusse, Sophie Renard, Dominique Tordjmann, Fanny Bejar, Catherine Diament, Ronit Cohen, Nathalie Drouaire, Sandrine Bourgeois-Sengez, Bénédicte Deromedi, Isabelle Peltier, Caroline Grimm, Sandra Lumbroso, Katy Teper, Sandra Sarfati, Maya Quiza, Juliette Japy, Céline Petitdidier,

Mes soleils du nord, Aurélie et Annie Gibaru.

Mes indispensables lectrices test Vanessa Ganancia et Cécile Tesseyre.

Merci à mes parents Perla et Berti, tout simplement les meilleurs du monde. Merci à mes enfants – qui n'en sont plus –, Charlotte, Ilana et Benjamin ; j'ai de la chance d'être votre mère. Merci à mon Laurent, à notre amour et à nos différences qui ont nourri ce livre.

Comme pour chacun de mes romans, j'ai bien sûr fait des recherches et interviewé de nombreuses personnes pour la véracité du récit. Donc, merci :

Pour les infos juridiques : Me Muriel Bellier, Me Marie Joory, Me Barbara Rosney-Veil et Me Ruben Ifrah, Elisabeth Haïk.

Pour les infos médicales : docteur Jacky Nizard, docteur Jean-Marc Benhamou.

Pour les ventes à domicile : Régine Martin, Nathalie Bentin-Tishker, Jérôme Lacan, Karine Lelarge.

Pour Marseille : Marie Mercier, Fabien Fragione et Mateo.

Pour le calcul des itinéraires de la croisière : Thierry Chassagne.

Je remercie toute l'équipe des éditions Charleston : Karine Bailly de Robien, Pierre-Benoît de Veron, Danaé Tourrand-Viciana, Alice Bercker pour leur confiance renouvelée et Manon Malais pour le travail éditorial, Caroline Obringer, Emeline Loysier Laure Paradis, Virginie Lancia, Stefania Zuin… Je suis ravie de faire partie de cette belle aventure qui fête ses dix ans cette année !

Merci aux romancières de ma #TeamRomCom Isabelle Alexis, Adèle Bréau, Sophie Rouvier et Marie Vareille pour leur amitié et leur talent. Si heureuse de vous avoir dans ma vie !

Merci aux merveilleux libraires qui m'invitent dans leurs librairies et mettent mes romans en avant sur leurs tables. Ça n'a pas de prix. Merci aux blogueuses, blogueurs, instagrameuses et instagrameurs pour votre soutien sur les réseaux sociaux.

Enfin, un immense merci à ma géniale communauté, mes lectrices et lecteurs qui me suivent et me soutiennent depuis des années. Grâce à vous, je suis ce que j'ai toujours rêvé d'être : une romancière. Merci pour tous vos merveilleux messages, vos petits mots quotidiens, vos posts, vos photos, votre soutien, vos avis. Vous mettez du soleil dans ma vie.

J'espère que ma chère Alice vous a embarqués avec elle dans son histoire. À bientôt pour de nouvelles aventure au 19 bis boulevard Montmartre !

La communauté Charleston a aimé !

Chez Charleston, nous sommes convaincus que loin d'être une aventure solitaire, la lecture est une invitation au partage. Nous échangeons constamment avec nos lecteurs et lectrices, et nous sommes fiers de la belle communauté d'amoureux des livres que nous formons tous ensemble. Chaque année, nous choisissons au sein de cette communauté vingt lectrices et lecteurs qui nous accompagnent tout au long de l'année et découvrent nos romans en avant-première. Voici leurs avis !

« Tonie Behar livre un roman mêlant humour et émotions. Une merveille ! Une lecture qui a un goût de liberté, de soleil et surtout d'amitié et d'amour ! Un roman qui fait du bien au cœur ! »

@book_by_tom_

« Le merveilleux parcours de renaissance d'une femme forte et attachante. »

@sobookiful

« Une belle leçon de force et de bienveillance envers soi-même. »

@lilysreadings

« Un roman plein de tendresse qui rappelle l'importance de rester maître de son destin. L'autrice nous plonge au cœur d'un immeuble parisien aux côtés de personnages attachants et drôles. »

@emmalectures

« Un roman qui raconte la vie, tout simplement. J'ai beaucoup aimé l'alternance entre sujets sombres et plus légers, entre humour et profondeur. »

@mycosyreading

« Un roman touchant sur la quête de soi. Un hymne aux femmes et à la vie. »

@_polyme_books_

« L'autrice met en avant l'esprit de sororité, ainsi que des valeurs féministes importantes. Un roman qui donne envie d'être en été, d'être libre, de profiter de la vie ! »

@uninstantpourlire

« Une belle histoire sur le temps qui passe qui vous donnera envie de foncer pour mener votre vie comme vous l'entendez. Ce roman est celui d'une renaissance mais aussi du courage, de la volonté et de l'espoir. »

@lalectricegourmande

Ce roman vous a plu ? Dites-le-nous !

Rejoignez la communauté Charleston
et échangez sur vos lectures

Retrouvez-nous sur

editionscharleston.fr

et sur

Inscrivez-vous à notre newsletter et recevez
des informations sur nos nouveautés, nos événements,
nos jeux-concours... et des cadeaux !

CHARLESTON
L'ÉDITEUR DU FÉMININ

DE LA MÊME AUTRICE

Paris, 2021

Une femme mystérieuse et charismatique, coiffée d'un large chapeau, son regard clair caché par de grandes lunettes de soleil, sonne chez Max Dahan au 19 bis, boulevard Montmartre.

Cette inconnue, c'est Sacha Volcan, que Max a passionnément aimée. Ils se sont connus dans les années 1960, au temps du Golf Drouot et du rock'n'roll. Elle était dactylo, lui garçon de courses, et tous deux rêvaient d'Amérique et de musique. Complices, amants ou ennemis, leur histoire a traversé le temps et les continents. Chacun a fait des choix pour rester fidèle à lui-même. Alors pourquoi Sacha est-elle revenue en ce beau matin de juillet ?

Des grands boulevards parisiens à Hollywood Boulevard, des pavés de Mai 68 aux plages de Malibu, des hippies de San Francisco aux branchés des Bains-Douches, l'histoire émouvante et mouvementée d'un couple qui a fait le pari d'écrire ses propres règles du jeu… mais jusqu'où ?

448 pages

19 €

1860. Joséphine est une grisette, courageuse et mutine, une de ces milliers de petites mains mal payées des coulisses de la mode.

2020. Amanda est une entrepreneuse moderne, qui développe son entreprise de bijoux grâce aux réseaux sociaux.

Un jour, Amanda trouve dans sa cheminée une merveilleuse bague en opale, le Rayon de lune, ainsi qu'un paquet de lettres jaunies qui révèlent la vie mouvementée de la grisette. Fascinée, elle se sent liée à l'émouvante Joséphine par mille fils invisibles et surtout par cette bague, chargée de souvenirs. Mais voilà que le Rayon de lune disparaît dans des circonstances dramatiques…

Séparées par plus d'un siècle, mais réunies par l'immeuble parisien et le métier qu'elles partagent, ces deux héroïnes vont tout faire pour réaliser leurs rêves. Un roman poignant, traversé par des passions amoureuses qui défient le temps.

480 pages

8,90 €

Cet ouvrage a été imprimé en utilisant des papiers composés de fibres naturelles, renouvelables, recyclables et fabriquées à partir de bois issus de forêts qui adoptent un système d'aménagement durable. En outre, les fournisseurs de papier s'inscrivent dans une démarche de certification environnementale reconnue.

Achevé d'imprimer en avril 2023
par CPI Bussière
À Saint-Amand-Montrond (18)
Dépôt légal : mai 2023
N° d'impression : 2070162
Imprimé en France